U0094916

GOBOOKS
& SITAK
GROUP©

唯一
選擇
六盲星
夏青 繪
(上)

目錄
CONTENTS

第一章 跟愛豆的哥哥相親

『不好意思，我很認真考慮過了，我們不合適。』

敲完最後一個字，周梵梵懶洋洋地點了enter，將這句話傳了出去。

下一秒，她切換螢幕，調出影片剪輯軟體，繼續操作昨晚剪了一半的影片。

當影片上一個捲髮飄飄的甜美女孩出現時，周梵梵無神的眼睛瞬間點亮，被「相親」支配的煩躁緩緩消散，只餘快速敲著鍵盤的手指和一臉被萌化了的神情。

「嗚嗚嗚女鵝真可愛呀～」

短影片花了她大概兩個小時的時間，剪完後，她先把影片丟到了一個通訊軟體群組裡，然後拿起手機傳語音訊息：『在嗎在嗎！都出來好好欣賞欣賞！』

幾秒鐘後，陸陸續續有人出現。

『可以啊梵梵，效率真高。』

『女鵝神隱的日子，只能靠妳的影片給我解解饞了。』

『笑死！剪成這樣也敢發出來？也不怕我原地給妳下跪！』

『啊啊啊啊靠！女鵝好美啊！』

群裡其他三人嘶哈嘶哈地傳了一堆語音，周梵梵看了下大家的讚賞，心滿意足地離開了群聊。

她隨即再把剪好的影片往影音社群平臺上上傳，傳輸的同時，群組還在滴滴滴響個不停。

這個群但凡聊起她們的「女鵝」就會吵很久，而群組建的初衷，也是為了「女鵝」。

這個「女鵝」，就是她們四個共同追尋的對象——關知意。

關知意是名女藝人，最早期女團出道，後來轉型演員。她們四人陸陸續續入坑，追星以來，一直很忠實地迷戀著。

剪影片、修圖、畫畫、各類應援，技能完全點滿。

她們此生的共同理想便是：當她們寶貝愛豆的後媽，好好寵她們的漂亮意意！

『對了梵梵，妳那邊怎麼樣了，相親的事有結果了沒？』大概是她在群裡一直沒回覆，徐曉芊打了電話過來給她，群裡三人裡，只有徐曉芊人在帝都，是她現實中的朋友。

周梵梵提起這個就心塞：「算是解決了吧，我剛傳訊息給他，說我們不合適。」

『啊……妳不是說長挺帥的嗎？』

「帥有什麼用。」周梵梵往後靠著，兩隻腳高高翹在桌面上，惆悵道：「根本就聊不到一起，比我大了六歲，兩個代溝了。」

『那也是。』

周梵梵嘆了聲：「我也不知道奶奶怎麼想的，隔三差五讓我相親，我才二十三歲啊，為什麼要受相親的苦？」

徐曉芊在手機那頭嘎嘎笑，沒有一點同情心：『老人家嘛，思想比較封建，就是想讓妳這個寶貝孫女早點嫁個好人家，開枝散葉啦～』

「屁……誰愛相親誰去，反正我不去了。」

影片成功傳上了影音社群平臺，周梵梵掛了電話後，又用手機把影片傳上了自己的社群軟體。

她的網名叫「意意的野生後媽醬」，擁有四十萬粉絲。

粉絲們嗷嗷待哺，天天等待著她的投餵，而她也不辜負他們的期待。

只要有空，關知意的發布會、舞臺、官方行程的接機送機等，她很少缺席，總是能扛著大炮[1]拍到美美的照片。

而她的剪輯也是一把手，剪出來的影片皆是精品。

今天這個也不例外，影片傳出去沒多久，社群留言就已經好幾百了。

篤篤——就在她反覆欣賞自家愛豆的角色混剪時，房間門被敲響了，只可惜她帶了耳機，根本沒聽到。

「梵梵，周梵梵！」

突然，粉色的貓耳朵耳機被人從後面扯掉，周梵梵嚇了一跳，趕緊拉住了耳機線，「哎呀，幹嘛呢！」

一回頭，看到了一個精神抖擻的老人，老人穿著中式的棗紅色裙子，一頭短髮捲在頭頂，

1 大砲，指高倍變焦的鏡頭。

像蓬鬆的棉花糖，正怒氣衝衝地瞪著她。

「我還沒問妳幹嘛呢，妳說，妳跟小陸怎麼回事！」

周梵梵見著老人就有點退縮了，往後挪了挪，小聲道：「什麼怎麼回事……」

趙德珍拍了下她的腦門：「別裝模作樣，小陸剛才都跟我說了，妳不跟他出去吃飯，也不怎麼回訊息。今天還傳了訊息說你們不合適，怎麼就不合適了？才見了兩面能看出來什麼？」

呀這告狀精！這麼快就跟長輩說了！

周梵梵心裡狠狠踩了他一道，說：「奶奶，第一次見面我就覺得他不是我的菜，吃飯的時候他一直跟我說他在國外拿了多少獎，畢業後又做了多少個專案，炫耀死我了，反正我跟他聊不到一起。」

趙德珍瞇了瞇眼：「又聊不到一起是吧，每次都是這個說法。妳就說吧，就妳這樣天天搗鼓這些追星的事，哪個男孩子能跟妳聊到一起？！」

「那就不聊了嘛。」周梵梵嘀咕道：「本來跟男人也沒什麼好聊的……」

「妳說什麼？」

「沒什麼沒什麼，我是說，我跟那個小陸不合適。」周梵梵起身湊到老人身邊，下巴抵在她肩膀上撒嬌，「奶奶～妳別生氣，我是真的不喜歡，不是故意氣妳，妳不要讓我跟他聊了。」

周家就周梵梵一個孫女，她從小就是被寵著長大的。趙德珍雖生氣，但孫女真不喜歡，她也拿她沒辦法。

再加上她對著她撒嬌，她更沒轍了，皺著眉頭緩了一下，只得鬆口：「行，既然妳實在不喜歡小陸，那我不勉強妳了。」

周梵梵立刻給了她一個大大的擁抱：「耶！奶奶萬歲～」

「奶奶重新幫妳找個新的。」

「……」

瞬間戴上十八層痛苦面具。

趙德珍一臉堅決地走出了她的房間，看樣子，是打算重新投入到為她尋覓佳婿的道路上。

此地不宜久留了……

於是，周梵梵在週一那天打包了行李，搬去了學校宿舍。

她是京大中文系的研究生，學校離家不遠，一直以來都是開車往返。

但現在這個家她待不下去了。

遠離奶奶，遠離相親！

「妳確定妳搬出來妳奶奶就能放過妳？」徐曉芊拉著椅子坐到了她旁邊。

她跟徐曉芊不僅是朋友，還是研究生室友。

寢室共住四人，另兩個是學霸，白天基本不在寢室，也就徐曉芊這個跟她同屬性的學渣天天在寢室晃。

周梵梵擺擺手：「不管了，反正我不去相親。」

「那妳之後都要住校啦？」

「不一定，但最近是的。」

「那也好，妳不在，都沒人當面聽我說意意的事，難受死我了！」

周梵梵很理解地點點頭，之前要不是她不喜歡多人同居，她早就選擇住校了。畢竟那樣可以天天跟徐曉芊一起磕愛豆的顏。

有同伴一起追星的感覺是很美妙的。

「說起來，我們家意意已經好久沒出現了，好想她啊。」徐曉芊嘆了口氣。

周梵梵也垂下了臉：「我也好想她，但女鵝還要去度蜜月呢……也不知道要度多久。」

她們的愛豆關知意前段日子剛結婚，結婚當天，周梵梵宛如出嫁女兒的老父親，一夜沒睡，哭沒了兩大包紙巾。

也因為結婚，關知意很久沒有出鏡了，接下來她還要去蜜月……她們這群粉絲嘴上說著祝福，其實心裡都在滴血，畢竟要很長很長時間不見愛豆的物料[2]。

關知意不出山，周梵梵也就少了到處飛的行程。

白天她老實上課，晚上便跟徐曉芊黏在一起，嘻嘻哈哈看綜藝。

日子過得愜意，但她知道這都是假象，因為她奶奶不會放過她的。

果然，一週後，趙德珍打了電話給她，張口就說幫她找了一個頂好的相親對象。

周梵梵剛聽了個開頭就已經麻了：「奶奶，我現在讀書忙得很，沒空！不見。」

2 物料，指偶像參與拍攝的作品，如照片、短影片、影視作品等。

『我話都還沒說完——』

周梵梵啪一聲放下手中的飲料：「不用說，反正我不去。」

『哎呀妳這孩子，奶奶也是為了妳好。』趙德珍開始在手機那頭喋喋不休，『我們老周家一脈單傳就妳一個，妳爸爸身體不好也無心在公司，我年紀大了更沒幾年可活，以後整個周氏就是妳的啊，妳一個人怎麼在那些外姓人中生存下來？怎麼守住整個周家！我們周家需要一個幫手，妳更需要啊……』

開始了開始了，這個言論周梵梵從七歲開始聽起，年年重複，耳朵都長繭子了。

她湊到飲料邊嘬了一口，敷衍道：「奶奶妳可以長命百歲的好不好，而且妳放心啊，我以後也可以找專業團隊幫我管理公司，我心裡有數的。」

『妳心裡能有什麼數！』

「啊？奶奶，我這邊訊號不太好。」周梵梵沒耐心聽了，拿著手機放在被單上摩擦，「撕拉撕拉的，聽不清。」

趙德珍中氣十足地道：『妳別演！聽話，週末去見見，這次這個真的很好，關家老三，元白那孩子家庭背景和個人能力都是萬裡挑一……』

「哎呀鈴響了上課了！奶奶再見！」

『等等——』

周梵梵都沒聽她說完，一下就掛斷了，順便把手機調成了靜音模式。

她悠哉地在電腦桌前坐著，拿過飲料繼續嘬：「老三，我還老大呢……」

咯噔——心口突然跳了一下，有什麼從腦子裡快速晃了過去。

嗯？

等一下啊。

她剛是不是聽到什麼不對勁的東西？

元白？為什麼這個名字這麼耳熟？

周梵梵瞇了下眼睛，關家老三……姓關嗎……

關元白？

周梵梵瞬間怔住了，呆了五六秒後，蹭地一下挺直了背。

不會吧……

不能吧……

「曉、曉芊。」

一旁正在網路上激情和對家粉絲對罵的徐曉芊都抽不出空看她，敷衍應著：「啊，怎麼了？」

「呃……那個，我們家意意的親哥哥，叫什麼名字？」

徐曉芊有點無語：「幹什麼，妳在考我啊？拜託，這種簡單又智障的問題考新粉還差不多。」

周梵梵僵硬著轉向她：「不是，妳就告訴我，叫什麼就好了……」

「關元白啊。」

作為關知意的死忠粉，她們對自家偶像的背景自然瞭若指掌。

關知意，小名小五，出生自帝都有名的豪門關家。至於為什麼叫小五，那是因為關家這一輩有五個孩子，而她排行第五。

她還有一個親哥哥，名叫關元白，在關家這輩孩子中，排行老三。

這世界上同名同姓的人很多，帝都也可能有另外一個關元白，但在這個城市說「關家老三」這麼有指向性的，好像實在挑不出另外一個人。

「怎麼了？梵梵？」

周梵梵深吸了一口氣，拿起了手機：「沒事……晚點跟妳說，我先回通電話給我奶奶。」

「噢，好的。」

周梵梵走出寢室，原本想直接衝回家，但思索了下還是拿起手機打電話給趙德珍確認。

另外一邊，趙德珍看到來電還有點難以置信，接起來後道：「妳這死孩子，掛我電話呢！」

『奶奶，妳剛才說介紹給我的對象叫關元白？』周梵梵語速奇快，如果仔細聽的話，隱隱還有點發抖——激動的。

趙德珍愣了下，說：「是啊。」

『哪個關元白？』

趙德珍：「嘖，還有哪個關元白？關家妳知道吧，上個月奶奶不是帶妳去了一個酒宴嗎，當時跟妳說話的那個老奶奶記得吧，那就是元白他奶奶。然後前兩天我在一個珠寶評析會又遇上她了，閒聊了兩句說起兒孫相親，她說也想讓她孫子相親……」

酒宴，關元白奶奶？

周梵梵根本就不記得了。

她不喜歡那些場合，每次跟著趙德珍去那種地方也是十分敷衍，見了哪些人，說了哪些話，她都沒放在心上。

周梵梵心口震動，又強行壓制住：『……我怎麼從來沒聽妳說過妳認識關家的人。』

關家在帝都赫赫有名，雖然周梵梵從小也是富貴著長大的，但周家的產業比起關家來說還是差得遠，所以兩家一直以來根本沒有交集。

「之前是不認識，生意上也掛不上邊。所以崔老太太說想牽線妳和她孫子時，我也很驚訝，不過，這是件好事呀。欸對了，她家那個當演員的孫女妳不是挺喜歡嘛，叫什麼名字……知意，關知意是吧？」

『嗯……』

「不過這不是重點，重點是，奶奶偷偷幫妳考察過了，元白這孩子真的很不錯。梵梵，我知道妳排斥相親，但是——」

『不排斥。』

「……啊？」

周梵梵愣愣地看著遠方，說：『我突然覺得，也可以不排斥。』

這兩、三年來，相親對於她來說就是家常便飯，沒了這個，絕對還有下一個。

反正都要相親，為什麼不能跟愛豆相……不是，是愛豆她哥相呢！

都是緣分啊，既然是緣分，那就得聽從。

而且，誰知道會不會因為這次相親遇到她家許久不出山的寶貝意意呢！

於是，周梵梵當下就決定要去這次相親。

趙德珍聽到她同意，樂得直笑，立刻把關元白的手機號碼傳過來給她。

周梵梵看著那串號碼心跳如鼓，但不敢輕舉妄動。

雖然說按照相親的路數，她該打通電話或者傳個訊息過去問個好，在吃飯前聊一聊的。

可對方畢竟是關元白，她緊張。

這種緊張，就像是之前有一次關知意的生日會，她和女鵝一圍欄之隔，聞到了她身上香香的味道，飄飄然，心都要起飛了。

關元白似乎也沒有要聊聊的意思，後來幾天，一次也沒跟她聯絡過。

不過相親是長輩間安排好的，就在這週末的某個餐廳，也無需他們自己交流。

週六當天，周梵梵便直接前往了奶奶說的那個地址。

這天下了場雨，外頭路上濕漉漉的，一閃而過的行人們都還撐著雨傘。

周梵梵坐在汽車後座上，又做了兩個深呼吸，而一旁放置的手機滴滴滴響著，不停顯示收到訊息。

周梵梵做好了心理建設，拿起了手機。

奶奶：『這次不許搞砸，再搞砸，不要回來見我。』

周梵梵：「……」

她直接忽略了這則，打開了和徐曉芊的聊天視窗：『我心裡有愧。』

徐曉芊：『？』

周梵梵：『我還記得我們的夢想，我還記得我們要一輩子當女鵝的後媽。可現在，我卻要去當她嫂子，我脫離團隊，我有愧。』

徐曉芊：『滾。』

周梵梵發了兩個嚶嚶的貼圖：『不僅有愧，我還緊張。怎麼辦，等一下我該怎麼做怎麼說？』

和關元白相親這事，周梵梵只告訴了徐曉芊一人。

徐曉芊知道的時候，驚得不輕，激動之餘差點把她搖散架了。

徐曉芊：『別給我緊張，妳只要少說話多氣質就行，記住了，溫婉！可人！大家閨秀的樣子得做出來！』

周梵梵：『……收到！』

徐曉芊：『別慌，妳又不是第一次相親，給我硬起來周梵梵！我以後能不能擁有女鵝 To

簽[3]，能不能擁有合影，就靠妳了！』

To 簽！合影！

周梵梵一下子覺得自己一點都不緊張了！

「小姐，我們到了。」不久後，司機停下了車，回頭示意。

周梵梵：「喔，好的。」

司機下了車，撐好傘幫她開門。

周梵梵說：「陳叔，你先回去吧，不用等我。」

司機面上有些猶豫。

周梵梵道：「這都到門口了，我不會跑。讓奶奶放心吧，我這次認真來相親，絕不離開。」

司機這才笑了笑：「好。」

今晚相親的這家餐廳是一家法式餐廳，服務生接過陳叔的傘和周梵梵的外套，迎著她往裡進。

進門入眼是法式廊柱，暖色調設計，雕花裝飾物，優雅高端又不失獨特的浪漫氣息。

「周小姐，這邊請。」

報了關元白的名字後，服務生領著她往餐廳樓上去。

3 To 簽，意思是偶像在簽名的時候會寫 To 某某（粉絲的名字），有時候還會有附言。

樓梯彎道處設置了一片鏡子，周梵梵走到這的時候也看到了鏡子裡的自己。精緻的妝容，典雅的白色小禮裙，還有一頭飄飄然的秀髮。

今天來見關元白，她在穿著打扮上花了一番工夫，這妝是請人來化的，頭髮是昨天剛去做的，裙子也是特地買的。

今天的樣子完全不是她的風格，但意外很適合她。

按徐曉芊的話來說，就是一朵清純無害的小白花，還是很貴氣的那種。

上樓後，可以看見座位比樓下少了很多，更幽靜了。

遠遠的，周梵梵看到了一個身影。樓上其他座位還有人，但她只掃了一眼，便覺得那個人就是關元白。

果然，服務生領著她往那邊走去了。

走近後，五官也清晰了。

她不知道關元白是否看過她的照片，但在她走過去的時候，他看了過來。

法式餐廳燈光柔和，朦朧的金色光亮落在了他看過來的眼睫上、皮膚上，襯得他像一塊精緻的美玉。

從前，她在網路上或者一些商業金融採訪上看到過他。

他的眉目是有些許溫潤感的，人長得十分俊朗，所以很多關知意的粉絲在看到關元白的照片流出時，都嗷嗷叫著要當關知意的嫂子。

她那時可是嗤之以鼻！

但誰能想到，真正付出行動去當嫂子的竟然是她自己。

不過，這嫂子當的是一點都不虧啊……

當面看，關元白長得更好看了。

瞧這氣質！瞧這眉眼！

不愧是親哥哥，跟她家意意足足有兩分像呢！

「妳好，周小姐。」在她走到餐桌邊的時候，關元白起了身。

周梵梵今天特地穿了雙高跟鞋，可即便如此，還是比他矮大半個頭。

周梵梵回過神，強行鎮定地跟他握了下：「你好關先生，我叫周梵梵。」

「我知道。」關元白淡淡笑了下，「請坐吧。」

周梵梵嗯了聲，露出一個自認「溫婉且大家閨秀」的笑容：「好的。」

落座後，服務生過來送菜單。

關元白示意了下周梵梵：「周小姐先請。」

周梵梵克制住自己，不把眼睛往他臉上盯，放在膝蓋上的手有點抖：「我都行，不挑，還是你點吧。」

關元白見此也不推辭：「好，妳有什麼忌口嗎？」

「沒有。」

關元白低眸看菜單了，也因為這樣，周梵梵才敢把視線大膽地落在他臉上。

這個角度看，他的睫毛很長，跟意意簡直一模一樣。

嘴巴很好看，薄薄的，顏色淡淡的，很完美。不對，還是有缺點，雖好看但不像意意。

鼻子倒是像，都很挺，皮膚也……

「紅酒能喝嗎？」突然，眼前的男人看了過來。

周梵梵發著光亮的眼神和他撞個正著，兩人都愣了下。

「怎麼？」

周梵梵：「……沒事。」

關元白沒追問，只又問了遍她能不能喝紅酒，周梵梵「矜持」地點了下頭：「能喝一點點。」

「那還是幫妳點果汁吧。」

對於相親這種場合，周梵梵習慣得不能再習慣了，往日裡去就好了，自己只管吃菜，再時不時說兩句有的沒的刺激男方。

但這次，她清楚地知道自己要有形象，她今天是溫婉大方的周梵梵，光吃飯是不可能的，刺激關元白更不可能。

所以今天雖然開心，可這親相得格外不習慣。

「周小姐看起來年紀不大。」不多時，對面的人開口問了句。

周梵梵抿了一小口水，說：「嗯，比令妹小一歲。」

關元白停頓了下，說：「看來妳還挺了解我家的。」

周梵梵點頭，笑不露齒：「你妹妹是大明星，我當然會知道。」

我不僅知道，我還喜歡！我還愛！！嗚嗚嗚你妹妹是全天下最可愛的女孩！！

關元白大概也知道他家妹妹出名，沒說什麼，只道：「妳年紀不大，怎麼會答應長輩出來相親？」

「因為我知道對方是你。」

關元白搭在杯壁上的指腹頓了下：「嗯？」

糟……一個激動說得太直接了。

「知道是我，所以才來？」關元白遲疑著確認了下。

周梵梵想了想，還是決定委婉點。

她不能說因為你是關知意哥哥，因為我好喜歡你妹。這麼說指不定人家覺得她是變態……畢竟這相親局要是失敗了，她奶奶氣暈不說，她也見不到寶貝意意了。

周梵梵不想說明白，但也不想說謊，含糊道：「嗯，我、我想認識你。」

關元白眸光微微一動，似乎是始料不及，他看了她好幾眼，才說：「周小姐，我以為妳跟我一樣，是被逼的。」

周梵梵愣住，抬眸看他。

只見他淡聲道：「抱歉，我想我得跟妳說清楚。其實我只是應著長輩的吩咐過來的，現在並沒有想談戀愛。」

啊？就這？

還沒開始，她就被拒絕了嗎？

周梵梵瞬間為自己當不了嫂子失落了兩秒鐘。

關元白：「回去後，我會跟家裡說清楚，妳——」

「沒關係不用說清楚也不用抱歉。」周梵梵急得臉頰有些紅，垂著眸小聲道：「你不想談戀愛沒事，我……我只是想跟你做個朋友。」

一頓飯吃得平平淡淡，當然，只是表面上的。

周梵梵內心風起雲湧，一面眼冒慈愛光芒，不停被眼前的容顏萌倒，一面又擔憂關元白拒絕得徹底，會說出做朋友也不可能這種話。

但好在，一直到這頓飯結束，這事也沒有往最壞的方向去。

「周小姐，我送妳回去吧。」臨走時，關元白說。

周梵梵哪好意思讓他送，說：「不用不用，我自己搭計程車就可以了。」

關元白雖根本沒有心思在這場相親上，但還是有紳士風度的，「這裡攔車不方便，還是我送妳吧。」

他說著便往餐廳樓下走去，周梵梵不好再拒絕，跟了上去。

「妳住哪？」上車後，關元白問道。

周梵梵繫好安全帶，說：「去京大就好。」

「妳還在讀書？」

周梵梵點點頭。

關元白微愣，隨即笑了下，很短暫，不是那種愉悅的笑，而是匪夷所思，大有覺得很離譜的意思。

周梵梵沒發覺他這笑什麼意思，只覺得賞心悅目，因為笑起來的眉眼的相似程度……從兩分能上到三分。

愛屋及烏，她看得心不停地往下塌陷，快要化成一灘水。

真是太好看了嗚嗚嗚。

車子開到京大時，晚上八點出頭。

周梵梵從車上下來，微微彎下腰往車窗裡望：「辛苦了關先生，謝謝你送我回來。」

校門口燈火通明，路燈暖黃色調落下來，襯得女孩的眉眼更是靈動，也略顯稚嫩。

關元白點了下頭，說：「進去吧。」

周梵梵：「嗯，關先生再見。」

「再見。」

關元白沒有立刻走，他的車子在校門口停了一下，看到周梵梵完全走進了校門，才打算重新啟動。

這時，他的手機正好響了，螢幕上顯示著「小五」兩個字。

關元白滑動了接聽鍵，來電人的聲音便從車載音響裡傳了出來：『哥！』

關元白聽到她那邊有些嘈雜的音樂聲，隨口問道：「這麼吵，妳在幹什麼？」

『我啊，在這邊的一個小型音樂節呢，很熱鬧。』

關元白將車窗關上，有些嫌棄地說：「那妳打電話給我做什麼，度妳的蜜月，少來炫耀。」

關知意嘿嘿一笑：『我才不是來炫耀，我是聽奶奶說你今天去相親了，我算著時間大概是結束了，趕緊來問問你。怎麼樣怎麼樣，幾歲了？漂亮嗎？』

漂亮？

關元白想起今晚那女孩的模樣，平心而論，文文靜靜的，倒是挺好看的。

只是這年紀……

關元白皺了眉頭：「下次妳幫我告訴奶奶，不要再把這麼小的推到我面前，我不養小孩。」

『小孩？幾歲了？』

「比妳小一歲。」

因為從小帶到大的緣故，關知意在關元白眼裡一直就是小孩。即便現在這個妹妹都結婚了，他也扭轉不了這個觀念。

所以，冒出一個比自己妹妹還要小的相親對象，他只能覺得，他奶奶是要他做慈善。

關知意喃喃道：『差七歲啊……那這次沒成功吧？』

關元白懶得跟她再扯下去，說：「沒有，掛了。」

『好吧，人家女孩子年紀輕輕，確實也看不上你這種。』

關元白要掛斷電話的手生生停住了，眼眸微瞇：「妳什麼意思？」

『沒，沒什麼意思，就是你年紀比較大嘛。』關知意見好就收，說，『那哥，你繼續加油哈，我就……』

「她喜歡我。」

『啊？』

方才在飯桌上人都那麼說了，關元白覺得自己怎麼也得明白了。那女生是帶著感情來的，早就看上他了。

關知意不太確定的語氣：『她喜歡你？』

「但我拒絕了。」關元白握著方向盤，平靜中又不乏刻意摻入的困擾和炫耀，「不過即使這樣，她也沒死心，說想跟我做朋友。妳以為呢？」

晚上的京大霧氣有些重，教學大樓籠罩在朦朧中，有些涼意。

周梵梵裹緊了大衣，踩著高跟鞋搖搖欲墜。

還好相親只用坐著，沒走多長的路，這破鞋子真難走……

好不容易回到寢室後，看到徐曉芊正在玩遊戲。

「曉芊啊——」周梵梵哭唧唧地朝她走了過去。

徐曉芊連忙放下遊戲迎了上來：「我靠我靠！妳回來了啊，這麼快結束嗎！」

「結束了……腳後跟痛死了。」周梵梵一屁股坐下，甩掉了鞋子。

「所以，今天怎麼樣？」

周梵梵嘆了口氣，說：「沒看上我，拒絕了。」

徐曉芊大驚：「妳今天這麼人模狗樣也沒有拿下？！」

周梵梵很沉重地點點頭，隨即又飽含希望地道：「不過我說做朋友，他也沒拒絕。」

徐曉芊噎住。

她看著當事人一臉天真，片刻後，嘆息著搖了搖頭：「當面當然不會那麼決絕，我們家乖兒子也有紳士風度的好吧。」

因為是關知意的哥哥，關元白被大部分媽粉列入「小輩」名單。

周梵梵眨巴著水汪汪的大眼睛：「所以妳的意思就是，他就是做做表面功夫，我一點希望都沒有了？」

徐曉芊不忍心說是，安慰地拍了下她的肩。

周梵梵瞬間又萎了，啊……這事竟然還是往最壞的方向去了。

周梵梵和徐曉芊長吁短嘆過了一個晚上，不過次日因為關知意演的一部網路劇成功上星[4]，預計在某電視臺播出的消息傳出後，兩人瞬間忘記了這夜的悲傷，跑到粉絲大群和裡面

4 上星，是指透過衛星轉播到各家各戶的電視機上播出。網路劇借助衛視播出，影響力會大很多，會增加網路劇的曝光度，這本身也是對演員的一種肯定。

的一群同擔[5]舉杯同慶。

畢竟，比起愛豆的事業，自己相親失敗或者成功這種事情，不值一提！

嗡嗡嗡。

下午最後一節課下課，包裡的手機震動了起來。周梵梵一隻手挽著徐曉芊，另一隻手掏出手機，看到了趙德珍來電。

周梵梵和徐曉芊對視了一眼，站住了：「我奶奶打來了。」

徐曉芊：「妳接妳接。」

「嗯。」

周梵梵走到了一旁，接起了電話。

「奶奶。」

『下課了？』

「嗯，剛剛下課。」

趙德珍道：『昨天我有事都來不及問妳，妳跟元白怎麼樣？昨天吃飯沒有半路溜走吧？』

周梵梵想起昨天，又想唉聲嘆氣了：「沒有走，飯我從頭吃到尾了。」

趙德珍鬆了口氣：『那就好，妳啊，老實點，別再在搞一些稀奇古怪的東西嚇人家。』

「哪會啊。」周梵梵想著，如果可以的話，她對關元白好還來不及呢！怎麼捨得嚇他。

5　支持相同的藝人就稱為「同擔」。

聽周梵梵語氣喪喪的，趙德珍以為她因被自己弄去相親，又有些不高興，便說：『梵梵，妳也別怪奶奶這麼著急，妳知道我們家的情況，奶奶也不想逼妳，只是怕以後護不到妳。』

周梵梵聽著有些無奈：「好啦，這些我都明白，您不用再說了。」

『哎……反正，如果妳跟元白沒看對眼，妳也別瞎鬧。妳好好跟我說，我再幫妳找下一個就是了，我相信妳一定能有個好歸宿。』

「別別別，您別再折騰了。」周梵梵真是被相親弄怕了，脫口而出道：「我們、我們也不算沒看對眼，不過妳總得給我點時間，再好好了解了解對吧。」

趙德珍：『真的？妳對元白有想進一步了解的意思？』

周梵梵這下硬著頭皮也要說有了：「那當然，我們昨天進展還行，奶奶，妳可別再去幫我找對象了……」

如果這世界非要有一個人是她的相親對象，那麼，她希望這個人是關元白，畢竟這人不僅是她家寶貝的親哥哥，也是個無心相親的人。

這樣的話，她對著他不會討厭，他也不會像之前那些男人一樣，莫名其妙老是找她聊天。

雖然她知道這不是長久之計，但只是哄她奶奶一段時間，自己也有個清靜，很值得。

回到寢室後，周梵梵趴在床上糾結了好一陣子。

但想來想去，還是覺得應該跟關元白說一聲，不然什麼時候奶奶去他家了解一下，不就什麼都結束了？

於是她在手機裡找出了他的電話號碼，編輯了訊息傳過去給他。

『你好關先生，我是周梵梵。那天吃完飯後我回來想了很多，您說您總被家裡逼著相親，其實，我也有這種困擾。我在想，您能不能不要這麼快就跟家裡說我們不可能呢，我們可否保持聯絡，這樣也能讓家裡人消停一段時間（不能的話就當我沒說，打擾了）。』

編輯了一長串的訊息，傳送成功，但對面一直沒有回覆。

周梵梵輾轉反側，一直到深夜才睡著。

因為這樣，次日寢室裡只剩她還在床上睡得天昏地暗。

叮叮。

手機突然響起，打破了屋子裡的寂靜。

周梵梵痛苦地嗚咽了聲，摸過手機搭在耳朵上，有氣無力地應了一聲：「喂……」

『周小姐，我是關元白。』

周梵梵蹭地一下睜大了眼睛，「啊……你、你好。」

『抱歉，昨天有點事太忙，我剛看到妳的訊息。』

周梵梵從床上坐起來，還帶著點睡夢中的茫然：「沒事……」

另一邊，關元白坐在辦公室裡，停頓了片刻問道：『妳說，妳也不希望一直被逼著相親，所以想假裝跟我還在發展中是嗎？』

「對的，我奶奶一直逼我。」周梵梵柔聲問，「你願意嗎？如果會給你造成困擾，那就算了，你拒絕也不用有負擔。」

『困擾倒沒有。』

「那你是同意了？」

最近相親這事對關元白來說也是個巨大的煩躁點，所以周梵梵這主意對他而言不是虧本的買賣，他沒有不同意的道理。

即便知道，這女生可能對他還有點私心。

關元白沉思了下，緩緩道：『讓長輩少來折騰，我是樂意。』

「那就太好了，謝謝！」

『互助而已。』

周梵梵高興道：「但我還是很感謝的，這樣吧，我明天請你吃飯！」

請人吃飯其實是周梵梵的常規操作。

她從小零用錢就多，麻煩了別人或者拜託別人什麼事，會習慣先請人吃個飯。

所以她可以發誓，這時說請關元白吃個飯沒別的意思。

但在關元白幾秒鐘沒回應的空檔裡，她突然反應過來，似乎可以利用請吃飯這類事件做點別的什麼！

嫂子是當不成了，但在兩人有了羈絆的這個過程中，她是不是可以跟關元白成為朋友？是不是可以找理由送禮物給關元白？當然，主要為了送給意意大寶貝。

這樣兩人互相幫忙了不說，也圓了她的夢！

就在周梵梵覺得自己簡直聰明得很，甚至已經想好要送什麼給關元白時，關元白開了口：

『請我吃飯？』

周梵梵連連點頭，聲音克制地道：「嗯，這也應該的吧。而且我們既然要裝，是不是也可以裝得像一點，偶爾……吃吃飯什麼的？」

關元白覺得有點道理，沒有反駁她，只是過了下道：『這幾天有點忙，可能沒有空。』

「沒關係，你有空再打電話給我就好了。」

關元白似乎是笑了下，但因為很淺，周梵梵也不確定，只好試探性地問了句：「可以嗎？」

關元白嗯了聲，聲色忽地帶了點慵懶的味道：『可以吧。』

第二章　送畫給愛豆和她哥

第二天，周梵梵又從學校搬回了家裡。

原因有二，第一是因為有了關元白，奶奶不會再在旁邊嘮叨她了，第二則是她的畫畫工具都在家裡，她需要回來才能展開行動。

機會都是留給有準備的人，關元白雖然沒有說哪一天要一起吃飯，但是！她的禮物得準備好啊！

畫關知意的畫她有很多，最喜歡的那一幅她早裱起來了，她想送的就是那個。但單單送關知意會很奇怪，她也不想透露自己粉絲的身分讓任何人困擾。

所以，她需要準備一份給關元白，然後順水推舟，說自己也多畫了一份送妹妹。

簡直完美！

於是接下來三天，除了導師那邊的事需要去學校，周梵梵都在畫室裡畫畫。

畫畫是她小時候的愛好，但因沒認真學下去就荒廢了。

重新拾起還是因為追星，要幫自家愛豆產糧。

從大學開始她就只畫明星，畫素人還是這幾年來第一次。不過，關元白長得也完全不像普通人。

周梵梵看著手機裡奶奶傳來的他的照片，忍不住揚唇笑了笑。

不愧是她家寶貝的哥哥，真漂亮。

關元白的肖像畫她畫了三天，總算畫出了滿意的一張。畫完後，她拿著畫去了店裡，弄了個框裱了起來。

做完這些後便是等待，但又過了兩天，依然沒有什麼消息。

周梵梵倒不是很著急，但她忘記了，她現在是在家裡，她不急，自有人替她急。

這天午飯過後，趙德珍便從樓下上來，進了她房間。

「梵梵，今天週六啊，妳沒什麼約？」

周梵梵坐在電腦椅上，有點警惕地回頭看自家奶奶。

果然，趙德珍開口道：「妳說吧，是不是又在騙奶奶？說什麼跟元白互相了解中，都是假的吧？」

周梵梵差點從位子上跳起來，她眨巴著大眼睛，故作茫然：「奶奶，妳說什麼呢，我怎麼會騙妳？」

趙德珍：「那妳這些天怎麼一直在家吃飯，妳從沒跟元白約出去吃過一頓。」

周梵梵道：「那是因為他最近忙。」

「週末也忙？」趙德珍一臉不信，「沒約就沒約，妳可不要騙我。」

「誰說沒約，我們、我們晚上就約了！」

趙德珍狐疑：「晚上？真的？」

周梵梵才不給趙德珍懷疑的機會，她知道她要是懷疑了，肯定會打電話問關家。她腦子快速轉了一圈，一本正經地點點頭：「真的，就是今晚，我們約了一起吃飯。奶奶妳別不信，我給他的禮物都準備好了。」

周梵梵從抽屜裡掏出了包裝精美的禮物，在她面前晃了晃：「時間差不多了，我馬上要準備出門了，奶奶妳快出去，我換衣服。」

趙德珍見此才有些放下心，囑咐道：「換件小裙子，好看點的，還有妳這臉，我讓人過來幫妳化個妝。」

「噢～」

房門關上後，總算是清靜了。

周梵梵趕忙掏出手機打電話給關元白，那邊倒是很快接了。

『喂。』

「關先生，是我。」

關元白：『嗯，我知道。』

周梵梵清了清嗓子，說：「那個，關先生，你今晚有沒有空啊？是這樣，我奶奶有點懷疑我沒跟你聯絡，只是騙騙她……」

關元白頓了下：『抱歉，這幾天出差了，所以一直沒打電話給妳。』

「沒事沒事，那，晚上可以嗎？」

『稍等。』

關元白說完這兩個字後問了旁邊的人兩句話，聽意思對面那人應該是助理，很快，他的聲音又清晰地出現在手機旁了：『周小姐，我馬上有個會，可能開到比較晚，吃飯應該是來不及了。』

「沒關係呀，不吃飯也行，我去找你吧。」

『嗯？』

周梵梵誠懇道：「見一面就行，我只想見你一面。」

樓下是「虎視眈眈」的奶奶，樓上是她還未送出去的精品畫作。

周梵梵覺得自己今天怎麼也得去見一下關元白，至於吃飯什麼的，到時候自己在外面晃到晚一點再回來，奶奶應該也不會懷疑什麼。

但另外一邊，關元白卻怔了片刻。

果然，這女生對他很不清白。

不過又很隱晦，因為你說她不清白，她說只是做朋友，而且來見他都是有理有據，是因為家裡人逼得緊而已。

關元白單手支著下頷，笑了下，小女生倒是有點伎倆。

『關總，會議室那邊人已經到齊了。』助理在一旁，小聲地提醒了句。

關元白回神，說：『知道了。』

周梵梵在手機那邊聽到對話，小聲問了句：「你要去忙了嗎？那晚點等你結束，我能去見你一下嗎？」

小心翼翼又帶著一絲希冀的聲音。

關元白是該拒絕的，但不知道是覺得該做戲，還是想看看她到底想搞點什麼，拒絕的話竟然沒有說出口。

『南爵飯店。』

「啊？」

關元白平淡的語氣中含了一點探究的味道：『我說我在南爵飯店。』

這要是換個男人喊她去飯店碰面，周梵梵大約也得警惕兩下。

但這個人是關元白，她就完全沒有這個顧慮了。

南爵，帝都最豪華的五星級飯店，市中心地標級建築，隸屬於關氏旗下，這些就算是她這種對商業方面完全不關心的廢柴，也知道得很清楚。

掛了關元白的電話後，周梵梵興高采烈選了件溫柔的小裙子和大衣外套。沒多久，私人工作室的化妝師也上門了。

其實她自己也會化妝，但只限於基礎的淡妝。她那手法跟專業人士是沒得比的，所以每次有什麼很重大的場合，奶奶都會安排人上門來整頓她。

一切準備就緒後，周梵梵算著時間，出發去南爵飯店了。

關元白之前並沒有說會議具體什麼時候會結束，所以周梵梵原本還想著到了之後就自己在那等一等。

但沒想到剛進飯店大廳，就有個穿著西裝的男人迎了上來。

「周小姐。」

周梵梵看著完全陌生的一張臉，愣了愣：「你是……」

「我是關總助理何至，妳叫我小何就行，關總讓我在這裡等妳。」

周梵梵明白過來了，「好，那，他結束了嗎？」

何至看了眼手錶：「應該快了，周小姐，這邊請，在休息廳等吧。」

「嗯。」

「這個我幫妳拿？」助理看了眼她兩手拿著的方形禮盒。

周梵梵搖頭：「沒事，這不重。」

何至帶著她往大廳右側走了走，這邊和外面有隔斷，裡面是一個咖啡吧和很多休息的沙發。

何至：「周小姐，請坐，妳想喝什麼？」

周梵梵道：「給我一杯水就行，謝謝。」

「好的。」

周梵梵把畫放在了一旁，抿了兩口水，等關元白。

原本以為會等比較久，但沒想到十分鐘都不到，她就看到了不遠處一個熟悉的身影走了過來。

飯店燈光明亮，頂部的水晶燈光芒四散，落在他挺拔修長的身體上，勾勒出優越的身形。

他今天穿著商務的西裝，外套已經脫下了，隨意地搭在手臂上，只剩硬挺的白襯衫。

周梵梵心口動了動，亮著眼睛站了起來：「關先生。」

關元白走上前，「周小姐，久等了。」

「不會，我也剛到。」周梵梵說：「關先生，我知道你今天忙，沒空吃飯，所以我就耽誤你一點點時間就行。」

關元白意味深長地看著她：「也不算耽誤我時間，畢竟這是我們兩個人的事。」

周梵梵見關元白這麼善解人意，心裡的母愛更加氾濫了。果然，她喜歡的人，連哥哥都會一樣善良。

「對了，這個給你。」周梵梵轉身從沙發上把禮盒拿起來遞了過去。

關元白看向禮盒，有些疑惑：「這是……」

「給你的禮物呀。」周梵梵有些不好意思地道：「我親手畫的，畫了很多天呢，希望你不要嫌棄。」

粉藍色的盒子包裝得十分細緻，上面的綢帶繫了個精緻的蝴蝶結，可以看出送禮的人非常用心。

關元白低眸看了眼，沒有伸手：「周小姐，這件事我們是共同受益，妳不用送東西給我。」

周梵梵生怕他不肯收，連忙道：「可你確實幫了我大忙，雖然是共同受益，但我還是想表達感謝。而且關先生，這裡面只是我畫的畫而已，一點都不值錢。」

「但是……」

「還是說，你嫌棄這不值錢的東西。」

周梵梵垂了腦袋，聲音低低的，看起來沮喪又可憐。

關元白突然沒了聲。

「喲，元白，在這幹嘛呢？」就在這時，不遠處突然走來一個男人。

周梵梵聞聲看了過去，是一個約莫三十出頭的男子，眼睛狹長，有點韓國大叔的味道。穿著藏藍色的呢大衣，領子上戴著一枚銀灰色的胸針，是隻蜜蜂。

關元白回過頭，看到人後淡聲道：「二哥，你怎麼在這？」

二哥。

周梵梵又打量了該男子一眼，原來這人是關家二少，關元白的堂哥，關子裕。

「我昨天在這睡的。」關子裕打了個哈欠，視線落到了周梵梵身上，「這小女生是誰啊？」

周梵梵朝他禮貌示意：「您好，我叫周梵梵。」

「周梵梵？！」關子裕眼神突然認真了起來，「我想起來了，妳就是奶奶介紹給元白的那個相親對象吧。」

周梵梵有些不好意思地笑了下：「嗯……」

關元白跟他這個二哥相處似乎沒什麼長幼之分，說話很直白：「二哥，你沒事可以走了。」

「走什麼呀。」關子裕一臉好奇，仔細打量了周梵梵幾眼，說：「小女生長得真的很標緻啊……梵梵，妳今天是來找元白的？」

周梵梵看了關元白一眼，回答：「對。」

關子裕：「這時間，是要約會去了吧？」

周梵梵：「啊？沒，我……」

話未說完，突然被人拽了一下。

周梵梵猝不及防小幅度地撞在了關元白的手臂上，她微微一怔，抬眸看他，只見後者眸光淡定，說：「我們是要去吃個飯，你要一起嗎？」

周梵梵：「嗯？」

「我才不一起。」關子裕曖昧地拍了下關元白的肩，「你好不容易才跟小女生約會，我哪敢一起。要是奶奶知道我去當電燈泡，非打死我不可。」

關元白道：「那就不多說了，我們先走了。」

關子裕連連點頭，很是欣慰：「好，快走吧。好好吃，晚點回家啊。」

「……」

南爵一樓大廳金碧輝煌，周梵梵一臉愣愣地跟著關元白穿過大廳，來到了電梯旁。

電梯到後，他正好接了一個電話，他一邊和電話那邊的人說著話，一邊輕攔了下電梯門，示意她先進去。

周梵梵不敢打擾他，只好走進電梯，關元白隨後跟了進來，按了地下二樓。

地下停車場裡豪車排排放，而關元白的轎跑車單獨在一個大空間裡。

她跟著他走到車旁，乖乖在旁邊等著，一直等到他打完了電話。

「上車吧。」他回頭看她。

周梵梵有些意外，說：「我今天自己開車來的，不用送我回家。」

關元白幫她拉開了車門：「不送妳回去，去吃飯。」

「啊？」

「我二哥最會向奶奶打小報告，而且很八卦。既然他看見了，我們就去吃飯吧，說不定現在他還躲在哪裡偷偷看著。」

周梵梵連忙往四周看了看，問道：「那你工作怎麼辦？」

她問得認真，是真怕打擾他的樣子。

關元白笑了一下：「結束了，有空。」

周梵梵這才放心地點點頭，坐進了車裡。

關元白也坐進去，他發動車子，又看了她一眼，「東西妳要抱到什麼時候？」

周梵梵沒反應過來，發現他在看她手裡的禮盒才道：「噢！那我放到後座可以嗎？」

關元白此刻也說不出什麼「不可以」，他如果說了，就顯得自己好像真的嫌棄這種親手製作的禮物了。

「隨妳吧。」

周梵梵嗯了聲，趕緊轉身把禮盒放好。

關元白看她一臉欣喜，有些好笑，問：「妳想吃什麼？」

周梵梵柔聲道：「你想吃什麼？上次說好我請你吃飯的，所以……你想吃什麼就吃什麼。」

關元白：「我無所謂，選妳自己喜歡的就好。」

周梵梵想了想，「那，不然去我學校旁邊吧，你吃辣嗎，我們那裡有一家川菜館，可好吃了。」

關元白對這頓晚飯沒什麼要求，既然她有想吃的東西，那他也就隨她去：「可以，給我地點。」

「嗯！」

京大附近有家川菜館很有名氣，老闆是道地的四川人，在這裡開店已經二十餘年。

這家店店面雖不算大，但環境不錯，菜也真的好吃，甚至還上過電視臺的美食節目。

周梵梵上大學開始就經常跟朋友來這吃，平日裡要是有人讓她推薦餐廳，她不會推薦那些華麗昂貴的西式餐廳，而是會推這家。

「這家店菜很大份，所以我點的比較少。」落座後，周梵梵把自己覺得最好吃的菜點上了，「關先生，你看看還有什麼想吃的。」

關元白道：「也夠了。」

「好。」

周梵梵把服務生叫過來下單。

今天週末，店裡人多，上菜速度也有些慢。等待期間，周梵梵時不時偷瞄關元白，但不太跟他搭話。

也不是沒有共同話題，比如關知意。

不過周梵梵不敢提這個話題，一是她並不想打探愛豆的隱私，二是她怕自己說起她來滔滔不絕，惹得關元白奇怪。

周梵梵不說話，關元白便也沒找話說。

這樣安靜的場面關元白並不覺得尷尬，甚至覺得眼前的小女生內向或者「在他面前緊張到不敢說話」是好事。

反正他就是逢場作戲，聊太多他反而怕人家想太多，對他有更多不該有的想法。

各自靜默半個小時後，菜總算上了。

麻婆豆腐，水煮肉片，宮保雞丁，缽缽雞……紅彤彤的一片，看起來極為下飯。

周梵梵食指大動，很淑女地叫了兩碗飯。

她清了清嗓子，昧著良心說：「我分半碗吃就夠了，關先生，你要是一碗不夠，這半份也給你，乾淨的。」

關元白：「謝謝，我夠的。」

「好的。」

這麼多菜！關元白要是不在，她能吃兩碗飯！

可惜了可惜了。

關元白做飯店的，平日裡對餐飲方面也會感興趣。所以飯桌上聽周梵梵說這家店如何有名氣時，他也起了想試試的心。

但沒想到的是，這裡的菜竟然比他預想中的辣很多，第一口水煮肉片吃進去時，他甚至有瞬間沒緩過氣。

「嘶……」關元白一口氣堵在喉嚨，接著猛地咳了下，臉瞬間就紅了。

周梵梵嚇了一跳，趕緊放下筷子：「關、關先生！很辣嗎？」

關元白低著頭咳嗽，狼狽地朝她擺擺手。

周梵梵趕緊倒了杯水給他：「快，喝水！」

關元白接過，全喝了進去。

「怎麼樣？還好嗎？！」

「沒事……」

他聲音有些啞了，臉上依舊是不正常的紅暈，看過來的時候，眼底是生理性的濕意。

周梵梵看到他濕漉漉的眼睛，心口猛地咯噔了一聲。

好可愛……不是！是好可憐！

她都做了什麼！

「對不起對不起，怪我沒提醒你，他們這的菜會比其他川菜館辣些，你平時是不是沒有那麼能吃辣？」

關元白緊擰著眉：「還好，就是嗆到了。」

周梵梵：「抱歉啊……那我幫你點其他的菜。」

「不用了。」關元白又喝了一口水，「就這樣吃吧，沒事。」

「噢……」

關元白有了防備之後，也不會被菜猛地嗆到了。只是這些菜對他來說，還是過於辣了一些。

周梵梵一直在關注他，自然能感覺到他吃這些有點勉強。

「服務生。」

很快有人趕了過來：「妳好。」

周梵梵說：「幫我再拿一副碗筷過來。」

「好的，您稍等。」

服務生把新的碗筷拿過來了，周梵梵在小碗裡倒了一碗開水，用新筷子夾菜，放到開水裡涮一涮過濾，再放到碟子上。

重複多次，碟子上的菜漸漸堆成了小山。

「給，你吃這個吧。」她把這碟菜推到了關元白面前。

關元白微怔，有些詫異地望向她。

周梵梵卻不覺得這有什麼，解釋道：「這樣過了水之後就沒那麼辣了，味道也還有。我室友她第一次來這就這麼吃的。嗯……這碗筷都是剛拿的，新的。」

他當然知道這是新碗筷，剛才她叫服務生的時候他就看到了，只是他以為她這麼做是因為自己也覺得辣，弄給自己吃的。

沒想到最後，這些都是給他的。

關元白難得有了點微妙心理，他是家裡的兄長，從來只有他照顧別人，沒有別人來照顧他的份。

這還是第一次有人照顧他吃飯，還是個小女生。

「謝謝。」關元白輕咳了聲，有些不自然地喝了口水。

周梵梵：「沒事，你快吃，我繼續幫你涮吧。」

「不用了，妳管自己吃就好。」

「……好吧。」

關元白後來也沒吃多少，他覺得吃她幫他涮的菜很奇怪。而且，如果自己最後真的都吃完了，大概又給了她錯誤信號。

而周梵梵沒想那麼多，她幫關元白弄菜純粹就是怕他辣到。

愛屋及烏，她關注他、照顧他這些事，幾乎是刻在DNA裡的。

後來看他實在沒吃幾口，便想著這裡的菜可能真的不合他口味，等下得再買點什麼給他吃才行……

冬夜，冷風刺骨。

從川菜館出來的時候，迎面就是一陣寒氣，很乾燥，彷彿瞬間吸走了露在外面的肌膚的水分。

周梵梵冷得瞇了瞇眼，轉頭對關元白說：「我們學校旁邊美食街的東西都很好吃，要不要我帶你去走走？」

關元白：「妳沒吃飽？」

「我吃飽了，但是我看你吃得很少，應該是沒吃飽。」周梵梵說：「我帶你去吃點不辣的。」

她的臉在寒風中似乎更白淨了。

這個距離，關元白還看到她微微顫動著的睫毛，忽閃忽閃，遮蓋著眼底那絲忐忑和緊張。

「今天說好我請你吃飯的，可你剛才還付了錢……」周梵梵見他未作聲，又道：「如果再讓你餓著肚子回去，我會很不好意思的。」

「我不餓。」

「那就當品嘗一下好吃的？很近的，一下就到了。」

她滿眼真誠，忐忑的味道也更重了，好像他不答應，她真的會非常愧疚似的。

關元白看了一下，突然沒了拒絕的意思。

算了，反正也沒什麼事，就當陪小朋友逛逛街。

「好吧，那走吧。」

周梵梵頓時開心了，連連點頭：「跟我來。」

她小跑了兩步往前，但沒多久好像又想起來了什麼，突然回過頭來，上下打量他。

關元白莫名：「又怎麼了？」

「今天氣溫很低，你這樣穿會有點冷吧？」

「還好。」

周梵梵直接忽略了他的「還好」兩個字，只是想著，她帶他去吃東西，可不能讓他受凍了，要是感冒了，她怎麼對得起她家寶貝。

於是她從口袋裡掏出了兩個圓滾滾的小東西塞到關元白手裡：「暖手寶，你把手放在口袋裡可以取暖。」

關元白垂眸看了眼，有點反應不及。

可周梵梵卻覺得還不夠，她想了想，把自己搭在手臂上的圍巾拿起來，放在他肩上。

他太高了，而且她沒那膽子幫他纏，便說：「這個圍巾是新買的，我也就剛才出家門的時候戴了一下下，就一下下，很乾淨的。天太冷了，你戴好，別凍著了。」

粉白色毛茸茸的圍巾放在他肩上時，關元白聞到了很淡的木質香，還隱隱融入了一點香甜奶味。

很舒服的味道，但也是完全陌生的味道。

這味道把他短暫封印在了原地。

「妳……」

「別在這站著了，我們快走吧。」

眼前的人仰頭看著他，一臉純粹，也心滿意足。

美食街上人來人往，所有學生臉上都洋溢著青春肆意的笑容。

路邊兩排塞滿了店鋪，每家店都不大，但鬧哄哄的，都擠著一些人。

大冬天出來覓食的人都這麼多，由此可見這裡的東西確實十分好吃。

周梵梵走在前面一些，帶著關元白去自己最喜歡吃的一家店，那家店炸出來的小酥肉在她心裡比五星級飯店的廚房做得還好吃。

但還沒走到，脖子突然一暖，周梵梵發現自己那條粉白色的圍巾又掛在了她身上。

她倏地回了頭，只見關元白把暖手寶也遞過來了，正站在原地看著她，垂著眸子，眼睫裡倒映著周邊店鋪的暖光，格外通透。

「這是給你用的，你怎麼……又還我了？」周梵梵沒接過來，有些擔憂地問了句。

關元白見她不動，直接把暖手寶放到了她大衣口袋裡：「妳自己用吧，我不冷。」

他說著往前走去，周梵梵忙跟了上去，在他旁邊說：「可你穿得很少呀。」

像關元白這種人，冬天基本上不會穿很多，因為室內各個角度都是暖氣，室外又永遠豪車代步。大冬天在外面走動，很少見。

「關先生。」周梵梵著急，鼓起勇氣拽住了他的衣服一角，但又很快鬆開，「你還是用著吧，你感冒了就不好了。」

關元白看了她一眼，她今天穿了件白色的呢大衣，雖然整個人看起來像個糯米團子，但也並不是很厚。

「妳自己不冷嗎？」關元白問。

「我沒關係的，你不冷比較重要。」

她說得實在是太過理所當然，甚至表情上，也看不出一點虛情假意。

關元白無言地看了她片刻，心情有點複雜。

「關先生？」

關元白回神，拒絕的意思更明顯了：「我說了不用。」

「喔……」

周梵梵不敢再勉強了，可是她還是怕把他凍感冒，不肯慢悠悠地走了，一路小跑著到了那家炸肉店。

等待的時候，她把關元白叫到了店裡。

店不大，只有兩張桌子，雖然簡陋，但比外面暖和多了。

「你就在這裡等我，我再去買點別的。」

關元白張了張口，但還來不及說話，周梵梵就又跑了出去。寒氣隨著被掀起的門簾浸入，停留片刻，就被屋裡的暖意包裹。

關元白擰了擰眉，打消叫她回來的念頭，站在店裡等她。

此時店裡還有椅子，但因為桌邊已經有零星幾人了，他便沒有坐下，也不想坐下。

實際上，他到目前為止都有點匪夷所思，自己怎麼莫名其妙待在了這裡。

旁邊來來去去都是學生，亂糟糟的，很是嘈雜。

而關元白這麼站著也是極度顯眼的，不論是偏商務的穿著，還是過於出眾的臉蛋和身形。

旁邊坐著的學生不停地側目看他，過了一下就有個小女生跑過來，大著膽子跟他要聯絡方式。

「哥哥，可以加好友嗎？」

關元白等得百無聊賴，聽到有人說話垂了眸，看到一臉稚嫩的小朋友跟他要聯絡方式，腦門有點黑線。

這都是什麼事。

關元白默了半晌，剛想著說點什麼能快速拒絕又不傷人時，有個糯米團子擠進了他和那小女生中間，一下子隔離了他的視線。

「啊，抱歉抱歉，不方便的。」

眼見之處是周梵梵烏黑的長髮，她的髮側夾了一個夾子，上面的珍珠熠熠生輝，圓滾滾的，精緻又有點嬌俏。

關元白退了一步，暗自鬆了口氣。

那女學生見此也頓時了然：「有女朋友了啊，不好意思不好意思。」

周梵梵沒點頭也沒搖頭，只是對那女生抱歉地笑了笑。

女生走了，周梵梵轉頭看關元白：「不好意思啊，久等了。」

旁邊學生還在不停往這邊看，關元白道：「可以走了嗎。」

「可以，我拿下小炸肉。」

兩人離開了這家店，回到了車上。

周梵梵把方才買的食物全都放在了中控臺。

「這些都超級好吃，你試試看。」

關元白其實真的不太餓，但別人奔波來奔波去特地幫他買吃的，即便是禮貌性的他也會給點面子。

於是他拿起了叉子，吃了塊她買來的炸肉。

第一塊入口的時候他微微愣了下，接著便是咀嚼，仔細分辨品嘗。

意料之外的……好吃。

「怎麼樣，是不是很不錯？」周梵梵期待地看著他。

關元白點了頭：「嗯。」

「我就知道。」周梵梵亮著眼睛，有種安利成功的興奮感，可因為在他面前，她還是克制著音量，小聲說：「這些店雖然都在小角落裡，也不貴，但是真的都很好吃，比很多高級餐廳都不差。對了關先生，你可以再嘗嘗這個蛋糕，這個蛋糕也很不錯。」

因為對這些食物有些意外，所以關元白換了個小叉子，順從地吃了口蛋糕。

他細細品嘗了一番，甜而不膩，果香味濃郁，蛋糕胚伴隨著奶油在舌尖上點過，很順滑的口感。

她說比很多高級餐廳不差，竟不是開玩笑。

高級餐廳勝在食材，這些店勝在手法。

關元白皺了眉頭，開始反思他在南爵飯店花大價錢聘來的甜點師到底值不值。

關元白安靜吃東西，周梵梵就不打擾了，看著他一口一口，把一整塊蛋糕吃完了。

心想，原來他喜歡吃甜點啊。

「我送妳回去吧。」末了，關元白說。

周梵梵的車停在南爵了，也沒推辭，說了家裡的地址，說了聲謝謝。

送周梵梵花了半個小時，再回到星禾灣家中，已經晚上十一點。

關元白下車的時候看到後車座的禮盒，他拿了出來，進門後隨意放在了茶几上。

第二天醒來忙著公司的事，這種小東西也就忘了。

後來再想起這個禮盒已經是兩天後，家裡來打掃的阿姨問他，是不是需要把那禮盒放到書房去，他才想起來還有這個禮物。

他沒有讓阿姨自行處理，而是在忙完回家後，自己拆了那個方形的禮盒。

拆開後，先看到了一張明信片，上面規整地寫了幾句話。

「關先生，這是我親手畫的，希望你能喜歡。順便送了一份給你妹妹，祝你們天天開心，萬事如意。」

明信片下是兩個畫框，畫框裡是彩鉛上色的肖像畫。

上面那張是他，下面那張是關知意。

關元白先拿起他妹妹那個畫框看了眼，周梵梵畫的是在舞臺上的關知意，關元白記得這身裝扮，是去年跨年晚會，他妹妹在舞臺上唱跳時的模樣。

平心而論，周梵梵畫得很不錯，線條，神態，細節……每一處都抓得十分準，畫中的關知意跟現實的她有百分之九十八相像。

不過他知道這張不是重點，於是隨意放在了一邊，拿起自己的那張看了看。

畫上的他坐在辦公桌後，抬眸看過來，神色有幾分不耐煩。周梵梵應該是仿著某張照片畫的，但他不太能想起他這張照片是什麼時候拍的了。

大概是他奶奶為了相親這事，抓拍一張給女孩子們看的。

雖然這張畫得不如她畫關知意的那張像，但也有百分之九十了。看得出來，顏色和線條很繁雜，要畫很久，也要很多耐心。

關元白嘴角微微揚起，但沒過多久想到什麼，眉頭又皺了起來。

用心是用心，但用心過度了。

他並不喜歡她，所以更不需要她這些沒必要的付出，竟然連他妹妹的份都準備了……

如果還有下次，他絕不會再收了。

叮叮。

就在這時，桌上放著的手機震動了兩下，關元白放下了畫框，拿起手機看了眼。

原來是正在度蜜月的關知意傳來了旅行中的照片給他，應該是讓別人幫忙拍的，照片中，她和她老公戚程衍對著鏡頭比了個愛心。

『哥，這裡好好玩，下次你跟嫂子也來玩！』

關元白看著照片，準確地說是看著照片中戚程衍的姿勢，有些一言難盡。戚程衍是他穿著一條褲子長大的好哥們，他是什麼性子他知道，如今竟然也能被他妹妹弄得擺這麼幼稚的姿勢。

真是辣眼睛。

關元白拿起手機，傳了語音：『玩妳自己的，哪來的嫂子。』

關知意回覆：『那你跟之前那個女孩子怎麼樣了？』

關元白：『沒怎麼樣。』

『就知道你說人家喜歡你都是騙人的。』關知意嘆了口氣，『哥，你能不能不要老是騙我，沒有人喜歡你就沒有人喜歡，我又不是奶奶他們，你就算真孤獨一生，我也不會給你任何壓力。』

『…………』

關元白簡直被她氣笑了。

一字一頓，按壓著怨氣回覆她：『就算我孤獨一生，也不是因為沒人喜歡。』

『喔。』

關知意一秒鐘的語音就像一種挑釁。

關元白嘴角微微一抽，隨手就拍了張畫過去。

幾秒後，關知意驚喜的聲音傳了出來：『哇，你找人畫的我嗎？畫得好好呀！』

關元白冷笑，再開口時，聲色中已然帶上了一點炫耀的味道：『一女孩送了我畫，哦，她順帶也幫妳畫了一張。』

今年帝都的冬天格外冷，今日隱隱有飄雪的意思，周梵梵把院子裡的兩盆西府海棠往室內挪了挪，挪完後，哈著白氣往客廳裡走。

「梵梵，妳怎麼從外面進來了，也不多穿點衣服，冷不冷啊。」家裡的阿姨見她穿著單薄，趕緊拿了條毯子披到她身上。

周梵梵裹住毯子，縮在沙發裡：「我看天要下雪的樣子，就把外面那兩株海棠花往裡面挪了。」

「哎呀，這事妳告訴我一聲，老陳來了，我讓他去挪一下就好了，這麼冷妳怎麼能自己去動手。」

老陳是家裡的司機，平日裡也幫忙管院子裡的花花草草。

周梵梵接過阿姨遞過來的熱水抿了一口，很快回溫了：「我就是正好看到，順便挪一下，那是我媽去年種下的，可不能讓它們凍死了。」

「不會凍死的，我聽說，海棠花比其他植物更耐寒。」

「是嘛……媽媽沒告訴我。」

「那不然妳問問她？反正不管怎麼樣，大冬天的妳不能就這樣走出去，下次不行了啊，記住了。」

周梵梵對阿姨笑了笑：「好啦，我知道了。」

阿姨碎碎念著走了，周梵梵放下杯子，拿起手機傳了張圖片給她媽，是剛才她在外面拍的海棠。

『快看，上次妳種的，花又全開了！』

對面沒有回覆，可能是有些忙，沒看手機。

周梵梵也沒在意，開了客廳的電視，找了部電影。

電影將近尾聲，手機叮的一聲響了起來，是她媽媽回覆給她了：『真好看啊！』

周梵梵嘴角輕揚：『是啊，剛才看它在外面受凍，我跑出去把它們都搬進來了。』

『妳怎麼自己搬？國內現在很冷吧，注意點別感冒了。這花不怕凍，不用移到室內。』

周梵梵：『馮姨也這麼說。』

『那妳就得聽話點，知道吧？』

周梵梵：『知道知道，妳這語氣，還當我小屁孩呢。』

『哈哈，老是這麼訓小恆，不小心也這樣對妳說了。』

周梵梵輕抿了下唇，但又很快恢復了正常：『好久沒看到妳在個人頁面發他照片，他現在什麼樣了？』

『這幾天都在海邊，曬得可黑了（圖片.jpg）。』

周梵梵看到了她媽媽傳給她的照片，照片中是個十歲的混血小男孩，一頭金色捲髮，在沙灘椅上坐著，臉上有點不高興，一隻手朝鏡頭伸，大概是拒絕拍照的意思。

記得以前白白嫩嫩的，這麼對比，是黑了許多。

應該在海邊玩得很開心吧。

周梵梵沒有再回覆，放下手機把電影的尾聲看完了。

叮叮。

手機又響了起來，周梵梵本以為是她媽媽又傳了什麼給她，點開一看，發現是她們的追星小群在討論過段時間關知意過生日，她們要去哪裡聚餐。

群裡另外兩個小夥伴都在外省，天南地北，只有遇到關知意的事她們才會碰面。

比如電影發布會，比如某些晚會，走紅毯之類的……

生日也算一個重要日子，去年生日，她們四個一起去了江城，因為去年那時，關知意正好在那拍戲。

但去了也不是為了見愛豆，畢竟她在拍戲她們也見不到，去那裡就是一個儀式，四人會聚在一起，好好玩上兩天，大吃特吃。

群裡討論了一下，決定今年關知意生日她們要來帝都。周梵梵當然很歡迎，連傳了幾個開心的貼圖。

『不知道意意那時回來了沒，回來的話肯定在帝都！那我和寶貝也算是呼吸同一片空氣了！』群裡的七七說。

周梵梵：『不在吧，蜜月應該挺久的。』

七七：『靠！好難過，我什麼時候能見到寶貝！』

周梵梵被她這麼一說，也有點傷感起來，與此同時也更加期盼關知意能早點度完蜜月回來，這樣她說不定能見上一面。

周梵梵翻了個身，趴在沙發上，飄飄然地開始想，如果見到她家寶貝意意該說點什麼表達自己的喜歡。

但想著想著，又覺得說那些都不好。如果在現在這種身分下表示自己是粉絲，可能會打擾她吧……還是假裝是個路人就好了。

不過，能不能見到還難說……以她現在和關元白的關係，也不知道可不可以撐到她度完蜜月回來。或者即便是她回來了，她也沒有理由去見她。

畢竟……她和關元白只是演演戲。

第三章　萬一能見到愛豆呢

第二天，學校有課，周梵梵沒在家吃飯，去學校和徐曉芊一起吃了個午餐，再轉去教室上課。

徐曉芊知道她前幾天把畫送出去了，興致勃勃地問她他們這兩天還有沒有聯絡。

周梵梵嘆了口氣，表示關元白並沒有傳訊息聯絡她，應該忙得把她忘記了。

但誰想到，這個念頭在快要下課的時候被推翻了。

手機螢幕突然跳出了關元白的來電。

今天這堂課人多，周梵梵又坐在最後面，不擔心老師看見，趴在桌子上低低地喂了聲。

關元白聽到她的聲音，停頓了下：『打擾妳睡覺了？』

周梵梵有點激動：「沒有沒有，我沒在睡覺，我在上課。」

關元白：『好，我等等打來。』

「你說吧，沒關係。」

關元白似乎是輕嘆了口氣，很快又道：『妳先好好上課。』

嘟嘟嘟——掛了。

周梵梵呆了呆，拿下手機看了眼，掛得好快……而且，最後那句話說得還怪嚴肅的。

可能是被他點了一句，周梵梵接下來還真沒去碰手機，好好聽課了。

課程終於結束，周梵梵才拿起手機回電給關元白：「關先生，不好意思啊，請問，你剛才有什麼事？」

關元白：『我剛才是想問妳，妳晚上會不會待在家裡？』

「晚上……會吧，我下課正準備回家了。」

關元白道：『是這樣，我家裡人今天有問起我和妳的情況，我說我們晚上會一起吃飯。』

周梵梵瞬間明白過來了，這個她熟啊，上次不就是她奶奶逼著他們趕進度，她也說她約了關元白吃飯嗎。

「你是希望我不要在家裡，營造出我跟你外出了的意思？」

關元白點頭：『嗯。不過這事看妳意願，如果妳今天不想約朋友出去玩，只想待在家裡也沒問題，我到時候就說我們改天了。』

「不用改天，就今天吧，上次你幫了我，這次我當然會幫你。」

『好，謝謝。』

「那我等等去哪裡找你？」

關元白愣了下：『什麼？』

周梵梵說：「去你公司找你嗎，還是去南爵飯店呀？」

關元白沉默了片刻，原先想說的話默默又嚥了回去：『還是我晚點去接妳吧。』

周梵梵：「好呀，麻煩你了。」

周梵梵說的是學校的地址，所以和關元白約好後，也沒有開車回家。

徐曉芊得知她今晚要和關元白待在一起，把她按在位子上，要幫她整整妝容。

周梵梵拉住了她的手腕：「曉芊，我仔細想了想，又當不了嫂子，化什麼妝換什麼衣服啊？」

「那妳也不能擺爛啊，萬一遇到他家裡人怎麼辦？妳沒點貴氣大小姐的樣子，人家不想讓妳跟關元白接觸了呢？到時候你們不用再裝，就一點關係都沒有了，更別提見女鵝，送禮物給女鵝了。」

「嘶……有道理。」

上次見面的時候就遇到了他二哥，他說他二哥很喜歡跟他奶奶打小報告，總不能讓他身邊的人回去說，她周梵梵極其普通、極其平淡吧！

這麼想著，周梵梵很配合地坐了下來，任由徐曉芊在她臉上塗塗畫畫。

不過換完衣服化完妝後還有一段時間，周梵梵想起上次關元白很喜歡吃甜點，就一路小跑著到了美食街，買上次他喜歡吃的小蛋糕給他。

『妳在哪，沒看見妳。』手機裡，是關元白的聲音。

周梵梵加快了腳步：「等我，我馬上就到校門口了。」

『好，妳慢慢來吧。』

關元白熄了火，在車裡坐了一下。

其實他今天沒有打算要和周梵梵吃飯，他方才打電話的意思其實是，她能約個朋友去外面，今晚不用在家，這樣他們就可以偽造在一起吃飯的樣子。

但之前電話裡，她開口便是問去哪裡找他，那一刻他也不好再說妳自己找個人玩就行，畢竟這次是他有求於她，請她吃個飯，似乎也是應該。

他只好來了。

沒過多久，他遠遠看到一個熟悉的身影走近了。

穿著咖色的大衣，長髮微捲，在這樣的冬季看起來有點單薄。見她手裡還提著什麼，關元白下了車，朝她走了過去。

「關先生。」她看到他了，朝他笑了笑，笑容清麗而明媚。

關元白的視線在她臉上停留了一秒，很快又朝下，看了眼她提著的東西：「幫妳拿吧。」

「不用，我來吧。」

「給我。」

關元白直接拿過去，周梵梵有點不好意思地道：「也行……反正都是給你的。」

關元白愣了愣：「給我？什麼東西？」

「是蛋糕，上次我們在美食街買的那個，我看你很喜歡吃，所以剛才去買了一份。」

所以，晚點到校門口，是因為去買蛋糕給他了？

關元白心情又開始複雜了。

周梵梵眼睛忽閃忽閃的：「那，我們現在走嗎？」

關元白回過神，又多看了她一眼，「嗯，走吧。」

關元白今天沒有開他之前的轎跑，而是換了一輛大車。車身線條硬朗，通體漆黑，給人一種很野性很強勢的感覺。

這跟關元白本人給她的感覺不同，不過不知道為什麼，並不違和。

周梵梵今天穿了裙子，邁不開腿，導致上這麼高的車有些費勁。關元白看出來了，扶了下她的前臂，她便藉著這個力直接坐上去了。

「謝謝。」

關元白頷首，繞到了駕駛座。

來之前，關元白已經訂了餐廳，打算帶周梵梵去那裡吃飯。

車開到半路，助理打了電話過來，因為是在開車，他直接按了擴音。

周梵梵坐在車裡自然能聽到關元白和別人打電話說的內容，她把頭撇到窗戶那邊，沒打擾。

一直到他把電話掛斷，她才回過頭看他。

關元白短暫地露出了一個抱歉的表情：「公司那邊有緊急的事，我需要去一趟。」

周梵梵聽完了全程，已經從手機那邊人的意思中了解到了：「那現在直接去公司好了，我不餓，也不急著吃飯。」

「謝了。」

關元白很快轉了個方向，到公司時，早早就有人在大廳門口等著了。

關元白下了車，把車鑰匙丟給了其中一人，然後對旁邊候著的助理何至道：「帶周小姐去我辦公室吧。」

「好的關總。」

周梵梵下車的時候關元白已經遠去了，看得出來事態很緊急。

「周小姐，妳先跟我去休息吧。」

「行。」周梵梵提著方才買來的蛋糕，說：「這個需要放冷藏。」

「好的交給我，關總辦公室有冰箱，我等等就放那裡。」

「嗯，謝謝你小何。」

「沒事。」

周梵梵聽過關家的南衡集團，但南衡總公司，她也是第一次來。

雖然是晚上，但是公司園區燈火通明，人也不算少。周梵梵和關元白的助理同行，也引得一些人側目。

不過上了電梯到關元白辦公室這樓層後，人員就驟減了，只看到助理區域還有一個戴著黑框眼鏡的女人在加班。

何至把她帶進了辦公室，又把蛋糕安放好，才說：「周小姐，這邊有各類茶水和點心，那邊投影機可以看電影玩遊戲，書架那也有很多書……關總可能需要一陣子，您稍等。」

「好的，我自己待著就行。」

何至：「嗯，那您有什麼需要就跟外面那個戴眼鏡的女生說就行，她會幫您解決，我現在需要去會議室了。」

「嗯嗯，你忙你的去吧。」

助理走後，周梵梵在關元白辦公室裡繞了一圈，小心翼翼地打量了下。

他的辦公室很大，除了辦公區、會客區，還有一個休閒區。方才那個助理說的各種吃的、玩的都在這，還有一面連著天花板的書架。

周梵梵隨手抽了本書出來——《說謊者的撲克牌》，隨手翻了兩頁，發現好像是講債券市場的內容，她又把這書放了回去。

從小到大，她最愛看的是各種小說，這種書對她來說過於晦澀無聊了。

周梵梵又在書架前尋了一圈，在快要放棄時，突然看到了一本眼熟的書，竟然是關知意從前拍過的一部劇的原著《朝野》。

她拿下來，翻開第一頁的時候，呼吸一下子滯住了。

因為書本扉頁上，竟然有兩個簽名！

一個是原著作者本人的簽名，一個是關知意的簽名！

如果是在別處看到，大概會猜測簽名是印刷的或者仿的，但在關元白的書架上，這簽名書怎麼可能是假的。

周梵梵忍不住激動，拿著書在沙發上看了起來。

但沒想到，這一看就看了許久，甚至都有點睏了。

辦公室的落地窗外燈火通明，霓虹閃爍。

已經過了三個小時，天早就徹底黑了。周梵梵打了個哈欠，拿一個抱枕靠著，一邊看一邊等關元白，不知不覺，眼皮就壓了下來。

關元白和會議室的一堆高管重新梳理項目的事，又和美國那邊的人開完會後，總算解決了今晚的突發事件。

從會議室出來，他皺著眉頭按了按後脖頸，有一絲疲憊。

「關總，今晚預訂的那家餐廳已經打烊，你看是不是要安排另外一家。」旁邊的何至說。

關元白動作一頓，突然意識到什麼，轉頭看他：「周梵梵呢？」

「之前我將周小姐安排在辦公室。」

關元白看了眼時間，方才在會議室裡一心工作，他幾乎都忘了外面還有一個人等著。不過這麼長時間過去，她應該也知道今晚吃不成，回去了吧。

「算了，不用安排了，下次再說吧。」

「好。」

關元白一邊往辦公室走，一邊拿出手機看，但手機裡沒有未接來電，也沒有周梵梵的訊息。

關元白皺了皺眉頭，推開了辦公室的門。

裡面開著燈，明亮的白色照得整個空間清晰透亮。在這樣猶如白晝的環境下，沙發上竟然睡了一個人。

關元白目光在觸及那個身影時，片刻怔愣，一絲微妙的愧疚感很快蔓延了上來。

他走過去，停在她面前。

她睡得很安分，枕著一個抱枕，靠在沙發扶手上，懷裡抱著一本書。居高臨下，這個角度能清晰地看到她的臉部輪廓，偏圓的瓜子臉，睫毛濃密，皮膚很白，嘴唇微微張著，上唇有點翹。

讓她等太久了，竟然都等到睡著了。

可是她不會自己先回去嗎，怎麼會有這個耐心，一直等著他？

關元白眉頭緊鎖，嘴唇輕抿，一時愧疚一時無奈，有點難辨的意思。

「啊，你回來了。」大概還是被動靜吵到了，周梵梵突然醒來，看到眼前站了個人，立刻坐直了。

關元白有些不自在地嗯了聲：「妳睡多久了？」

周梵梵也不知道自己怎麼就睡著了，有點窘迫：「不知道，看書看著看著就睡著了……對不起啊。」

這個時候該說對不起的應該是他吧。

關元白搖了下頭，說：「抱歉，我也沒想到這個會議這麼長。」

周梵梵揉了下眼睛，音質沙啞亦軟軟的，「那你的事都解決完了嗎？」

「解決完了。」

「那就好。」

周梵梵放心地笑了下，朦朧睡意掃光，嬌憨可愛。

關元白突然有些心軟了：「餓了吧？」

「唔……還好。」

關元白說：「這麼晚就不出去吃了，我讓人送點吃的過來，吃完我再送妳回去。」

他說的話有點不容拒絕的意思，周梵梵想著等了這麼久也該吃頓飯了，便沒有拒絕。

她站了起來，手裡還拿著那本書。

關元白注意到，看了眼書名：「《朝野》？」

周梵梵順著他的視線垂眸，解釋道：「我剛剛想打發時間，所以在書架上拿來看的，我現在放回去。」

「沒事。不過，我這裡有這書嗎？」

關元白的表情是真疑惑，還是身後跟進來的何至提醒了句：「是去年關小姐拿來的，說是要您的書架有點趣味性，您當時是知道的。」

「是嗎。」關元白回想了下，才有了點印象，轉頭對周梵梵說了句，「我妹妹拿來的書。」

提起關知意，周梵梵忍不住雀躍，「我知道我知道，關小姐演過裡面的角色，這本小說我很喜歡。」

「很喜歡？」

「嗯！」

關元白隨口說：「那送妳吧。」

周梵梵的眼睛一下子瞠大了，仔細看的話還有那麼一點不知所措，她看看書，又看看關元白，最後又回到了書上，說：「可是，這是簽名本。」

關元白眉梢動了下，不解：「什麼？」

周梵梵把封面掀開，指著裡面的兩個簽名道：「有原著作者和關小姐的親筆簽名，這……真的可以送給我？」

關元白根本就不知道裡頭還有簽名，這本書從去年放到這後，他一次也沒翻開過，他不愛看小說。

不過看周梵梵詫異的模樣，他想這種愛看小說的小女生還是會喜歡的吧，他點了下頭，確認：「送妳了。」

沒過多久，何至就把餐食送了過來，兩人在辦公室旁的小餐桌上吃飯。

周梵梵欣喜於關元白送她這麼珍貴的書，臉上的笑意都要藏不住了，連連夾菜給關元白。

「這個魚好好吃，你吃。」

「排骨湯也好喝，我幫你盛一碗。」

「給，吃菜。」

她貼心地幫他布菜，然後又規矩地換了雙筷子，自己吃起來。

吃了一下又拿起布菜的那雙筷子，準備夾菜給關元白時，他攔住了。

「妳自己吃就好，我會夾。」

周梵梵心裡已經激動地在放煙火，強忍著興奮提示道：「那這個魚有刺，你小心點。」

關元白看了她一眼，放下了筷子。

周梵梵不明所以：「關先生，你吃飽啦？」

關元白面色突然有些嚴肅，沒說話。

周梵梵被興奮沖昏頭腦，毫無察覺：「啊，那我去把那個蛋糕拿過來，一直在冰箱裡呢。」

她走去冰箱，拿到小蛋糕後，又坐了回來，把蛋糕拆了包裝，放在關元白面前：「飯後點心。」

關元白看著她一連串操作，按了下眉心。

今晚她等了他這麼久卻毫無怨言，還這麼高興，這麼積極地照顧他……一個女孩子這樣放低姿態去對一個男人，真的好嗎？

如果這是她妹妹，非被他打斷腿不可。

關元白沒有拿起叉子吃蛋糕，他清了清嗓子，說：「周小姐。」

「嗯？」

「妳不用對我這麼好。」

周梵梵猛地警惕：「沒、沒有啊。」

關元白吐了口氣，繃著臉道：「今天我開會開了這麼久，妳不應該等我的。也不用事事都照顧我，更不用總想著買喜歡的東西給我吃。這些事，不該由女孩子來做。」

周梵梵鬆了口氣，還以為他知道什麼了……

她搖了搖頭，說：「你今天還送我書呢，你對我也很好啊，那我對你好一點也沒什麼不對吧。我們不是合作關係嗎，也算半個朋友了吧，這有什麼？」

那書算什麼……這就算對她好了？她竟還拿這個當藉口。

關元白為難了，可心裡還有一種被取悅到卻不想承認的矛盾感。

良久後，他撇過了頭，掩去了心底那點奇怪的感覺：「算了，隨妳。」

次日下午，關元白前往南爵飯店，和一眾飯店管理層開了個會。

會議結束後，他讓司機驅車去了一家餐廳，今日約了一個合作方吃飯。

餐廳叫「森若」，一家開了十多年的老店，他常常來。

一路進去，是古香古色的擺件，服務生領著他到了一個包廂外，門開後，遠處目所能及是一片濃烈的藏藍色，湖景幽深，燈光近處波光粼粼。

近處的餐桌上，酒香縈繞，已經坐了個人，帶著個銀絲邊眼鏡，眉目清秀。

「元白，來了啊。」

關元白走過去，在那人對面坐下，說：「怎麼酒都醒好了，沒點吃的？」

「等你啊。」

關元白對人笑了笑，朝服務生招了下手，隨後點了幾道菜。

「這家店你常來，知道什麼好吃，所以讓你點。」

關元白笑道：「你直接說你懶就行了。」

對面這人叫嚴成淮，是合作方，也是他好友。

兩人因為生意上的事有了交集，算起來也認識兩、三年了。

「本來帶了好酒，想多叫幾個人來喝，沒想到啊，一個都沒空。」嚴成淮說：「程衍去度蜜月了，宋黎和隨洲怎麼也忙得找不到人？」

關元白道：「宋黎和他女朋友也跑出去玩了，江隨洲這兩天陪關兮住我奶奶家，沒空出來吧。」

嚴成淮搖了搖頭，感嘆道：「都成雙成對了，有了老婆忘了兄弟，也只剩你能隨時出來喝喝酒。」

關元白張了張口，沒得反駁，安靜了。

嚴成淮卻突然想起了什麼似的，說：「我聽說你在相親？」

「家裡人介紹。」

嚴成淮來了興趣：「怎麼樣，有火花嗎？」

關元白脫口而出便是「沒有」，但說完那刻腦子裡出現了周梵梵的樣子，後知後覺地猶豫了下，不過又很快略過了。

嚴成淮則是一臉可惜，「為什麼沒有？」

「年紀太輕。」

嚴成淮好奇道：「多輕？」

關元白眉頭輕蹙：「二十三，而且還在讀書。」

嚴成淮笑說：「雖然比你小了好幾歲，不過也不過分，也早就成年了。」

關元白不搭話，嚴成淮想著他說年輕，那大概是這種清純可愛不是他喜歡的類型，便說：「我表妹今天也在這請人吃飯，就在隔壁，只比你小一歲。那可是個女強人，長得也很好看，怎麼樣，要不要——」

「今天我們是來談事的吧，你扯那麼遠去幹什麼。」關元白不滿地打斷了他，「趕緊的，合約我看看。」

嚴成淮攤攤手：「我可是為你著想。」

關元白嗤笑了聲：「你還是多為你自己想想吧。」

關元白不提這事，嚴成淮只好不再多問了，後續，兩人進入正題，談起了工作。

一邊吃一邊說，一頓飯吃完，大方向也差不多拍板定下來了。

兩人預備離開，走出包廂時，嚴成淮突然朝不遠處打了個招呼，關元白抬眸望去，看到了他之前口中提到的隔壁包廂的表妹。

嚴成淮有心撮合，引著兩人說話。關元白內心波瀾無驚，但表面上也禮貌謙和。

對方笑著遞了名片過來，他收下了。

出去後，嚴成淮搖頭嘆氣：「剛才我都那樣表示了，你收名片就算了？主動提交換聯絡方式多好。」

關元白說：「沒事交換什麼聯絡方式。」

嚴成淮一陣無語：「行了，我算是知道你為什麼單身這麼久了。」

「……」

「不追人，也不給別人機會追，能成才怪。」

關元白反應很快，停下腳步說：「我怎麼沒給別人機會追了？而且，想追的人自然會主動追，不會等著別人給她創造條件。」

嚴成淮愣了愣：「有人在追你？誰那麼不開眼找罪受？」

關元白一記冷眼斜飛了過去。

嚴成淮輕咳了聲，拍了拍他的肩：「我的意思是，誰這麼有眼光。」

「沒誰。」

「這也要遮掩？哦，不會是那個相親對象吧？」

關元白表情微微一凝。

嚴成淮看得真切，驚訝道：「還真是？也對，你這人雖然不近人情，但這張臉還是能騙小女生的。」

「滾。」

關元白徑直往車的方向走去。

「涉世未深的小女生，以後就知道追你的苦了。」嚴成淮揶揄的聲音從後面傳來，關元白沒理，直接開了車門坐進去。

叮，正在這時，一則訊息跳了出來。

周梵梵：『關先生，昨天真的很謝謝你的書，下次等你有空，我請你吃飯。』

關元白從頭至尾快速過了兩遍，嘴角輕輕揚了揚，心情略感舒暢。

苦？

哪裡就苦了，他又沒對她多壞。

《朝野》那本小說被周梵梵帶回家後，直接供在了房間最醒目的位置。

這種有關知意簽名的原著，即便最內部的老粉都沒有，她覺得自己簡直是太幸運了！

而且和關元白見過這次面後，兩方家裡人也消停了點，她奶奶只是偶爾在吃飯的時候問起，她跟關元白怎麼樣了。

這個時候，周梵梵都能面不改色的說，一切都在進行中。

臨近月末，關知意的生日也要到了，這兩天，周梵梵一直在「後媽群」裡討論等兩同擔來了帝都之後要怎麼吃怎麼玩。

她很喜歡跟粉絲朋友混在一起，有共同愛好，有說不完的話，不用顧及什麼形象，也牽扯不到任何利益。

反而很少和帝都這個圈子裡的世家小姐們玩，倒不能一竿子打死說和所有人都不和，只是她一個愛追星的宅女，自覺和她們的共同話題太少了，也怕那些彎彎繞繞。

可奶奶趙德珍偏偏很愛拉著她去參加各種酒會，把她打扮成一個洋娃娃，在觥籌交錯裡穿梭。

奶奶說不喜歡也要適應，以後那也是她生活的一部分。

這天，家裡來了一個穿著職業裝的女人，女人帶了兩個人，和一排的衣服。

周梵梵穿著一身粉白色的睡衣窩在沙發上看小說，睡衣是連身的，帽子上兩個長長的兔耳朵垂著，軟萌可愛。

「梵梵，家裡來人了，老夫人說讓妳試一試衣服，明晚穿。」馮姨走過來拍了拍她戴著兔耳朵帽子的腦袋。

周梵梵掀開帽子往那排衣服處看了眼，有點不耐煩：「又要去哪啊……不用試了，馮姨妳隨便幫我拿一件吧。」

「那我可不敢，老夫人要妳試呢。剛才她電話裡說了，明晚是去關家的酒宴，妳務必認真準備。」

周梵梵黏在小說上的眼睛倏地扯開了，方才的不耐煩和漫不經心一下子消失不見，「真的？」

馮姨：「是啊。」

周梵梵二話不說從沙發上爬起來了，拖著拖鞋走到禮服邊：「那我得選件好看的。」

馮姨見她有這種覺悟，心滿意足，果然，梵梵跟那位關少爺還是有點意思的，知道要去他家，都趕著打扮了。

周梵梵在專業人士的推薦下，選了一件黑色絲絨小禮裙，婉約高貴，又不失一點小甜美。跟馮姨認知的不同，周梵梵此時興高采烈地選衣服，是要為見到關知意做準備。

關家的酒宴，如果關知意蜜月回來了，很大機率是會去的。

雖然她不知道她是不是已經蜜月回來了，但是……萬一呢！

萬一見到面了怎麼辦，她不能太隨便！一定要留下一個好印象！

第二天晚上，周梵梵便跟著奶奶一起去往了關家老宅。

車子行過了一條林蔭大道，道邊樹立著枝幹錯綜的梧桐，末端處，門已然打開，站著迎賓人員。

裡面都裝點好了，花園美酒佳餚，已經有不少賓客。

酒宴她常去，但因為以前和關家沒交集的緣故，這裡是第一次來。跟以往不同，這次周梵梵內心有些小興奮。

趙德珍帶著她往內間走，去見關家長輩，她見到了關元白的爺爺奶奶，也見到了關元白的父親，他們對她很熱情，招呼她吃東西，又跟她聊了些學校裡的事。

全程，她都是乖巧禮貌的模樣。

「怎麼不見元白？」中途，趙德珍問了句。

瞬間，所有人的目光都看向了周梵梵，大概意思是，她能知道答案。

周梵梵一臉愣，她這兩天並沒有跟關元白聯絡，這次來之前也沒聊過天。

「呃……應該是有點忙吧。」周梵梵試探性地說了個答案。

關元白的奶奶崔明珠接道：「是，他啊，總是忙，大概得遲一點了。梵梵啊，妳多擔待。」

「沒有沒有，沒關係的。」

周梵梵白白嫩嫩的，崔明珠是越看越喜歡，笑說：「我啊，如今就是希望元白能早些安定下來，天天撲工作上，人都撲傻了。」

「是啊。」爺爺關鴻說：「小五都結婚了，他還一個人，不像話。」

在老人家那裡，結婚就是人生中頭等大事，不過周梵梵此時根本沒注意這事，因為她抓到了她最想聽到的那個名字——小五，也就是關知意。

「也不知道小五在外面玩得開不開心。」

「有程衍陪著，能不開心嗎。」

隻言片語，把周梵梵今晚的熱情一下子澆滅了。

原來女鵝還沒回來啊，幻想破滅了……

後續，兩家長輩一直在一起聊天，周梵梵趁著沒人注意她，從裡間走出來透氣。

花園裡滿是西裝革履小禮裙的人們，每個人都很精緻，每個人臉上都掛著客套禮貌的笑容。奶奶說過，這種場合，不是真的聊天，大家基本上都偷偷地聊生意、拉人脈。

那不是她能融入的。

周梵梵無聊地發了下呆，走到精緻的高臺邊拿了塊小蛋糕，再繞回廊邊，靠在角落吃東西。

「我也看到了，以前沒見過，到底是什麼來頭？」

「家全股份，聽過沒？」

「啊……這我知道，賣傢俱、搞裝修的是吧？」

「對，據說只有她一個女兒。」

「可是怎麼樣也搭不上關家吧，關元白什麼人啊……不是，怎麼搭上關家的，什麼運氣。」

「據說是崔老太太先看上人家的，大概是因為家世簡單乾淨吧。不過長輩看上也沒用，關元白看不上吧。我看啊，也就是因為家裡的緣故，勉強相個親罷了。」

周梵梵怕妝花了，一邊用叉子小心翼翼地吃蛋糕，一邊聽著那邊幾個男男女女的對話。

這說的是她呀。

周梵梵聽得興致勃勃，甚至過於入神，叉子不小心戳了下嘴唇裡面一點的嫩肉，嘶了一聲，痛得眉頭緊皺。

花園裡燈火通明，關元白走到這的時候，看到的正好就是眼前的景象。

幾縷光線投射在地面上，也流淌在廊邊那個女孩的臉上，她落了一頭長髮，髮側編織至後面，夾了個很小的水晶夾。

臉頰光潔，睫毛捲翹，這個角度，看得到她眉頭緊皺，表情委屈。

而不遠處，有幾個人還在笑著編排。

關元白眼眸微斂，徑直走了過去。

周梵梵還在嘶哈自己的嘴唇，突然感覺身側有腳步聲，轉頭看去，發現是關元白。

她把小蛋糕往下放了放，勉強朝他一笑，準備打個招呼。

卻見他並沒有看她，他走到了她身側，沉著聲說：「幾位是閒著沒事幹嗎？」

不遠處幾人聽到聲音望了過來，看到是關元白時都沒反應過來他說的是什麼意思，第一念頭是想上前來打個招呼。

但下一秒看到關元白旁邊站著的女孩子，一下子知道方才他們說的話被人聽到，很不妥了。

一時間，沒人再敢說話。

關元白面色不快，倒也不完全是幫周梵梵出氣，只是他不喜歡這種背後說人的行為。

而且，這事本來也就是他和周梵梵共同的決定，讓她單方面在別人那落了口舌，挺不該的。

「前廳有美酒招待，各位有空在這說人閒話，不如去品嘗品嘗，也算不浪費這個晚上。」

關元白的聲色過於冷淡，那些人很尷尬，趕緊離開了。

周梵梵見此，默默把蛋糕往下放了放。

嚴肅起來的關元白看起來有震懾力，有點恐怖。

「味道還行？」關元白側眸看她。

周梵梵啊了聲，順著他的視線看了眼自己手裡的蛋糕，連忙道：「嗯，很好吃。」

「那怎麼不繼續吃了？」

周梵梵不動聲色地吐了口氣，還不是剛才扎到自己，太疼了。

「……我吃。」

「剛才那些人說的話，妳不用放在心上。」關元白說。

周梵梵多看了他一眼：「喔……我沒放在心上，反正我也不認識那些人，我不介意的。」

真不介意嗎，真不介意剛才難受什麼？

關元白覺得她就是在逞強，大概是不想讓他難做。

想到這，關元白語氣軟了些：「怎麼一個人在這裡吃，不去前廳？」

周梵梵說：「我就是出來透透氣，而且……前廳和花園人太多了，大家都不是來吃東西的，我一個人在那大吃特吃，不太好。」

關元白笑了下：「妳很餓？」

周梵梵下意識實誠地點了點頭：「晚上還沒吃飯，挺餓的。」

關元白想了想，說道：「妳跟我過來吧。」

「嗯？」

關元白卻不再說什麼，往大廳走去，周梵梵不明所以地跟了上去。

一路走過去遇到好多人，周梵梵和他落著幾步距離，看著旁人和他打招呼，再看著他和別人說笑兩句。

應酬的場面關元白得心應手，短暫幾句話就能順暢終結對話，然後帶著她繼續往裡走去。

最後，她跟著他走到了別墅裡間，這裡相較於外面的熱鬧奢靡，低調安靜多了。

「元白，怎麼進來了？」廚房那邊走出來一個五十多歲的中年阿姨，穿著和外面服務的人員同款的衣服，不過聽她語氣，應該是關家的老人了。

「想吃點東西。」關元白答完，回頭看周梵梵，「有想吃什麼嗎？」

周梵梵哪好意思，連忙說：「不用不用，我在外面吃點小東西就好了。」

明姨看看關元白，又看看周梵梵，心下了然，笑著道：「外面那些好看，但不經吃，我幫你們煮碗麵怎麼樣？」

周梵梵：「不用麻煩……」

「可以。」關元白說：「正好我也沒吃，那就一起。」

「行，你們稍等一下，我很快。」明姨笑容滿面地進去廚房了。

關元白隨意地坐在旁邊的椅子，說：「平日裡是明姨幫爺爺奶奶做飯的，她的手藝很不錯。」

周梵梵：「可是，這樣會不會不好啊，我突然來這吃麵。」

關元白道：「賓客不會進來這裡，沒人知道。」

「……哦。」

周梵梵心裡其實還是有些不自在的，雖然她私下裡在朋友面前鬧騰慣了，但趙德珍該教她的都會教。在酒宴跑到人家廚房吃麵什麼的，可能會顯得沒什麼禮貌。

可關元白已經在那坐著了，自己再推辭，又顯得有點不知好歹。

算了……又不是她自己過來的，是關元白帶著的，應該也沒什麼吧。

周梵梵偷瞄了關元白一眼，雖然他們之間只是合作關係，但她覺得，他人真的好好哦。

明姨的麵很快就做好了，端出來的時候，門外正好有腳步聲靠近。

接著，就是一個滿是驚詫的聲音：「元白，你怎麼跑進來吃獨食了……欸？這女生不是！梵梵！」

周梵梵放下了筷子：「關先生好。」

這人上次她在南爵見過的，是關元白的堂哥，關子裕。

他旁邊還有一個明豔動人的女人，周梵梵認識她，因為她不僅是關知意的堂姐，也是一個很紅的旅遊博主——關家老四，關兮。

這種時候，會在這裡遇到兩人也不奇怪。

「梵梵，喔……我知道了。」秀色堪餐的女人朝她伸了下手，「妳好，我叫關兮。」

她走近的時候，髮絲微動，周梵梵聞到了很好聞的香味。

她太喜歡美女了。

周梵梵握住了她的手，按捺著驚豔說：「妳好，我叫周梵梵。」

「你們怎麼回事呀，一個個都跑進來，外面沒人招待啦？」明姨好笑地看著他們。

關兮道：「我派江隨洲去頂著了，沒事。」

關子裕：「哎呀明姨，我這不是很久沒來，想念妳做的東西了嗎。來嘛，幫我也做一份一樣的麵，我也餓了。」

明姨：「好好好，那關兮呢，要不要吃？」

關兮搖搖頭：「麵就算了，我減肥，幫我弄一份雞胸肉三明治就行。」

「沒問題，你們等等啊。」

「好。」

接下來，四人面對面坐著。

關元白淡定地開始吃麵了，周梵梵則有些不好意思，沒動筷。

關兮跟關子裕聊了兩句，轉頭看到周梵梵，說：「妳吃，別管我們。」

周梵梵：「行……」

在她吃麵時，關兮又細細打量了她兩眼：「我怎麼覺得，妳年紀看起來很小。」

周梵梵把嘴裡那口麵嚥了下去，說：「不小，我二十三了。」

關兮瞥了眼關元白，「比我想像中大一點，不過哥，你這還是老牛吃嫩草啊。」

「咳，咳咳——」關元白放下筷子，瞪了她一眼，「閉嘴。」

關兮無法無天慣了，才不是說閉嘴就乖乖閉嘴的類型，好奇道：「梵梵，妳這麼漂亮可愛，怎麼會答應跟他相親？」

關子裕：「是啊是啊。」

關元白：「？」

在感情上被全家上下批評已經不是一天兩天了，但還是相當惱火。

周梵梵眨巴了兩下眼睛，看了眼關元白，又望向關兮，有些奇怪道：「關先生很好啊，跟他相親……我不虧吧。」

關兮眉梢微微一挑：「是嗎，好在哪？」

周梵梵想了想，如實道：「長得很帥，也很高，事業有成，性格很好，特別紳士禮貌。唔……而且他還善解人意，也很真誠……」

周梵梵說了一堆，並且一臉認真，讓人覺得她說的話很真實，全是她心裡所想。

總之那模樣，關兮和關子裕看得啞口無言。

關元白則不動聲色地勾了唇，順便給了對面兩人一個輕蔑的笑。

關子裕：「行，我吃我的麵去吧……」

關兮也默默起身，跳過這話題轉進廚房：「明姨，我要小塊一點，我吃不了多少。」

關元白笑意更明朗了，畢竟難得讓他們吃癟。

他吃了幾口麵後，愉悅地對周梵梵說：「今天請的甜點師做了草莓酥，是他的拿手菜，國際上還獲獎過，想試試嗎？」

周梵梵點點頭：「好呀，我剛才都沒看到。」

「等等吃完麵帶妳去吧。」

「謝謝你，關先生。」

「不客氣。」

第四章　送禮物給愛豆與她哥

那晚雖然沒有見到自家偶像，但周梵梵還是覺得很開心，不僅僅因為吃了很多好吃的點心，也因為關元白的招待。

幾日後，是群裡的朋友們快要來帝都的日子。

作為東道主，周梵梵這幾天一直在想帶她們去哪裡吃，在群裡問了一嘴後，六六和七七大手一揮，說來貴的就行。

其實幾人認識這麼久也知道六六和七七就是開玩笑，不過周梵梵想著自己也沒請她們吃過飯，那就趁著這次機會，讓她們吃一頓貴的。

往日，她很喜歡吃東西探店，不過帝都昂貴又好吃的餐廳她了解的並沒有那麼多。

因為她喜歡跟朋友同學一起去吃美食，就需要顧忌著普通學生的消費，所以他們的選擇一般不會是金字塔尖的餐廳。

周梵梵本想直接帶她們去她之前和家裡人去過的那些餐廳，可仔細想想，那些餐廳也沒有那麼好吃。

想來想去，突然想到了關元白。

像關元白這樣開飯店的，對飲食一定有研究，肯定經常去吃昂貴的餐廳，且知道哪個最好吃。

短暫地糾結片刻後，周梵梵點開他的號碼，傳了則訊息給他。

『關先生，請問你知不知道我們這有什麼星級餐廳特別特別好吃的？我有朋友從外地來，我想請她們吃飯。』

到目前為止，兩人都沒加上通訊軟體的好友。

關元白沒有主動提，周梵梵也不敢直接要。

大概過了十幾分鐘，關元白回了訊息給她：『什麼類型？』

『好吃，如果可以的話，越高級越好。』

『有個叫森若的餐廳不錯，妳可以試試。』

關元白後續還傳了預約的電話過來，周梵梵看著這個名字，沒什麼印象，自己以前應該沒去吃過。不過關元白既然推薦了，那一定很不錯。

周梵梵跟他道了聲謝，立刻打了電話給那家餐廳。

朋友來的那天，周梵梵和徐曉芊一起去機場接人。

「六六！七七！這呢！」

看到兩個熟悉的身影，周梵梵朝人家奮力揮手。

她們認識這麼久，彼此都知道名字，六六名叫任慧，七七叫薛敏兒。叫六六和七七，也是最開始網聊的時候六六隨口說的，然後薛敏兒順著便道，叫她七七好了。於是這就成了兩人的追星代號，後來也就一直這麼叫了。

「梵梵！曉芊！」

四人撞在一起，互相擁抱，行李都丟到了一邊。

這種熱烈的情況在機場也不奇怪，無人側目，她們嘻嘻哈哈鬧了一下後，拎上行李上了周梵梵的車。

「我靠，妳這車真好看啊！這聲浪，這內飾！帥啊。」薛敏兒問道：「多少錢啊？」

周梵梵說：「我也不太清楚，是我奶奶買給我的，上學用。」

「人比人氣死人！上學開這車！」

徐曉芊笑道：「習慣就好，梵梵可是最質樸的富二代，我們得珍惜。」

任慧道：「對對對，得珍惜得珍惜。」

三人嬉笑著揶揄了周梵梵，可沒過多久，她們就說到圈裡的事了。比如關知意如何，關知意的競爭對手們如何，說得口乾舌燥。至於富二代什麼的，對她們而言，不太值得討論。

車子開到森若時，正值晚上吃飯時間。

四人從門口進去，忍不住四處打探。這家店古香古色，高級雅韻，特有味道，一看就知道不是普通的餐廳。

「妳好，請問有預約嗎？」服務生迎了上來。

周梵道：「有，周梵梵。」

「是周小姐，這邊請。」

「謝謝。」

周梵梵預訂的時候包廂都訂滿了，所以只訂到了大廳的位子，不過大廳位子也非常好，迎著寬廣的湖面，視野極佳。

「我在群裡就是開個玩笑，梵梵，妳還真帶我們來吃貴的啊？這菜……我靠，這也太貴了吧。」任慧被手裡的菜單嚇到了。

另兩人連忙湊了過去，也都露出了「吃完能升天嗎」的離譜表情。

周梵梵笑道：「沒事，盡情點，我們第一次在這裡聚餐，我當然要滿足妳們的願望了。」

「嗚嗚嗚梵梵妳真好。」

「好捨不得點，這一道菜我能去外面吃幾頓好的了。」

幾人嘴上這麼說著，下手毫不手軟，「這個看起來好吃！這個也不錯啊！」

「媽的餓死我了，天皇老子來了我也得點這兩道肉！」

周梵梵支著下巴等著三人點菜，點完後，她拿了過來，自己又添了幾個喜歡吃的，交給了服務生。

等菜期間，四人便開始了每次見面必備的活動——交換自製的周邊。

任慧很會做娃娃，薛敏兒會各種鑰匙扣、ＰＰ夾之類的小東西，周梵梵會畫圖，徐曉芊這次則是帶了自己去店裡做的胸針。

雖然都不是什麼昂貴的東西，可卻都是她們親手製作。且這些東西全帶有她們的愛豆關知意的元素，對於追星少女來說，這些可比真金白銀還矜貴。

熱熱鬧鬧地欣賞完各自帶來的東西後，菜也都上齊了。

拍完照弄好個人頁面的素材，開始吃飯。

任慧一邊吃一邊讚賞這裡的菜好吃，吃著吃著，目光一定，動作突然停住了。

另外三人還在邊吃邊聊，都沒發現她的異樣。

任慧張了張口，卻沒發出聲音，只是瞪著眼睛看著餐廳門口方向。

此時，那邊服務生迎進了三、四人，今天店裡客人挺多，來來去去的，看起來都是非富即貴的樣子。可只有這次讓她呆住了！

「六六，幹嘛呢？吃啊。」周梵梵見她目光呆滯地望著一個方向，叫了她一聲。

任慧深吸了一口氣，倏地轉回了目光，對剩下的三人擠眉弄眼，示意她們往門口方向看。

周梵梵不知所以，回頭看去。

看到門口進來的人後，她也愣住了。

雖然這家店是關元白推薦的，可她實在沒想到，今天會這麼巧在這裡碰到他，看他這樣子，是帶著朋友或者客人來這吃飯的。

「靠，關元白，關元白啊！」薛敏敏看清來人後，激動的心臟都快要停滯了，壓低著聲，桌下的手瘋狂扯周梵梵的衣擺。

這可是她們家女鵝的哥哥啊！！

什麼運氣，來帝都的第一天，就碰到這號人！

周梵梵被扯得回過神，瞬間有些慌張，她立刻看了眼桌面，只見桌子上還端坐著一個關知意Q版娃娃。

「……」

周梵梵覺得自己有點窒息，連忙伸手想把那娃娃拿下來，可就在這個時候，她聽到那個熟悉的聲音，溫潤的、磁性的，帶著一絲小意外。

「周小姐，妳是今天來這吃飯？」

關元白今天要跟幾個生意上的合作夥伴吃飯，會議結束後，他帶著幾人直接到了森若。

這裡確實是他喜歡來的餐廳之一，前兩天告訴周梵梵時也是真心推薦。不過他沒想到她請人吃飯是在今天，好巧不巧遇上了。

一桌四個女生，都很年輕，看模樣穿著大概都還是學生。

說學生他都覺得客氣了，現在學生出門吃飯還帶……娃娃？

關元白勾了勾唇，視線從桌上那個Q版人型娃娃上移開，跟周梵梵打了個招呼。

原本是禮貌性的，不過沒想到打完招呼後，一桌子人的神情都有些怪異。

周梵梵也看到了關元白眼裡的那點疑惑，收好娃娃後給任慧她們示意了個「冷靜」的眼神，然後很快起身，用身體攔截住了關元白。

「是，我今晚請朋友吃飯，關先生，這麼巧，你是……」

關元白說：「我也來吃飯。」

「啊……好的。」周梵梵嚥了嚥喉嚨，背後冒汗，生怕不明所以的七七和六六會有什麼奇怪的舉動，連忙道：「那您去吧，不打擾了。」

關元白微微頷首，可轉身走了兩步又突然回頭。

周梵梵立刻又僵硬了：「怎、怎麼了？」

關元白：「這裡的甜點，荷塘烏龍凍很好吃。」

周梵梵愣了下：「是嘛，我沒點。」

關元白淡淡一笑：「妳可以試試。」

語閉，他朝她身後坐著的幾個女生輕點了下頭，便和同行的人進了走廊那邊的包廂。

一切如常，沒有意外。

周梵梵鬆了一口大氣，但回過頭時，卻看到了兩雙震驚的眼睛和一副似笑非笑的表情。

後者是徐曉芊，她知道她和關元白的事，只是沒想到他們之間有了一點發展。

前者自然是任慧和薛敏兒了。

「我可以解釋……不過，妳們得發誓，絕對不發出一點聲音。」周梵梵坐下來後，小聲道。

任慧和薛敏兒對視了一眼，用力地點了點頭。

周梵梵輕咳了一聲：「其實就是，我和關元白……我們吧，前段時間相親了。」

一陣倒吸涼氣的聲音，任慧和薛敏兒捂住了嘴巴，眼睛都瞪得很圓。

周梵梵摸了摸鼻子，有點尷尬，也有些不好意思：「兩家人安排的，我也是臨近相親才知道是關元白。六六、七七，我後來不說也是因為覺得，反正這相親也成不了……就，怎麼說，這事也不好人盡皆知。」

任慧好一陣子才道：「是不好人盡皆知！如果我們大群裡那些人知道他們跟關元白未來老婆在同一群裡追星，不得瘋啊！」

「不不不，別亂說，什麼未來老婆呀，我們相親已經失敗了。」

薛敏兒激動得滿臉通紅：「這不重要，重要的是妳竟然跟女鵝哥哥相親！老天爺這真的是我離女鵝最近的一次了，梵梵，妳也太厲害了吧！」

任慧：「他剛才竟然還過來打招呼了，相親不成，但是至少認識妳了。暈……這麼近看，好帥啊，不愧是女鵝的哥哥。」

這點，徐曉芊也跟著點頭了：「確實是帥，我剛看他皮膚，一點瑕疵都沒有，那鼻子高挺的，那眼睛深邃的……絕！」

「還有他穿西裝啊，我們兒子穿西裝真是帥出鼻血，身材真好啊。」

「是啊是啊，禁欲系觀感，嘿嘿嘿。」

三人小聲說著，討論到了關元白的外形去了。好一陣子終於討論完，又開始問周梵梵跟他相親什麼感覺。

周梵梵如實告知，看到他覺得有種很心軟很想愛護的感覺。

三人很理解地點點頭，那可是自家愛豆的親哥哥，親的啊！對他怎麼不心軟，怎麼不想愛護呢！

後來她們得知周梵梵送出了自己的畫作，又收到了關元白送的關知意簽名書，紛紛羨慕出豬叫。

「您好，荷塘烏龍凍。」過了一下後，服務生突然來上了四份甜品。淺淺的綠色點心，上面還有兩片縮小版的荷葉，十分精緻。

周梵梵道：「這個我還沒點。」

「是關先生點的，請您品嘗。」服務生說完，微笑著離開了。

三人一陣曖昧的低呼，眼神往周梵梵身上盯。

周梵梵看了眼甜點，又看向幾位友人，無奈道：「人家就是禮貌性點個特色菜給我們，瞧妳們的樣子……」

徐曉芊輕撞了下她的手臂：「欸，不會是有點戲吧？」

「哪來的戲。」周梵梵說著，想起在他家時他帶她去吃那些甜品的樣子，認真道：「不過我們兒子與人和善是真的。」

吃完飯後，周梵梵去結帳，被告知這單已經結過了。

離開時，她看了眼關元白所在的那個包廂，包廂門關得緊緊的，也看不出什麼，她只好先送任慧和薛敏兒去飯店。

後續，又把徐曉芊安全放到學校，才回到家中。

這個時間也不知道關元白吃完飯沒有，周梵梵躺在床上，想了想還是傳了則道謝的訊息給他，並且告訴他荷塘烏龍凍真的非常好吃。

關元白收到訊息時還在森若的包廂裡，酒過三巡，清醒的思緒隱隱被侵蝕了幾分，窗外波光粼粼，月色融入水中，看久了，有點模糊。

手機震動了一下，他看到了周梵梵傳的感謝訊息，說很謝謝他結帳，之後一定要請他吃飯。

關元白看著螢幕，很淡地笑了一下。

其實，他根本沒有要她請回來的意思。

出門在外混跡商場，只是習慣了，有時候遇到熟人在同個餐廳，順手結帳，都是人情世故。

不過大概是因為他跟周梵梵並沒有什麼利益牽扯，看到她說謝謝，說荷塘烏龍凍很好吃，感覺到了幾分真誠。

還挺乖的一個小朋友。

「關總，我覺得這項目開闢海外市場急了些，你覺得呢關總，關總？」

關元白目光頓了頓，從手機螢幕上移開，他關了手機放到一邊，緩緩抬眸：「這件事，是需要再多點時間考察。」

「是吧？我就說林泰那邊太冒進了。」

周梵梵遲遲沒有收到回覆，想著他應該還在忙，便爬起來坐到電腦面前製作關知意生日影片，一直到很晚才結束。

隔天，她和徐曉芊一起去南爵飯店找任慧和薛敏兒。

這兩人這幾天都住在這裡，據她們說，來帝都一趟，怎麼能不住女鵝家裡的產業！

周梵梵和徐曉芊在大廳登記過後，去任慧和薛敏兒房間聊了下天，到了吃飯時間，便一起去飯店內的其中一家餐廳用餐。

餐廳在頂樓，是帝都鼎鼎有名的打卡地點，全透的玻璃四周，俯瞰廣闊的城市景觀。

位子早前已經預訂了，四人落了座，點好了菜。

「今天這頓我請客。」任慧說。

徐曉芊道：「可貴了，我們還是ＡＡ吧。」

任慧：「放心，這次出來玩我存夠了錢，不然怎麼敢住南爵。」

薛敏兒也道：「是是是，我們提早好久就開始存錢了。不過妳別說，這錢花的可真值！南爵不愧是南爵哈，房間太舒服了，我愛死這裡了。」

任慧堅持要請她們吃這頓，大家也就沒有爭，坐在一起拍照。

就在這時，突然有人拍了下周梵梵的肩。

周梵梵回了頭，看到一張笑意盎然的臉。

「我就知道沒看錯，梵梵，來吃飯啊，怎麼不見元白？」

關子裕今日穿了件花襯衫，有點東南亞的味道。

周梵梵有些意外：「關先生，呃……我今天跟我朋友一起來吃飯，他、他我不知道。您怎麼也在這？」

關子裕玩笑道：「我經常在這裡混吃混喝。這不一個人剛睡醒來找吃的。」

「這樣……」

關子裕很自來熟地點了點旁邊的椅子：「我方便跟幾位小美女一起吃？」

周梵梵自然不會一個人應下，去看其他幾位的意思，誰想到一看之下那三位眼睛都在放光，「好呀，您坐吧，我們這還有位子呢！」

關子裕樂呵呵地拉開了椅子：「太好了，今天中午終於不用一個人吃飯了。」

手機震動，周梵梵看了眼，發現薛敏兒在群裡說道：『也姓關！他是哪個哥哥！』

周梵梵暗暗打字：『關家老二，關子裕。』

粉絲們雖然對關知意的家庭背景很了解，但也不是知道她每個兄弟姐妹都長什麼樣，畢竟關子裕從來沒出鏡過。

關子裕很能聊天，沒多久就跟一桌子人打成一片，菜慢慢上來後，他說：「元白今天有來飯店開會，這時也該吃午飯了，這樣，我叫他過來。」

周梵梵愣了下：「他忙著的話，不麻煩了吧。」

「吃飯而已，怎麼算麻煩了，梵梵，妳對他可別太貼心了。」

關子裕說完就開始打電話了，攔都攔不住：「元白，忙完了啊，來吃飯啊，在頂樓……梵梵也在呢，對對對，人家喊你過來呢，快點。」

意意的野生後媽群——

六六：『我靠我靠！兒子要過來了啊！』

七七：『這！昨天碰面，今天直接就一起吃飯？會不會太刺激了！媽媽我承受不住啊！』

曉芊：『堂哥來就算了，親哥也要來，我緊張了。』

周梵梵：『全體冷靜，千萬千萬不要亂說話。』

七七：『放心吧！端莊！得體！我們懂！絕不給嫂子妳丟人！』

周梵梵：『……』

神經病啊！！！

沒過多久，關元白真的出現在餐廳裡。

餐廳經理見他出現在這立刻迎了上去，關元白示意了下周梵梵這個方向，經理才退開。

他朝他們走了過來，站在餐桌邊後跟眾人打了個招呼，然後才對關子裕道：「你怎麼坐這？」

關子裕：「一起吃飯呢，當然坐這了，來來，你也趕緊坐下。」

關元白睨了他一眼，看向周梵梵：「沒打擾到妳們吧？」

還沒等周梵梵開口，任慧等人就已經說道：「不打擾不打擾，關先生一起吃飯吧！」

周梵梵噎了噎，也客氣地笑了下：「人多，一起吃熱鬧。」

「就是啊。」關子裕拉開了周梵梵旁邊的位子，「元白，坐這。」

關元白沒再說什麼，坐下了，服務生也新拿了一副碗筷過來。

任慧她們顯然對於關元白的到來更緊張，因為緊張，也不敢跟他說話，反而和關子裕能暢通無阻地聊天。

關子裕得知有兩位是來帝都玩的，開始推薦起一些冷門但是很有意思的地方給她們，任慧和薛敏兒聽得津津有味。

趁大家都在聊天，周梵梵伸出手，在桌下很輕地拉了下關元白的衣擺。

關元白感知到，朝她的方向稍微傾了一點身體，聽她要說什麼。

「剛才不是我非要喊你上來吃飯的，我沒那個意思。」

她說得很小聲，帶著點氣音，瞥了他一眼，像是怕打擾到他，眼神有些緊張，也有些抱歉。

關元白低眸，看了眼她揪著他衣擺的手，指尖圓潤乾淨，粉貝晶亮。

「我知道，沒事，正好我也要吃飯。」關元白說。

「喔。」

衣擺被放開了，關元白看到她鬆了一口氣，無聲地笑了下。

一頓飯吃完，關子裕和關元白先離開了。

任慧叫來服務生結帳，結果被告知免單了。不僅如此，回到房間後電話響起，裡面的客房經理很禮貌地說要幫她們免費升級房間，詢問她們願不願意。

任慧和薛敏兒完全暈乎了，一邊不好意思一邊激動地大喊有一個好「兒子」！

周梵梵想著，雖然這飯店是關元白的，可也算是他為她們結的帳。

又添了一頓飯了。

周梵梵坐在沙發上，傳訊息給關元白。

『關先生，真的謝謝了今天。下次你有時間，一定一定要讓我請你吃飯，兩頓。』

發出去後想了想，她又添了一句：『幾頓都行。』

後續兩天，周梵梵和徐曉芊陪著任慧和薛敏兒在帝都玩樂，各大景點打卡。

玩了幾天後，兩人結束旅程，回去自己的城市了。

周梵梵從鬧騰中抽離，想到了上次關元白幫自己結的帳，便傳了訊息問他有沒有空。

關元白回覆了，說自己最近這段時間公司忙，請客什麼的就免了。

周梵梵只好打消請吃飯的念頭，不過，還是覺得自己應該做點什麼謝謝他。

周梵梵想了想，念及關元白喜歡吃甜食，便決定親手做點甜食，帶著滿滿的誠意感謝。

這樣的話，他忙也沒關係，反正她可以送到公司去給他。

於是這天，她從超市裡買了很多原料，回到自家廚房裡製作起來。

烹飪烘焙這種事對她而言不算難，她很喜歡吃美食，放假在家時也喜歡自己做，而且做得還很好吃，連家裡做飯的阿姨都誇過她的廚藝。

周梵梵花了一個下午的時間，做了小蛋糕和曲奇，櫻桃燕麥曲奇是她的拿手絕活，裝上滿滿一盒後，出發去了南衡。

到了南衡總部後，她先去前臺諮詢了下，聽到關元白正在開會，晚點才會下來，她便坐在大廳等了下。

她沒有傳訊息給他，因為怕打擾到他開會。

等待的時候，她想著如果等一個小時還沒見人下來的話，她就直接放前臺。不過運氣不錯，等了半個小時，就看到關元白和一群人從電梯裡出來了。

「關先生。」周梵梵朝他揮了揮手。

關元白看到她時愣了下，而後側眸和旁邊的人說了句什麼，抬腳走了過來：「妳怎麼在這？」

跟關元白同行的那些人站在原地等著，不過目光都集中在了她這邊，帶著若有似無的好奇。

周梵梵道：「也沒什麼，就是我朋友在的時候你不是幫我們買了單嗎，我朋友都說讓我謝謝你。嗯……我看你平時好像開會時間挺不穩定的，可能會沒空吃飯，所以帶了一些點心給你，都是我親手做的。喔，你放心，味道都還不錯。」

關元白低眸看著包裝袋，有那麼一刻竟然不知道自己該不該接——他也有搖擺的時候。

「小事，妳不用這麼麻煩。」他開口道。

「不麻煩，我挺喜歡烘焙的。」周梵梵怕關元白不肯要，直接把袋子掛在了他手上，「好了，那我不打擾你了，再見。」

「等等——」

可周梵梵根本就不給他叫住的機會，走得奇快，一下子就從門口繞出去了。

關元白怔了片刻，視線才從周梵梵消失的方向收回。

他又低眸看了包裝袋，粉粉嫩嫩……旁邊竟然還掛了個小熊。

關元白嘴角很淡地勾了下。

花裡胡哨，不愧是小朋友。

送完東西回到家時，奶奶趙德珍剛好也到家。

「回來了？」

「嗯。」

趙德珍上下打量了她一眼：「妳怎麼這麼快就回來了？」

周梵梵有些奇怪：「有什麼問題嘛？」

「妳馮姨說，妳今天在家做了一下午的蛋糕，做好就帶出門了，是做給元白的吧？」

關於這點，周梵梵沒有想瞞趙德珍的意思，反正她巴不得她和關元白走得近。

果然，得到確定後，趙德珍喜笑顏開：「妳這孩子總算開竅了啊，也是，妳做的東西很好吃，可以給元白嘗嘗。」

「嗯……」

趙德珍道：「而且妳不是經常在家搞這些美食，以後也不用給奶奶吃了，拿給元白吃好了，奶奶不介意。」

周梵梵心想，妳當然不介意了……不過看著趙德珍樂呵呵的笑容，腦子突然靈光一閃。說起來，原本還愁怎麼送禮物給關知意，眼前好像就有個很好的方法啊！

說幹就幹。

之後三天，周梵梵基本上都是三點一線。學校，家裡，南衡。

去南衡不為別的，就是送吃的給關元白，有時候是蛋糕點心，有時候是營養均衡的晚餐。她並沒打擾關元白，去的時候就放在大廳前臺，然後讓他的助理何至過來轉交給他。

關元白在第三天晚上吃飯時間時打了電話給她。

這通電話，在周梵梵預料之中。

『周小姐，我想我說過很多遍了，我們是合作關係，妳不用這樣單方面的對我。』關元白的聲音是平靜的。

周梵梵說：「請問，是不好吃嗎？」

關元白垂眸看了眼旁邊放著的晚餐，停頓了下：『這不是重點。』

周梵梵鬆了口氣：「不是不好吃就行，關先生，你吃吧，不用有負擔，因為我也是為了我們才這樣做的。」

『什麼？』

周梵梵早就準備好說辭了：「是這樣的，上次我不是說想謝謝你所以準備了甜點給你嗎，我奶奶看到了，她特別高興我主動跟你示好，對我們更放心了。所以我就在想，反正我也經常在家下廚，不如就順便準備一份給你好了，騙騙我奶奶。」

關元白遲疑了下：『妳經常在家下廚？』

周梵梵說：「我有空的時候挺喜歡研究美食的。」

『是嗎？』

周梵梵道：「是呀關先生，你就收下吧，當作幫幫我的忙。我奶奶看我實在是看太緊了，一個不留神就說我在敷衍她。」

打完這通電話後，周梵梵的心放下了，她知道關元白理解了她的意思。

因為關元白最後也沒有說什麼，只說了句「知道了」。

於是後來一段時間，她便更大膽地投餵給他，中間還夾雜了送幾次禮物——雙份，一份當然是給關知意的。

而這幾次禮物，就是她的目的。

做美食送吃的，只是為了讓關元白適應這件事，然後夾帶私心，把禮物送出去。

她想，關元白不會懷疑什麼，畢竟她理由很充分，並不是無事獻殷勤，而是為了讓他們之間演的更逼真！

不過後來，大概是周梵梵太常出現在南衡了，而且每次來都送東西給關元白，久而久之，公司裡的人開始傳言，有女孩子在追他們的關總，而且很真誠、很熱烈。

關於關元白的事本來就讓很多人感興趣，所以這消息很快也傳到了公司外很多人的耳朵裡。

周梵梵跟帝都那一圈富貴子弟們交往很淺，所以也不太清楚她的事蹟到底被傳成什麼樣。

偶然聽到一點風聲，她也完全無所謂。

她和關元白是相親對象眾所周知，那說她相親期間瘋狂追求關元白，也沒什麼呀，她又不會掉塊肉。

只要她自己和關元白本人知道她沒那心思就行了。

這天，關元白在南衡開會。

回到辦公室時，助理何至又拿了一個淺粉色的袋子，放在了他的辦公桌上。到了現在，關元白都不用等何至說話，就知道這東西是誰送來的了。

連續好多天了，有時候是小蛋糕，有時候是正餐，有時候是親手做的工藝品或者畫作……從那天她說要哄騙她奶奶開始，就送了他很多東西。

關元白攔不住她，也沒有理由攔住她。

不過，他打從心底就不信她那套說辭。

長輩雖然操心，哪會天天盯著妳做什麼。

而且，何必這麼周到，禮物不僅自己親手做好送來，還做雙份，連帶著他的家人也要討好？

關元白靠在辦公椅裡，懶倦地想著，這人心眼是有，但是不多。

「喲，什麼好吃的呀？」就在這時，辦公室門被人推開，一個穿著暗紅色西裝的騷包男人走了進來，他目的明確，一來就把那個淺粉色的袋子拿了過去。

關元白擰眉看他：「拿來。」

「等等拿來給你，我看看裡面是什麼……呀，還有一個紙條呢。」

關元白起身，警告道：「宋黎。」

宋黎是他的好友之一，從小就認識了，今天是因為公事來了南衡，剛才他們一起開會。

宋黎無視關元白警告，聲情並茂地把那小紙條讀出來了：「關先生，這是我今天剛做的櫻桃蛋糕，祝你今天工作順利，開開心心——」

唰地一下，紙條連帶著那個袋子都被關元白拿走了。

宋黎笑得肆意，一屁股坐在了他辦公桌上，調侃道：「元白，聽說有個小女生在追你啊，就這個吧？」

關元白瞥了他一眼：「哪聽說的？」

「現在還有人不知道嗎？早前我聽嚴成淮說你那個相親對象對你有意思我還沒在意，誰知道竟然是真的啊。哇，人家小女生送這送那的給你，現在都傳開了，對你可不要太好了。」

關元白心裡難得有些怪異，但面上還是鎮定的：「滾。」

「嘖，看你這樣就是沒接受人家。哎，小女生可真是癡心啊，你這麼冷冰冰的，她卻還是堅持不懈，顯然是愛你愛得要死！」

關元白睨了他一眼，「……神經病。」

「惱羞成怒了？難道不是這樣嗎？」宋黎眼睛一亮，「你不會已經被人家感動了吧？鐵樹要開花？」

「少胡說八道。」關元白嘴上這麼說著，卻想起了之前有一次她在辦公室等他等到睡著的樣子，很乖，一點怨言都沒有。

雖然最近她破藉口一大堆，也從沒說過喜歡，可他覺得她的行為上不難看出這一點。

關元白不是沒被女孩子追過，但這麼純粹、這麼堅持，還這麼不求回報的，他也是第一次遇見。

「有事沒事？沒事你可以走了，我還要工作。」關元白開始趕人了。

宋黎似笑非笑：「行~我走，哎呀，看這情況，某人離脫單也不遠了哦~」

「……」

宋黎離開後，辦公室只剩下他一人。

關元白拿起那張紙條又看了眼，腦子裡跳出來宋黎方才說的話。

愛你愛的要死？

……誇張。

週末，關元白和父親關興懷一起回了關家老宅，陪二老吃飯。

周梵梵的事，也不知道怎麼傳到了兩老人家這，飯沒吃完，奶奶就逮著他一陣數落。說他怎麼可以讓人家女孩子單方面付出，自己卻什麼聲響都沒有，這麼長時間了也不給個準話在一起。

關元白頓時啞口無言，解釋也不對，不解釋也不對。

「你啊，別天天端著，我看著就來氣！人家梵梵多好的一個小女生啊，家世也乾淨，我就覺得你們很合適，你趕緊的，喜歡就答應人家，別讓人追著你跑，多不好啊。」

在婚姻這件事上，關元白被催得很煩躁，所以一開始才會答應周梵梵偽裝。

其實原本覺得這樣的偽裝挺好，可以讓家裡人消停，但最近這段時間，他心裡越發覺得事情不太對勁，今天再被奶奶這麼一點，他更覺得不對了。

「奶奶，這件事妳先別管了，我自己看著辦。」

父親關興懷道：「你自己怎麼看著辦啊，你要是能看著辦，怎麼還不結婚？」

崔明珠：「就是，你還想等到什麼時候。之前就這個不行那個不行的，沒一個看得上眼，現在好不容易有這麼好這麼合適你的梵梵，你又這樣子。」

關元白皺眉：「怎麼樣才是合適我的？奶奶，你看上的就是合適我的嗎，不用管我的意願？」

關興懷不滿道：「元白，怎麼跟你奶奶說話的？」

關元白深吸了一口氣，捏了捏眉心：「總之，合不合適我自己會知道，你們不用催。」

崔明珠也不惱，放下筷子道：「行，你自己知道，那你自己就好好去感受感受。這樣，昨天有朋友送了我幾張話劇的票，你明天晚上帶梵梵去看。」

關元白有些無奈：「明天下午有會，我沒空。」

「開會要開到晚上啊？」

「有可能。」

崔明珠這下有點火了，「就一個會議而已，公司離了你會馬上倒閉嗎？全南衡沒人了！」

關元白嘴角微微一抽：「奶奶，妳什麼時候也這麼不分輕重了？」

現在在崔明珠眼中，孫兒的未來婚姻才是最重要的，工作什麼的，他們關家才不缺這點錢！

崔明珠不跟他扯了，直接道：「什麼輕什麼重我了解著呢！不想氣死我的話，你明晚給我乖乖接上梵梵！」

這天，週六。

周梵梵跟家裡的阿姨說了聲，讓她幫她準備一點需要的食材，她想做點不一樣的甜點讓關元白試試。

畢竟，前兩天才透過關元白送了個畫冊給關知意。她的小小心願能實現，都是他的功勞啊，所以她一定得好好對他！

不過沒想到的是，食材買好了，卻不用做了。

因為這天下午，關元白直接到了她家門口，說一起去看話劇。

周梵梵雖然意外，但也很快同意了，她能猜到這是他家裡人安排的。只是，以往即便是被迫裝裝樣子關元白也是平和的，甚至她都覺得他挺溫柔。但今天，他心情似乎不太好，一路上都沒說過幾句話。

周梵梵也不勉強他說話，自顧自地扮演著溫婉乖巧的大家閨秀。到了劇場停車場，還遇到了幾個熟人，不是她的熟人，是關元白的。那幾人和關元白打完招呼後，眼神都落在她身上。

周梵梵並不在乎，也無心去在乎，因為走到話劇門口時，她看到了他們今天要看的話劇。

這部話劇她知道，是她家寶貝意意的對家，唐諾主演的。

唐諾和關知意算是同類型的演員，經常有競爭的情況，唐諾的團隊還總是暗暗買通稿拉踩[6]，所以兩人粉絲群體互相看不順眼，網路上吵架吵得厲害。

周梵梵表情有那麼絲裂縫，強忍著想翻白眼的衝動，和關元白一起坐到了VIP席位上。

「為什麼……來看這個呀？」一開始前，她還是忍不住問了句。

關元白靠著椅背，神色有些冷淡：「奶奶給的，我也不知道是什麼。」

「這個不好看。」

關元白看了她一眼：「妳怎麼知道？」

6　拉踩，指粉絲或網友在討論中故意貶低或批評其他偶像或團體，以凸顯自己支持的偶像的優勢。

周梵梵心想，管我呢！我就是知道！

而且即便真的好看，她也不要來當觀眾！！要是讓七七她們知道，一定會開除她的粉籍！

「我……看網友說的。」

關元白心裡掛著事，隨口道：「沒事，隨便看看吧。」

周梵梵內心十分勉強：「……哦。」

因為不喜歡，所以全程周梵梵都沒有看進去幾眼，頻頻刷手機。

關元白也是，他本來就是被逼來的，再者今天下午是真的有會議，他一直在手機上和助理通資訊。

中場休息時間，關元白屈指在她椅子的扶手上輕點了兩下，周梵梵側眸看他，見他指了指劇場的門。

周梵梵眼睛微微一亮，問：「走嗎？」

關元白雖然忙，但也早看出來她沒什麼心思看話劇：「走吧。」

「好！」

出了劇場後，周梵梵和關元白往停車場去。

兩人並排走著，她今天沒穿高跟鞋，到他下巴的樣子，稍微側一點頭，就能看到他沒什麼表情、有點清俊的側臉。

劇場到停車場有一段距離，要走過一個長廊，長廊頂部嵌著一排燈，白霧一般的光從頭頂傾斜，讓他的皮膚顯得更加剔透，稜角越發分明。

看了好多次，但周梵梵還是驚豔於關元白的長相，並且再一次感慨基因的力量。

快走到停車場時，關元白突然停下了腳步。

這一路，他能察覺她的視線多次放在他身上，此時轉頭看她，也看到她眼裡赤裸裸的光亮。

周梵梵：「你今天是不是挺忙的？」

關元白：「我們不裝了吧。」

兩人同時開了口，周梵梵愣了下，沒反應過來，疑惑地「啊」了聲。

關元白擰著眉，說：「我是說我們騙長輩還在接觸中這件事，不騙了。」

「為什麼……」

「繼續騙下去不好收場，他們只會更想插手，比如像今晚來看話劇一樣，但我今天確實有要緊事。」

周梵梵聽罷先是表示理解，但是又想起，如果中止了這件事，她以後就沒什麼藉口送東西給他了。

果然，下一秒她就聽到關元白說：「還有，妳不要再送任何東西給我了，不管妳心裡真實是怎麼想的，我都不希望這樣。妳也好好考慮考慮，一個女孩子這麼追著人跑，對自己好不好。」

周梵梵腦子有點卡頓，聽到這話也沒去深想他說的什麼對自己好不好，只是想著他不希望她再送東西給他，他不喜歡。

周梵梵抿了抿唇，小聲道：「我、我這麼做打擾到你了，是嗎？」

關元白心口微微一動，有那麼瞬間竟想搖頭。

可下一秒，又被理智碾壓了過去，他看著她，森冷道：「是。」

第五章 把愛豆她哥當快遞

那天晚上，闞元白說完後便送她回家了。

周梵梵輾轉反側睡不著，心已死。

他覺得她打擾到他了。

他不想裝相親對象了。

所以，她不能再送東西給他，也不能送東西給意意，更沒機會見到意意了。

果然，他們沒有撐到她家寶貝回來。

好難過……

因為難過和沮喪，後來兩天周梵梵都在長吁短嘆，幹什麼都沒勁。

「梵梵，妳爸爸昨天打電話問我們，今年過年我們在哪過，是在這呢，還是去法國？」周梵梵正坐在沙發上發呆，奶奶趙德珍走了過來，坐在她身邊。

周梵梵回過神：「我不想去國外過年，一點過年的味道都沒有，爸爸不回來嗎？」

周梵梵的父親身體不好，早年就不在公司做事了，他喜歡法國，於是去到那邊療養加生活，一年裡大概會回來三、四次。

去年過年，周梵梵和趙德珍一起去法國，但今年她想在國內過。

趙德珍道：「我也就是先問問妳，如果妳不願意去那過年，我就讓妳爸爸回來。」

周梵梵攬著趙德珍的手臂，靠在她肩上：「嗯，奶奶最好了～」

「妳啊，就會撒嬌。」趙德珍道：「不過我也不喜歡在外面過年，妳說的對，其他國家哪有我們國家的年味啊。」

「是呀。」

「正好，等妳爸爸回來了，找個機會去拜訪拜訪關家，以後妳和元白要是——」

「八字還沒一撇呢！」周梵梵嘟囔，「而且永遠也不會有那撇。」

「什麼意思？妳和元白不成了？」

周梵梵張了張口，想說是。可下一秒，又怕趙德珍像以前一樣，立刻開始幫她物色下一個，便支支吾吾道：「不是這意思，嗯……這事再說吧。呀，奶奶，我導師突然傳訊息給我，我得回趟學校啊。」

「妳話都沒說清楚——」

然而周梵梵溜得飛快。

到學校後，她把和關元白的事告訴了徐曉芊。於是，一個人的長吁短嘆，變成了兩個人的長吁短嘆。

「那你們這兩天沒有聯絡了嗎？」徐曉芊問。

周梵梵搖了搖頭：「妳也知道之前都是我主動聯絡的嘛，關元白沒有長輩的原因從來不會聯絡我。那現在不裝相親了，我也沒有什麼藉口找他了，當然也送不了東西了。」

徐曉芊：「那女鵝一直沒回來呢，也見不到了。」

「是……」

徐曉芊拍了拍她的肩膀安慰：「算了沒關係，雖然沒機會讓她認識妳，可是妳別忘了，妳有了女鵝的親筆簽名書呢，妳還送了她很多小禮物呢！已經賺大了呀。」

這麼說著，也有點道理啊。

周梵梵突然開心了一點：「是啊，已經很好了！」

「對啊想開點，走吧，我們吃飯去。」

周梵梵：「啊？妳今天不是要跟妳男朋友一起吃飯嗎？」

徐曉芊的男朋友是她大學時候就開始談的，平時經常一起吃飯，周梵梵可不喜歡當電燈泡。

徐曉芊道：「他說研究室有事來不了了，我們一起吃吧。」

「那行～」

第二天早上有課，周梵梵今天也就沒有回家，待在寢室裡睡覺。

本來也是很普通很平靜的一天，但誰能想到，將近凌晨時，粉絲大群突然躁動了起來。

周梵梵正好還沒睡，在黑暗中瞇著眼睛看了兩眼群組，蹭地一下瞪圓了。

與此同時，她也看到她對面床上，徐曉芊從床上彈了起來。

兩人在幽暗的環境中看向對方，即便根本看不清，也知道兩人現在的表情一定很激動！

因為方才，粉絲群裡有人爆料，關知意出現在了國外機場，準備回國了！

靠靠靠！！！

按照時間推算，也就是說明天早上七、八點左右，關知意就會落地帝都機場。

終於回來了！！！！

寢室裡還有兩個室友在睡覺，周梵梵和徐曉芊不敢作聲，只能啟動振動模式，瘋狂在她們的四人小群裡刷螢幕！

『看到了吧？妳們都看到了吧？！』

『女鵝！！寶貝！！！麻麻想死妳了！！！』

『啊啊啊啊啊睡不著了，終於可以看到新鮮的寶了！』

『回來後一定要開始工作了吧！會有新物料了吧！』

『好漂亮！！雖然有點糊，但女鵝的機場圖一如既往的好看啊！』

『好開心啊～～』

四人在群裡瘋到了半夜才逐漸消停。

第二天醒來，看到社群軟體上有些行銷帳號和站姐[7]已經更新了關知意的機場圖，周梵梵的心情瞬間好了一百倍。

不過讓她沒有想到的是，更快樂的事，發生在了後面……

7　站姐，泛指使用高級相機拍攝偶像的粉絲，亦指明星偶像應援站的組織管理者。

這天早上的課上完後，她突然接到了關家奶奶崔明珠的電話。關元白似乎還沒有跟他奶奶說他們不打算繼續「接觸」一事，電話裡，奶奶竟然讓她晚上去她家裡吃飯。

周梵梵第一個念頭當然是要拒絕，畢竟關元白已經那麼說了，她不想惹他不快。

但剛準備說出口的話被崔明珠一句「我孫女孫女婿今天也回來了，大家正好一起吃個飯」堵得死死的！

周梵梵發誓，她是真的不想讓關元白不愉快，不想去打擾他，再給長輩們營造一種兩人還有戲的意思。

但是！那是她家寶貝意意啊！她去了就可以看她一眼！還是近距離！還能說上話啊！

這種時候，讓關元白不愉快算什麼！

違背良心算什麼！！！

這種時候她是沒有良心的OK？！

於是周梵梵抖著手，非常愉快地答應下來。

徐曉芊知道的時候直接瘋癲了。

去吃晚餐前，她拽著她去做了個頭髮，買了身衣服，又化了個美美的妝，非常謹慎非常認真，就差讓她沐浴更衣焚香禱告。

周梵梵激動過後，實際上是有點愣的狀態，好像想什麼都不太靈光。

準時到關家時，他們家廚房裡還在如火如荼地做晚餐，她就坐在客廳裡，被崔明珠拉著聊天。

崔奶奶說了許多孫兒們小時候的事，周梵梵聽得認真，但也時刻緊繃著。

她的身體裡好像分出了兩個靈魂，一個坐著乖乖地聽崔明珠說話，一個在偌大的客廳裡來回徘徊，緊張得呼吸不暢，不停看門口，等待那個人出現。

大概半個小時後，外面隱約有聲音傳來。

接著是家裡的阿姨拎著幾袋東西進來了，隨後，她看到了她朝思暮想的那個女孩子。

穿著黑白格子大衣和小短靴，幾個月不見，她的頭髮剪短了，但小臉蛋還是一如既往的可愛漂亮，白嫩嫩的皮膚，簡直讓人想上手捏捏。

周梵梵覺得有那麼一刻世界變成了黑白，僅僅剩下關知意一個人帶著色彩。

她幾乎是屏住了呼吸，大腦先是一片空白，而後感知到一切都是真的後，非常想落淚，非常！

不過，這一切都被她忍了回去，她知道自己不能失態。

聽到關知意指了指旁邊的人，對她說「妳好我叫關知意，他妹妹」時，她也沒發聲，因為緊張的心都顫抖了。

「妳是叫周梵梵嗎？」她聽到她又問了句，聲音溫柔得簡直要把她融化。

周梵梵暗自深吸了口氣，站了起來，強行冷靜地說：「我、我是。」

「初次見面，這個送給妳。」關知意把伴手禮遞到了她手上，說：「裡面的糕點可好吃了，我特地帶回來的，妳一定要試試。」

「謝謝……」

「不客氣～」

老天爺，我真的見到女鵝了……

她好漂亮好溫柔，這麼近聞著，還好香！

她竟然還送了蜜月帶回來的點心給她，嗚嗚嗚她怎麼這麼好啊！

周梵梵心中風起雲湧，而短暫的寒暄過後，大家都落了座。

關知意坐在崔明珠旁邊陪她聊天，說了說這段時間在外面發生的趣事，也是在這時，周梵梵才冷靜了一點點，發現跟關知意一起來的還有兩個男人。

一個是關知意已經結了婚的老公，戚程衍，一個是關元白。

此時，關元白就坐在她旁邊。

周梵梵看到他坐下時心裡其實有慌了一下，因為怕他不高興，畢竟今天要來這，她都沒有跟他說過。

但轉念又想，也就這一次了。

這次過後，她絕不打擾他，她發誓！

「妳是緊張嗎？」

關於他和她的事，因為忙，關元白還沒來得及跟他奶奶說，所以導致周梵梵今天會在這裡。

來之前，關元白知道見到她會有些不自在。

但沒想到的是，她看起來好像更不自在。

不過也是，自己那天都說了那些話了，她不知道在長輩面前要怎麼跟他相處也正常。

周梵梵聞聲看了他一眼，不知道怎麼說，只好隨意點點頭。

關元白看她這麼緊繃的樣子，其實是有一點後悔的。

那天在劇院外，他因為工作和家裡人催促的原因，情緒不太好，導致跟她說話的語氣非常生硬。

說心裡話，她送那些吃的並沒有打擾到他，相反，她很用心，做的東西也很好吃。

他只是覺得她那樣子，對她一個女生來說，不太合適而已。

「吃點東西吧，不用緊張。」關元白清了清嗓子，不自覺安撫了句。

周梵梵應了聲，說了句謝謝。

茶几上放著許多吃的，有零食有甜點，也有水果盤。

「梵梵，小五，飯還得一陣子呢，妳們先吃吃水果。」

關知意：「好的奶奶。」

周梵梵也點點頭，然後十分迅速地把原本在自己面前的櫻桃和草莓換到了關知意面前。

她知道的，關知意最喜歡吃的就是櫻桃和草莓。

關知意愣了下，她本來還想說那兩盤離自己比較遠，都準備先吃葡萄了，沒想到周梵梵直接端過來給她了。

戚程衍和關元白也是，都看向了突然大動作的周梵梵。

周梵梵被眾人注視，後知後覺自己的行動太過，有點不好意思，對關知意道：「……妳吃。」

關知意有些意外：「妳怎麼知道我想吃這兩種水果？」

周梵梵一顆心提了起來：「我、不知道啊，我就是想拿近一點，妳也方便拿。」

「這樣，謝謝啊。」關知意友善地對她笑了笑。

「不、不客氣。」

靠，我死了。

周梵梵看到寶貝愛豆的笑容，覺得自己已迅速升天。

粉一個人，心情到底是怎麼樣的呢？

周梵梵很有發言權。

像是這個世界往妳百無聊賴的生活裡倒了一杯糖漿，糖漿在心口融化，溢開……每每觸及那個人的事，糖漿的甜味就會滲透到四肢百骸。

會希望他或她過得好，希望他或她事業順利、家庭幸福，希望他或她所遇皆是良人，更希望他或她能有更多更多像妳這麼喜歡她的人。

那是一種很奇怪的也很無私的，不需要得到任何回饋的心理。

只要他或她存在就好了，他或她的存在，就是一種治癒。

晚飯過程中，周梵梵很安靜。

原本她曾想著，見到關知意很好，如果能要個合影或者To簽什麼的，會更好！甚至來前，她還激動地誇下海口跟徐曉芊說，她肯定能夠幫她也要一份！

但一切都在看到關知意的那一刻戛然而止，她突然覺得，這樣見一面就夠了，不打擾才是作為一個粉絲的素養。

飯後，幾人離開了關家宅子。

關知意和戚程衍上車回自己家，周梵梵原本也打算自己開車回去，結果卻被崔明珠用各種藉口送上了關元白的車。

周梵梵此時的心情還沒有完全平復下來，她懷疑她明天也依舊不能平復。

不過在關元白的車上，她還是讓自己保持正常，命令自己回到家之後才能發瘋。

「最近一直沒見過奶奶，所以還沒跟她說我們的事。」關元白繫上了安全帶，跟周梵梵解釋了一下。

周梵梵看崔奶奶那熱情勁，早猜到關元白還來不及說了，「沒事，下次說就好了。」

最想做的事已經做了，她已經沒有遺憾了。

「對了，這個禮物你幫我跟知意說，真的十分感謝。」周梵梵道。

關元白：「不用，她順手帶的而已。」

「不不不，還是要謝謝的，我很喜歡。」周梵梵有些激動，順嘴又說了句，「也謝謝你今天過來。」

畢竟，要是關元白今天不過來，直接跟崔奶奶說再也不想跟她接觸或者見面，今天的晚餐可能也不會這麼順利了。

關元白見她說這句話的時候臉頰有些紅，想著她是不是會錯意了，覺得他是為她而來，生硬地說：「我不是特地來見妳的，是我妹妹要來，非拉著我。」

「真的？」

今天晚上，竟是意意促成的。

「對，所以妳別想多。」接完這句話後，關元白眉頭輕皺了下，想著自己說話是不是又過於不近人情了，像那天在劇場外一樣。

畢竟她只是因為喜歡他而已，也沒做錯什麼。

關元白看了她一眼，見她整個人還是有些緊繃，有些心軟了，說：「那天我說話的語氣不太好，抱歉。」

周梵梵無心在關元白身上，此時已經忍不住點開通訊軟體小群，組織著語言，準備跟群裡的人分享一下此刻的心情了。

「不過，我當時說的也是事實。妳一個女孩子不要過於積極主動，容易受傷。」

周梵梵抽空看了關元白一眼：「嗯？」

關元白正色：「我的意思是，有些事順其自然就好。」

「嗯嗯，確實。」周梵梵也沒聽懂他在說什麼，笑笑應和：「一切順其自然。」

「妳明白就好。」關元白握著方向盤的手緊了緊，又說：「我一直不喜歡被人逼著相親，一開始是我錯了，不該答應妳去裝這些。」

「哦哦。」

「所以這件事我也有問題，是我一直沒攔著妳。」

「嗯。」

「還有……」

闞元白瞥了她一眼，想再說點什麼，卻只見她低眸看著手機，緊抿著唇。

看起來有些傷神。

闞元白突然說不下去了。

他在幹什麼……

就在闞元白思索著自己到底想表達什麼，到底該表達什麼時……另外一邊，周梵梵已經在群裡打字了。

她低著腦袋看似平靜，甚至有點陰鬱，可垂著的眼睛卻在發光。

她劈里啪啦在群裡傳了一大段話了，並且配上了無數個驚嘆號！

『靠！！！！！姐妹們！！！快出來啊！！！我快不行了！！！快！！！！！幫我人工呼吸！！！』

十幾秒後，六六最先回覆：『什麼？妳怎麼不行了？』

曉芊：『見到了是不是！是不是見到意意了？』

六六：『真的假的？女鵝蜜月剛回來妳就見到了，在哪？』

周梵梵：『就在她奶奶家裡嗚嗚嗚嗚，今晚一起吃晚飯，她還帶了蜜月期間的伴手禮給我！我不管我要供起來，我要讓我子孫十八代代代流傳！！！』

六六：『我靠！厲害啊梵梵！這個親相得太值了！！』

七七：『苟富貴莫相忘，我不求別的，就求妳什麼時候寄一張簽名照給我！』

周梵梵：『啊啊啊啊我不敢要，我見到她說話都有點艱難妳懂嗎？而且我不敢暴露我是粉絲的身分，我覺得會打擾到她。』

七七：『那就說是別人想要張簽名照，問問她能不能簽？妳都要當意意嫂子了！膽小什麼！』

周梵梵頓了頓，瞄了關元白一眼，繼續打字：『都說了當不了嫂子了……事實上這應該是我最後一次來關家。』

六六：『怎麼會？』

周梵梵：『我們兒子根本不喜歡我呀，而且上次也很嚴厲地拒絕我送禮物給他了，他很討厭我這樣，應該打擾到他了。』

七七：『這樣嗎，太慘了……』

周梵梵心裡默哀五秒鐘，立刻又傳了個「老娘不需要男人」的貼圖：『無礙！當什麼嫂子啊，我要當的可是我女鵝的媽！』

群裡還嘰嘰喳喳問著今晚吃飯的細節，周梵梵坐在關元白的車裡，都回不過來了，她留了句「回家後我再好好跟妳們說道說道」就先把手機放下了。

繼而抬起頭看向窗外，覺得這個世界真是無限美好。

關元白餘光也看到她終於抬起了頭，只是她一直看著窗外，悶悶的，不太高興的模樣。

「聽歌嗎？」

車內過於安靜，關元白開口問了句。

周梵梵回頭：「可以呀……」

關元白嗯了聲，隨機點了音樂。

此時周梵梵的情緒有點平靜下來了，她看向關元白，想起方才自己在群裡說的，應該是最後一次來關家了，還是隱隱有點失落。

「怎麼了？」關元白發覺她在看他，問了句。

周梵梵：「沒什麼。哦對了關先生，我之前送你的那些禮物，你……有留著嗎？」

關元白皺眉，她這是什麼意思，難道她覺得他已經不近人情到別人送他的禮物他都會隨手丟掉嗎？

「有，怎麼？」

周梵梵又問道：「那……我給你妹妹的那些？」

「下次我會拿給她。」

「好。」

聽著這話，周梵梵那點失落也消失殆盡了。

她抿著唇防止自己笑出聲，但怕表情太過奇怪，乾脆又看向窗外，不去看他了。

關知意回國後，粉絲群和社群都異常熱鬧了起來。

沒過兩天，工作室官方帳號就發布了關知意之後的行程，其中最近的一個，就是她即將上映的一部電影《暴風雨》的影迷見面會。

這將是她幾個月來第一次出現在公眾面前，所以她們這群粉絲分外關注。

工作人員會給後援會一些見面會的門票，後援會會拿一部分來抽獎發放給粉絲，還會拿一部分直接給有點技能在身的會內成員。

周梵梵雖然不太上「前線」，但她一直是會內成員，而且她的拍照修圖，還有剪輯短影片的能力有目共睹，所以會長直接給了她一張票。

票都發放完後，大家組建了一個群，商量當天給關知意的各種應援活動。

那兩天，周梵梵忙得很。

至於關元白的事……她幾乎都拋到腦後了。

關元白也有一週沒有見到周梵梵了。

這是這將近兩個月的時間裡，第一次這麼久沒有她的蹤跡。

現在坐在辦公室裡，何至再也不會提著一袋粉白色的袋子進來。

關元白莫名覺得有些不習慣，不習慣到他開始反思他之前對她說的話是不是過於重了。

不然她怎麼會消失得這麼乾淨，雖然不讓她送東西是他說的，可是她怎麼連則訊息都不再傳給他了？

「幹什麼呢，叫你過來是喝酒，你一個人坐在這是什麼意思？」

這天，關元白和宋黎等人在某私人會所閒聚，宋黎見他一個人坐在沙發上，也不怎麼說話，便過來招呼了聲。

關元白接過他遞過來的酒杯，跟他手裡的碰了一下，敷衍地抿了一口。

宋黎：「怎麼，心情不好啊？」

「沒。」關元白停頓了下說：「在想公司的事。」

「嘖，說你是工作狂呢，在外面就不要想工作。」宋黎翻了個白眼，「想點有意思的行不行？」

關元白掃了他一眼，顯然是在問什麼是有意思的。

宋黎單手搭在了他肩上，「欸，說起來，你跟周家那小女生，沒後續了吧？」

關元白就知道他會說這個，沒理他。

宋黎無所謂，自顧自地說：「也是，你這種狠心人，都讓人家被別人嘲笑了，沒後續也是正常。」

關元白目光微凝，奇怪地看向他：「什麼被別人嘲笑？」

「你跟她保持相親關係是故意騙家裡的，她卻是真的喜歡你，還送這送那的給你……人家殷勤了這麼久結果還是被你拒絕了，能不被別人嘲笑嗎？」宋黎幽幽道：「元白，你這可是利用完了人就丟啊。」

關元白緩緩在沙發上坐直了，匪夷所思中帶著隱隱的怒意：「誰這樣告訴你的？」

宋黎和不遠處坐著的嚴成淮對視了一眼：「這不是你在那話劇場外拒絕人家時說的嗎？」

關元白：「話劇？」

「我說你啊，八卦消息為什麼總傳不到你自己這裡？」宋黎道：「這事大家都知道了啊，源頭是誰傳出來的我就不知道了，反正那一天你拒絕人的時候，有人路過，正好聽到了。」

關元白想起來了，那天和周梵梵去看話劇確實碰到了幾個熟人，後來在外面說話時他並沒注意到有人，沒想到被人聽到了。

「你別說，傳的也確實有點不好聽。那些人說，周家小門小戶，多努力肯定也搭不上你這艘船……」

「多久了？」

「啊？」

關元白沉聲道：「我說，這種亂七八糟的言論，傳多久了？」

宋黎：「呃……也就這兩天吧，我是昨天聽一個女性朋友說的，你也知道，你的八卦，我們圈裡的女孩子們可感興趣了。」

關元白忽地站起來往外走。

嚴成淮坐了過來，問宋黎：「怎麼了？」

宋黎攤攤手：「不知道啊，突然就走了，我就說了他的八卦而已。」

關元白從包廂裡面出來後，打了通電話給周梵梵，可是，無人接聽。

他皺著眉站在原地，自己總算知道為什麼她這個星期消失得這麼乾淨了，她肯定也是聽說了大家在背後的議論，所以才不出現在他面前。

讓她成了這一圈人的笑柄，這事怪他。

關元白想到這，拿起手機又打算再打通電話給她，但中途突然又停止了。

等等，他現在打過去要說什麼？不讓她追著自己確實是他說的話，拒絕她也確實是他的意思？

那些人傳的言論，至少有一半是事實。

這不是他想要的結果嗎？

如果他現在因此又急著去解釋去道歉，她會怎麼想？

會不會覺得他這麼急，是喜歡她的信號？

關元白愣住了，一邊愧疚一邊糾結，進退兩難。

另外一邊，沒有接到電話的周梵梵正和幾個同擔坐在一家店裡，為明天的應援活動做最後的準備。

「明天主辦方不讓帶燈牌，但是不能讓知意出來的時候找不到我們。」

「是，光統一服裝的話也不太夠。」

「那我們再藏藏燈牌吧。」

「裹腰上，基本OK的，大家不用擔心。」

「是，那超大燈牌怎麼辦？我們得想想辦法。」

大家聊了很多，許久沒跟這麼多志同道合的人在一起的周梵梵也非常開心，直到大半夜回到家，才發現有一通關元白的未接來電。

原本是想回過去的，但看看時間，也太晚了，而且他只打了一通，應該不是什麼要緊事。

周梵梵想著明天再回電給他，也不會打擾到他。

但第二天應援那邊的東西出了點問題，一大早就有人打電話給周梵梵，她著著急急地出了門，不小心就忘記回電給關元白了。

而關元白一夜沒有睡好，醒來後輾轉反思，還是覺得不管怎麼樣，他都應該親自道個歉。

畢竟讓大家嘲笑她的是他。

就在他準備再打電話給周梵梵時，他自己的手機先響了，是妹妹關知意打來的。

『哥，你還在家吧？』

關元白昨晚回了禦和公館，這裡是他沒搬出去單獨住前，跟家裡人生活的地方。這兩天關知意和戚程衍都住在這裡，他便沒有回星禾灣。

「在，怎麼了？」

『我剛才出門的時候忘記帶一個首飾了，就在我化妝臺那邊放著，是品牌方的，這次見面會我必須得戴著。現在讓助理回來取來不及了，你直接幫我送過來好不好？』

關元白今天沒有要緊事，說：「行，妳等等。」

『嗯，快點噢，我這邊快開始了。』

「知道了。」

關元白上樓取了首飾盒，驅車前往見面會的地點。

他到的時候，離影迷見面會開場還有一段時間，關知意的助理早早在門口等他了，接過首飾盒後問道：「關總，要不要進去坐坐？」

「沒事，你忙你的吧，我自己走走。」

「好的，那這個牌子給您吧，這樣可以隨意出入。」

關元白：「嗯。」

今天現場人很多，各家粉絲出動，但最多的還屬女主角關知意的粉絲。

她們大部分統一了著裝，臉上還貼著「意」字的卡通貼紙。

關元白對這見面會沒什麼興趣，原本要離開了，正好有工作電話進來，他便走到了窗邊，接起電話。

「今天穿的是白色的泡泡裙！超級漂亮的！剛才一閃而過，就那麼一閃！我整個都被迷暈了好嗎，鼻血唰唰流！」

突然，身後傳來了一個聲音，很響亮很清脆，完全可以感覺到其中藏都藏不住的激動。

關元白動作一頓，莫名覺得這聲音有點熟悉，回頭看了一眼。

他看到一群女孩子的背影從他面前過去了，穿的衣服都是一樣的，背後統一印著粉絲後援會的logo。

剛才那個聲音是誰發出來的，已經分辨不出了。

很快，這群人走進了見面會的入口。

關元白眸子微斂，跟手機那邊的人交代完後，也走了進去。

會場裡面已經滿滿當當坐了很多人，他甚至都找不到方才從他面前經過的那些女孩子。

關元白站在原地，四周掃了幾眼，突然覺得自己有點神經質。

剛才說那句話的人不過是聲色跟周梵梵有點像而已，怎麼可能真的是周梵梵。

先不說周梵梵不可能穿著關知意粉絲的衣服、拿著關知意的燈牌來這地方，就她那性子，也不可能那麼大聲的說話。

她說話向來都是柔柔的，溫聲細語，很乖巧的樣子。

後援會發放的票位子很好，就在正前方離舞臺不遠的區塊裡。

周梵梵先前跟會長多討了一張票給徐曉芊，兩人找到自己的位子後，把相機支架放好，把攝影機放了上去，然後又把自己拍照專用的相機拿在了手裡。

「哎呀，卡死我了，燈牌硌得我肚子疼。」徐曉芊小聲說。

周梵梵腰上也圍著燈牌呢，不只她們，她們周圍所有的粉絲，幾乎都是如此。

她們就是希望，在關知意出來的時候，能清楚地看到自家粉絲來了，她們必須給她排面！

「拿出來吧，沒事，現在可以先放包裡了。」旁邊說話的是後援會會長，她一發話，一群人陸陸續續地開始抽出燈牌。

「欸？梵梵，妳怎麼戴口罩啊？」

周梵梵摸了摸口罩：「喔……我，我感冒了。」

「這樣，沒事吧？」

「沒事沒事。」

周梵梵沒有感冒，她今天特地帶了口罩出來，是為了以防萬一。

因為她們這次的位子實在是太好了，離舞臺很近很近，雖然底下人很多，但她畢竟在關家和關知意面對面見過，還是有點擔心她視線往下掃的時候看到她。

所以她才戴了口罩。

過了一下後，見面會正式開始，主創[8]們慢慢從後臺出來了。

看到關知意出來的那一刻，全場沸騰，尤其是她們粉絲這塊，喊得撕心裂肺。

「女鵝！！！好美啊啊啊！」

「啊啊啊啊啊啊！」

「意意！！！」

周梵梵激動地喊了兩聲後，抑制住快被萌化了的心，拿著相機開始拍照。

關知意在臺上的時刻，她的攝影機就沒有停止工作過。只有在別的演員的表演環節，她才坐回到位子上，低頭看之前拍攝的照片。

8　主創，指擔任製作人、編劇、導播（演）、主要演員（主角及配角）職務之人。

「會長說妳就是後媽醬，妳好呀，我是阿愁。」身後有人拍了拍她的肩。

周梵梵回頭看到來人，說：「我知道妳，妳拍的照片很不錯。」

「沒有沒有，妳更厲害一點，而且妳的影片剪得真好。」阿愁道：「我就是占了前線的便宜。」

阿愁是真正的前線粉絲，也是職業的站姐。周梵梵因為學業出行有所限制，但阿愁不一樣，她幾乎沒有錯過關知意的任何活動，包括接送機。

「我今天才剛趕到，昨天都沒有跟你們一起出去吃飯討論，可遺憾了。」阿愁道：「我們可以加個好友嗎？」

「可以呀。」

同擔之間幾乎是心心相惜的，兩人很愉快地交換了好友。

阿愁看了她幾眼，由衷誇道：「妳長得真好看。」

旁邊幾個昨晚一起吃過飯的粉絲說：「可不嗎，梵梵是我們粉絲的顏值擔當了。」

徐曉芊在一旁樂道：「梵梵在我們學校也很受歡迎，就是死宅，不愛出門。」

阿愁八卦道：「這樣，那妳有男朋友了嗎？」

徐曉芊一下子停住了，這話題她可不敢接，只似笑非笑地看著周梵梵。

周梵梵正被誇得有點不好意思，突然看到徐曉芊的眼神，臉突然有點熱了。

因為她知道徐曉芊腦子裡想的是關元白，可她不知道自己為什麼會和徐曉芊一樣，腦子裡也想到了關元白，但是天地良心，自第一次相親過後，她從來沒有一刻覺得關元白會是她男朋友。

「我還沒有男朋友。」周梵梵擺擺手，說：「哪裡有空啊，愛我們意意還來不及。」

「哈哈哈這倒是，追星人還需要男朋友嗎。」

「我要是能當意意男朋友就好了。」一個二十出頭的女生低聲說道。

眾人一陣笑。

「清醒點，我們家意意嫁人了！！」

「那就希望以後男朋友跟意意一樣好看！有點像最好了！」

「有點像……男生像女生啊？妳這要求也太高。」

會長眼裡也是笑意，玩笑說：「關元白唄，我們兒子至少有那麼一點點像的。」

女生露出一個「這也太難了」的痛苦表情：「我還是老老實實單身吧，怎麼可能追得上我們兒子……」

臺上其他演員的表演結束了，下一個表演的就是關知意。

周梵梵一邊狠狠地贊同該女生說的話，一邊拿起相機對著舞臺準備著……

一個多小時後，見面會結束了。

演員們回到後臺，準備離開。

周梵梵她們這群粉絲則很有秩序地在門口兩邊列了兩隊，準備目送寶貝偶像離開。

「來了來了。」

不知道誰喊了一聲，所有人的目光都往裡面看去，只見關知意已經換了身常服，和工作人員從裡面走出來。

粉絲們紛紛跟她打起了招呼，此起彼伏地「女鵝」、「愛妳」等呼喊聲。

周梵梵拿起相機猛拍了幾張後，也大聲地朝關知意招手：「女鵝！媽媽愛妳！媽媽好愛妳！」

「女鵝拜拜！」

關元白方才想著既然已經進去了，那就等關知意他們一起走好了，所以在後臺待到現在才和大部隊一起出來。

他知道自家妹妹每次出行的陣仗，所以刻意走在了後面一些，但沒想到，走著走著，突然聽到了一個熟悉的聲音。

其實此刻耳邊都是粉絲的喊叫聲，可不知道為什麼，他獨獨辨別出了這個聲音。

就是不久前他在打電話時聽到了，很像周梵梵的那個聲音。

關元白腳步一滯，朝聲音方向看了眼。

旁邊粉絲很有秩序，穿著同樣的衣服，可他一眼就看到了其中一個。那人帶著口罩，但那雙眼睛，他不陌生。

不遠處，關知意在工作人員的簇擁下已經要進車裡了，但突然想起件事想跟關元白說一聲，便回頭看了眼，卻發現他還沒走上來，而是停在了她的一群粉絲面前。

關知意有些疑惑地看著他，於是原本視線在她身上的粉絲也隨著她一起望了過去。

周梵梵就是在關知意回頭看她們時才意識到不對勁的，她緩緩看向面前，才發現她們面前站了個男人。

只那一瞬，她整個人就僵住了。

她方才所有的注意力都在關知意身上，視線隨著她的身影移動，根本沒注意到這群隊伍末尾還有關元白。

一切都反應不及，他走了兩步穩穩地停在她正前方時，她想退都晚了，只是下意識摸了摸口罩。

什麼情況……他怎麼會在這裡？他幹嘛站在她面前？

他認出她了嗎？？

可她戴了口罩了啊。

周梵梵在這短短的幾秒鐘裡內心天人交戰，和她一樣疑惑的，還有旁邊的其他粉絲，她們跟隨關知意這麼久，自然都認得自家愛豆的親哥哥，只是……發生什麼了嗎？

眾人紛紛側了眸，發現關元白一直看著的人就在她們之間。

「梵梵，他……是在看妳嗎？」阿愁這時就在周梵梵旁邊，自然看得清楚。

徐曉芊也默默地扯了下她的衣服。

周梵梵有些慌亂地垂了眸，不可能的不可能……這麼多人呢！

「周梵梵。」突然，關元白冷颼颼的聲音傳了過來。

周梵梵瞠目，什麼鬼！真看出是她了！這麼多人在呢，他為什麼能發現她啊！

「出來。」眾目睽睽之下，關元白面無表情地補了句。

周梵梵：「……」

不管了。

周梵梵深吸了一口氣，選擇裝死。

她左右看了眼，裝得好像他叫的不是她，而她也像別人一樣在尋找是誰，找了兩秒露出一個疑惑的表情。

表演完畢，她退了一步，打算開溜。

然而，關元白似乎早看出了她的意圖，在她即將轉身的那一刻，上前一步拽住了她的手腕。

世界好像一下子安靜了下來。

周梵梵背後隱隱冒出了一層冷汗，但還是強裝著鎮定，捏著嗓子說：「你、你誰啊，幹嘛？認錯人了嗎？」

旁邊的一堆粉絲迷茫臉。

身為資深粉怎麼會不認識關元白？

啊不對！現在的重點應該是，關元白為什麼要拉著自己妹妹的粉絲的手啊！

「剛才喊什麼？」關元白盯著她，完全無視她演戲的樣子，咬牙切齒道：「妳說，妳愛誰？」

周梵梵立刻緊抿住了唇。

「說話。愛、誰？」他忽然加重了音量，聽著莫名沉重，還有點嚇人。

周梵梵輕抖了下，下意識道：「愛、愛你妹。」

關元白：「……」

「很好。」片刻後，關元白突然笑了下，「走。」

周梵梵：「去、去哪？」

關元白卻根本不回答，短暫的笑意消失得很快，跟突然摘下來似的，臉色徒冷，直接把她拉了出來，往停車的方向走去。

周梵梵跌跌撞撞地跟在了他後面……

為安全和秩序，遠處看著這一幕的關知意雖然又疑惑又震驚，但還是先上車了。

場上剩下的粉絲們在靜默過後，轟一聲炸開了，也不知道自己到底是看到了什麼八卦。

「怎麼回事？關元白跟梵梵認識嗎？」阿愁驚訝道。

「我看起來是認識！剛才他還拉她手了！」

「我靠，是情侶嗎？不會吧！那梵梵豈不是意意的嫂子了？！」

「但看剛才關元白的表情不對啊……」

「到底什麼情況！」

大家激動得很，說了半天後，皆望向了徐曉芊，她們都知道兩人是現實中的朋友。

徐曉芊現在也很迷茫，頂著巨大的壓力緩緩搖了下頭：「我……其實也不太清楚這件事。」

車裡很安靜，彷彿時間都停止了一般。

周梵梵坐在副駕駛，兩隻手交疊著放在膝蓋上，緊張得心臟都要跳出來了。

可沒有人打破這種寂靜，關元白從把她帶上車後就不說話了，也不知道要去哪。但是她也不敢問，總覺得自己一開口，就有什麼可怕的事在等著似的。

叮叮。

手機響了，是關元白的。

他目視前方，戴起耳機時依舊沒有表情，臉部側面線條顯得異常森冷。

「嗯，等等再說……在家是吧……好，先別走。」

也不知道對面是誰，反正他說了兩句就掛了，車內又變得十分安靜。

周梵梵吐了一口氣，總算是忍不住了：「我、我們去哪？我能不能回家？我想回家……」

關元白斜睨了她一眼，冷嘲道：「妳之前不是天天想著來見我嗎，現在怎麼要回家了？」

周梵梵心臟狂跳，垂著腦袋說：「不是……我突然想起來有點事，關先生，我可不可以回家一下？」

聲音低低的，柔柔的，可憐兮兮。

之前有很多次，她都是用這樣的語氣跟他說話，他還以為她就是嬌嬌軟軟的樣子呢。

原來，在他不知道的時候，她嗓門比什麼都大！

什麼嬌柔什麼乖順，都是假的！

「不許回家。」

關元白已經隱約觸及了真相，只是他竟下意識地抵抗著那個真相，他緊緊握著方向盤，覺得自己腦子都快炸了——氣的。

「為什麼啊……」

「不為什麼！給我乖乖坐著。」

周梵梵手揪得更緊了，完了完了，他生氣了。

之前那段時間，她從來沒有聽過他這樣子說話，他是真的生氣了。

周梵梵欲哭無淚，與此同時也深深懺悔著，早知東窗事發是這種場面，她不該騙關元白！！！

車子大概開了快四十分鐘，就在周梵梵覺得自己要在那詭異的氣氛裡窒息時，他們終於停下來了。

「下車吧。」

關元白走了出去。

周梵梵往車窗外看了一眼，是一幢獨棟別墅，她沒來過這，弱弱地問道：「這是哪？」

關元白回頭看著她還坐在副駕上，兩隻手扒拉著車窗，一臉謹慎。

「怎麼，我能賣了妳？」關元白冷冷道。

周梵梵連忙搖頭：「我、我就是問問。」

「我家。」

「啊？」

關元白皺眉：「出來。」

周梵梵只去過關家老宅，關元白說是他家的時候，她以為是他自己一個人的住所，但進了門，走到了客廳，看見客廳裡還坐著的兩個人時，她突然覺悟了。

這不是關元白一個人的住所，這裡應該是他從小長大的地方。因為，此時的客廳裡，還坐著她家寶貝意意，和她的老公……

周梵梵僵在了原地，驚慌失措地看向關元白。

關元白一張臉漠然，拉過她的手臂，讓她在客廳另一張沙發上坐了下來。

面面相覷，客廳裡，四人心思各異。

「所以，妳是她粉絲？」良久，關元白終於開口問了句。

到了這地步，周梵梵覺得自己怎麼都掩藏不了了，她瞥了關知意一眼，紅著臉緊張道：「嗯……我是，那個，也看得出來吧。」

關知意在周梵梵進來的時候也愣了，這衣服……是她粉絲今天穿的統一的衣服，她未來的嫂子竟然是她的粉絲！

「真的假的啊……」關知意喃喃道。

周梵梵原本是很緊張的，可寶貝愛豆這麼問，她哪能繼續退縮，幾乎是立刻就表忠心說：「真的！當然是真的了，我很喜歡妳，妳所有的電視劇、綜藝、電影我都看了，有空的時候，妳活動我都會去現場追。妳可是我的本命[9]！」

本命，本什麼命？！

妳跟女孩子講話妳臉紅什麼？？

關元白沉著臉打量她，要氣死了。

攝影機、粉絲服、燈牌、臉上的貼紙……他腦子裡又出現了在見面會現場看到她時的那個場景，腦門直抽。

關元白咬牙道：「所以，相親是妳故意安排的？」

周梵梵慌忙搖頭：「不是不是，這怎麼可能呢，我們家還沒那能耐……真的是你奶奶之前說喜歡我才安排的。其實我家裡人跟我說的時候我不知道是你，我本來不想去的，可後來發現是你我就……我實在是鬼迷心竅。對不起對不起，我是想著或許能藉這個機會見女鵝……阿不是，是見知意一面！所以就去了，但沒想到知意一直在度蜜月……」

關元白緩緩握拳：「所以說，這兩個月妳刻意接近我，就是為了等她回來，見她？！」

「呃……也不完全是見一面，還想送點禮物給她。」

對了，送禮物。

隔三差五送東西給他，還是雙份，說有一份順便給他妹妹。

關元白徹底掩藏不住怒意了：「周梵梵，妳把我當快遞！」

9 本命，特別喜歡的偶像或團體中的某一位成員。

「不是啊……那我、我也送你了。」

關元白氣笑了：「對，也順便送我了。」

周梵梵摸了摸鼻子，有點不好意思：「不算順便吧，話也不能這麼說……」

「怎麼不能這麼說？行啊周梵梵，裝巧賣乖，騙到我頭上來了。難怪最近這麼聽話說不送就不送了，也完全不聯絡，連我打電話都懶得接了。原來是因為上次在奶奶家見到人，心滿意足了。」

周梵梵愣住：「電話？啊，是我忘記回你了。」

關元白冷笑了聲，根本就不信。

周梵梵道：「而且不送東西不是因為心滿意足，是你之前說你覺得困擾，希望我別再送東西了……」

「我，那是我……」

關元白突然語塞了，好吧這話是他說的沒錯……可她一直在騙他、利用他也是事實！

「你那天跟我說完以後，我覺得我確實打擾你很久了。後來我想著，反正心願也完成了，就不要繼續貪心了。」周梵梵起身，九十度鞠了個大躬，「對不起！關先生，我真的不該在相親的時候隱瞞你這些事，也不該在後來打擾你那麼久！真的對不起，那個，我、我以後一定離你遠遠的，一定不會讓你有任何困擾！」

說完，周梵梵又對著關知意和戚程衍鞠了個小躬，立刻往外跑了。

關元白一驚，站了起來：「喂……」

周梵梵被他這麼一喊，跑得更快了。

關元白：「……」

「看來，是被你嚇到了。」靜靜旁觀的戚程衍道：「你對個小鬼頭這麼凶做什麼？」

關知意立刻道：「什麼小鬼頭，她是我粉絲。」

戚程衍笑了下：「開始互粉了？」

「那是肯定的～」關知意說著看了關元白一眼，她很想笑，但又覺得此時笑有點不合時宜，於是表情在笑與不笑中彆扭著，最後說：「哥，你也別怪梵梵了，她只是因為實在太喜歡我了，所以才忍不住接近你而已。」

「？」

關元白冷冰冰的視線彷彿一把利劍。

關知意往戚程衍旁邊一縮，做了個封口的動作：「錯了，我不說了。」

關元白深吸了一口氣：「……走了！」

第六章　確實有愧於他

周梵梵真的是一路狂奔，跑出外面的大門後，趕緊叫了輛車，生怕再被關元白逮回去。

心驚肉跳地回到家後，坐在床上，一臉頹色。

不知道關元白會生多久的氣啊……雖然以後應該也碰不上他了，但心裡還是怪愧疚怪難受的。

還有就是，她畢竟是知意的哥哥，不知道她家寶貝知道她騙了他哥，會不會覺得她很糟糕啊！

想到這，周梵梵更加難受了，嗚咽了一聲，虛弱地仰躺在了床上。

後來這麼一躺，不知不覺睡了過去，再醒來時，外面天都已經黑透了。

周梵梵生無可戀地拿起了手機，這才發現有好幾個未接來電，訊息也爆炸了。

她點進了通訊軟體，看到了今天剛加上的阿愁，還有會長和她的追星小群傳來的訊息。

阿愁：『梵梵，妳認識關元白！』

會長：『什麼情況？？？』

周梵梵不知道該怎麼解釋，跳過她們點進了她的群，群裡六六和七七已經上躥下跳好久了。

六六：『天殺的！上次還說你們沒戲！我看有戲得很！』

七七：『啊啊啊啊光看影片和照片我就已經被甜得嘰哇亂叫了，好可惜不在現場！』

六六：『還牽手了！曉芊！妳在現場，快解說一下！』

徐曉芊：『當時我也愣了，根本沒注意到關元白也在……反正，梵梵當場被他揭穿帶走了。』

六六：『梵梵怎麼還不出現啊，被我們兒子就地正法了？嗯？』

七七：『梵啊，說句話啊，媽媽很擔心妳啊！』

徐曉芊：『都打好幾個電話了，沒接。』

七七：『粉絲大群裡都炸開鍋了！』

周梵梵看到這裡，心裡一慌，連忙轉去了她們的追星大群，這群裡有上百個人。她平日裡沒事都是靜音這個群的，此時點進去，果然看到大家在討論今天的事。再往上翻翻，她看到了好多她和關元白面對面時的現場影片和照片。

那一瞬間，周梵梵真真切切地體會到了「心如死灰」是什麼感覺。

她抖著手，在「一意意的野生後媽們」的四人小群裡傳了一個句號。

另三人很快就出現了。

七七：『終於來了啊！怎麼樣了啊！』

周梵梵傳了個哭唧唧的表情：『剛才他很生氣，然後我瘋狂道歉，啊……很害怕！』

徐曉芊：『我就說嘛，你們還甜什麼甜！事態肯定不是那樣發展啊！梵梵，妳沒事吧？』

周梵梵：『我有事，我良心受到了譴責……』

六六：『不對啊，為什麼生氣？你們兩個人之前不是合作騙家長嗎，那說起來妳也沒幹什麼傷天害理的事，頂多……就是期間藏了點私心。』

七七：『我知道了！生氣就代表在乎！！不然為什麼要因為妳接近他卻不是因為他而生氣！』

周梵梵：『瞎想什麼呢嗚嗚嗚現在這種時候就別開玩笑了。』

七七：『倒不是開玩笑。』

周梵梵：『他生氣是常理中的事，畢竟我利用他接近他妹妹，還送了不少禮物給他妹妹。他一定覺得我從頭到尾是個騙子。』

徐曉芊：『那後來他跟妳說什麼了？』

周梵梵：『說我刻意接近他，還把他當快遞……』

七七：『噗……一針見血。』

周梵梵崩潰：『啊啊啊而且這事也被意意知道了，我死了算了！！！』

周梵梵沒想到有一天自己也成為了她們這群粉絲中的主角，打開社群軟體時，發現自己的私訊和留言裡有一大群人在問她和關元白是什麼關係。

去首頁刷了刷，也刷到了好多現場的人在發文。

『今天真是看見大八卦了，博主後媽醬大家都知道的吧，沒想到她跟關元白是一對！！今天見面會我見到她本人時還跟朋友說她長得好漂亮呢，沒想到是嫂子！嫂子竟然跟我們一樣，在人群中追星！』

『我關注那個博主挺久了，她追意意也好久了，跟關元白是什麼時候在一起的啊？』

『喜歡意意所以追關元白，還追上了！好離譜。』

『也不算離譜，本人長得很漂亮很可愛，而且還是富二代的樣子，聽現場粉絲說，她開的車就很豪。』

『靠……近水樓臺啊。』

周梵梵看得滿臉問號。

為什麼！可以！靠那短短的幾分鐘！就能猜她已經追到了關元白啊！！

周梵梵長嘆了一口氣，她之前如果追到了關元白，真成了嫂子，她現在應該不會這麼絕望吧。

哦不對……或許更絕望，關元白要是知道「女朋友」真正喜歡的其實是妹妹，會比今天更加爆炸。

周梵梵勉強扯了扯嘴角，決定發篇文章闢謠。

現在說自己不認識關元白已經不能夠讓人相信了，反而顯得欲蓋彌彰。

於是她思索了片刻，寫道：『只是之前認識而已，絕不是情侶，大家不要誤會，謠言止於智者！』

隔天，星禾灣別墅。

「關總，周小姐之前送來的所有禮物，我已經都整理出來了，這邊都是，您看看。」何至打量了一下陰沉著臉的關元白，輕聲說道。

關元白沒說話，隨手拿起了兩個畫框，一個是他，一個是他妹妹。

他妹妹這張畫得顯然更像、更精緻一些，可他之前竟然沒察覺出什麼，只覺得她用心！

關元白一口氣堵在胸口，又拿了一個小盒子，盒子裡面是兩條掛墜，上面吊的是個銀白色的小貓咪。

之前他看到時還覺得過於女性化，周梵梵怎麼會想起送他這個，但現在看來……因為這根本就不是送給他的，真正想送的是個女孩子，當然女性化了！

關元白把盒子丟在了一旁，粉絲……資深粉……難怪啊，那天在老宅時她能準確地端他妹妹最喜歡的水果給她！

「關總，還有社群軟體的事。」何至今早接了關元白的命令去調查周梵梵，現在已經有結果了，他把手機遞到他面前，說：「這是周小姐在社群軟體上的ＩＤ，昨天……周小姐發了篇文章，澄清和您的關係了。」

關元白接了過來，看到她的網名「意意的野生後媽醬」時，嘴角微微一抽。

然後去看她的文章，「只是認識」、「絕不是情侶」。

對，很對，他們也就只是認識而已！

何至看關元白的臉色越來越難看，有點拿捏不住關元白的心思。

其實這些天下來，自家老闆對那周小姐到底是什麼心思，他一直沒弄明白。

說喜歡吧，可是他一直沒接受，說只是糊弄一下長輩而已；說不喜歡吧，但每次他拿周小姐帶來的禮物給他時，他看起來又挺愉悅的。

算了，不管喜不喜歡，現在老闆很生氣是真的。

他跟了他這麼久，還從沒見過運籌帷幄的老闆哪次被人這麼玩在手心的。

「關總，您看，這些禮物要怎麼處理？」片刻後，何至問了句。

「全扔了！」

「……好的。」

何至找來了一個大袋子，把那些東西一一放在裡面，全程，關元白就坐在沙發上看著，除了呼吸，一點聲音都沒有。

何至在他的眼神下莫名覺得有些緊張，加快了動作，收拾完後，趕緊提起來往外走。

「等等。」

突然，關元白開了口。

何至訕訕回頭：「關總？」

關元白按了按眉心，忍了又忍，最後很不情願地說道：「算了，放下。」

關知意粉絲見面會發生的事，很快在關元白那群朋友中也傳開了。

一時間，宋黎等人樂得不行，好幾次都鬧到正主面前。

這天，一群朋友正好約了一起喝酒。晚上九點多時，包廂門被人推了進來，包廂內光線較為昏暗，走廊上的光因此傾瀉而入。

逆著光，嚴成淮和宋黎等人看到關元白走了進來，看不清神色，只是他坐下時扯了下領帶的動作讓人感覺出他的煩躁。

宋黎和嚴成淮對視了一眼，又望向了來人。

「欸，又來遲了啊關少爺，您這幾天怎麼總遲到啊。」宋黎揶揄道。

關元白沒回答，倒了杯冰水一飲而盡，隨手放下，杯子底座和琉璃桌面發出清脆的一聲響。

「這是怎麼了？」

關元白淡淡道：「沒事，飯店的一點事情。」

宋黎坐到了他旁邊：「是飯店的事？你不說，我還以為你還在氣那個相親的小朋友呢。」

最近，宋黎等人很喜歡把這件事拿出來在關元白面前晃，因為太離奇了，也太好笑了。

誰能想到，一直以為喜歡著自己的女生，原來真正喜歡的是自己的親妹妹啊。

果然，話音剛落就看到關元白忽地變冷的臉色，然而他開口卻道：「多大點事，你是覺得這人會影響我這麼久嗎？」

不會嗎？

宋黎心裡這麼想著，但還是笑著說：「沒有，怎麼會，我就是隨口說說。」

嚴成淮也坐過來，好奇地問了句：「所以你跟那小朋友這幾天都沒聯絡了？」

關元白說：「為什麼要聯絡？」

「好吧。」

宋黎有些遺憾道：「說起來我還沒見過那女生呢，也不知道長什麼樣啊，膽子這麼大，竟然還敢來耍我們元白。」

嚴成淮說：「那天和程衍知意吃飯的時候，知意說，長得很漂亮。」

宋黎眼睛一亮：「真的啊。」

關元白冷笑了聲，硬邦邦地道：「她粉絲，她當然覺得漂亮。」

哪裡飄來的一股酸味。

嚴成淮笑道：「還好啊，你沒有喜歡上她。」

關元白心口一緊，拳頭也跟著硬：「當然。」

前幾天澄清的文章發出去後，還是有部分人不相信周梵梵的言論。

不過周梵梵也知道，不管網友們相不相信，這種事最後還是會很快淡下去，畢竟，她和關元白都不是明星。

網上的言論會淡下去，關元白對她的印象應該也會淡下去的吧。

只要不再遇到他。

周梵梵是這麼想著的，但沒想到沒過幾天，周梵梵就又遇到了關元白。

事情的起因，是關兮的一通電話。

當時周梵梵看到來電是個陌生號碼，本以為是什麼推銷電話，結果接起來竟然是個有些熟悉的聲音。

『梵梵妳好～我是關兮。』

周梵梵愣了愣：「啊……妳好。」

關兮，上次在關家廚房見過一面的，關知意的堂姐，但她記得她們當時沒有留聯絡方式。

關兮說：『今天打電話是有點突然，號碼我是跟奶奶要的，沒打擾妳吧？』

「沒有沒有，不打擾。」

『那就好，我呢，打電話來其實是想邀請妳平安夜那天來我舉辦的派對。』

放在以前，大美女邀請，還是關知意的姐姐，周梵梵肯定是很高興的。

可現在……她對跟關元白有關係的人多少有點慌張。

周梵梵斟酌著道：「關小姐，是這樣的，我和關先生現在沒有什麼關係，所以……」

『跟他有沒有關係不重要呀，我只是覺得妳很有趣，想邀請妳來而已。』關兮說，『妳和我哥的事我聽說了，妳和我家裡人有沒有什麼關係我無所謂。這是我的派對，我只是請朋友。』

「這樣啊……」

關兮很熱情：『是呀，來吧來吧，我們可以認識認識。哦對了，聽說妳很喜歡小五啊？』

周梵梵：「嗯……是的。」

關兮笑說：『那正好，妳平安夜的禮物很好想。我這裡有關於她的小東西可以送給妳，妳一定要來啊。』

要是這世上有什麼可以吸引住周梵梵，那非愛豆的相關東西不可。

而且，關兮也很熱情的邀請，她不太好意思拒絕。

不過做下決定之前，周梵梵還是謹慎地問了句：「請問，關先生會不會去啊？」

關兮知道她說的是關元白，輕笑了聲：『我之前有邀請他，可是他拒絕了，說有事忙。』

周梵梵放下了心：「好，那我知道了。」

『那妳會來吧？』

「嗯，我去！」

既然答應要去參加關兮的派對，當然要有所準備。

平安夜之前，周梵梵也去認真挑選了一個聖誕禮物準備送給關兮。

當天，她準時到了派對所在的地址。

派對所在地是一個帶寬闊草坪的大別墅，別墅裡面的主牆上，還有關兮的照片，看樣子是她自己的地方。

今天的派對來了很多人，皆是俊男美女，周梵梵找到了關兮，送了禮物給她。關兮也沒忘記自己對她的承諾，拉著她去了裡屋，遞給她一個精緻的小盒子。

周梵梵打開後，微微瞠目。

是個胸針，但僅僅只是個胸針不足以讓她這麼驚詫，它是關知意曾代言過的一個奢侈品牌的胸針，且是關知意聯名款，上面的寶石托後面，有關知意名字的縮寫字母。

當時聯名款出了一個系列，數量都不多。

記得她那時也託人搶過，搶是搶到了，但不是關兮給的這一款。後來她再想去買這一款時，已經斷貨了。

為此，她還遺憾了很久。

「這個，太貴重了吧？」

關兮：「不會呀，妳剛才送我的手鏈也很貴重。」

「不不不，不一樣，這個聯名款，而且已經沒有在賣，以後也不會有了，很珍貴的。」

周梵梵認真的樣子格外可愛，關兮忍不住笑了笑，難怪連小五之前也跟她說，這個女生很有趣。

「對於真正喜歡它的人來說，它才會格外珍貴，別人可能還不懂它的好呢。」關兮直接遞到了她手裡，「拿著吧，在妳手裡，它才有價值。小五應該也會開心，她的聯名款在自己粉絲的手裡。」

這話說到周梵梵心坎裡了，她沒有再矯情地拒絕，特別真誠地說了句謝謝。

就在這時，外頭的音樂聲突然變得熱烈，帶著爆炸的狂歡感。關兮眼睛一亮，拉著周梵梵去了外面花園。

關兮今天請了很有名的樂隊，大家在這裡喝酒，也在這裡搖曳，跟酒吧舞池一樣熱鬧。

周梵梵被氣氛感染，跟著關兮在舞池裡頭鬧騰了好一陣，一直到背後都微微有些出汗了，才溜了出來。

「各位，今天是平安夜，我在這裡準備了很多蘋果，大家每個人拿一個，簽上自己的名字，然後隨機送一個人，把自己的祝福給人家吧。祝大家平安夜快樂，玩得開心～」

闞兮不知什麼時候走到了舞臺上，她拿過麥克風，對著底下眾人說了這些話。

周梵梵很快看到有人推著蘋果出來了，她跟眾人一樣，拿了一個蘋果，用旁邊準備好的金色簽字筆，在蘋果上簽上了自己的名字。

音樂聲繼續，周梵梵拿著蘋果，沒有再進入舞池。

她剛才玩得有些high，口乾舌燥的，便走到一旁的美食區拿了杯粉色的果飲，酸酸甜甜的獨特味道，還帶了一點酒精。

周梵梵平時不怎麼喜歡喝酒，不過這個酒精味不重，很好喝。

她一下子把一整杯都喝完了，意猶未盡地放下杯子時，餘光中看到了不遠處走來一個熟悉的身影。

周梵梵愣了愣，倏地轉頭看了過去。

來人好像是臨時決定來的，穿的還是一身偏商務的西裝。

此刻，他正側著臉跟同行的人說話，幽藍色的燈光中，眉目如畫，有種遊刃有餘的慵懶感。

他怎麼來了？

周梵梵瞬間有些慌亂，好死不死的是，她這個位置正對著他的方向。

周梵梵都來不及躲閃，就和關元白的視線在熱鬧的人群中撞上了。

「……」

短暫的對視，但好像又不短，像電影慢鏡頭，一秒拉成了好幾秒。

而在兩人無言的交鋒中，關元白也已經靠近了她的位置。

周梵梵這下是往哪走都不對勁了，只能僵硬地站在原地，像個做錯事的小孩。

「關先生……好、好巧。」

關元白很平靜，平靜得好像他跟眼前這個人不太熟。

可也只有他自己知道，在看到她的那一刻，這幾天不曾消散的怒氣翻湧而來，堵在了喉嚨口！

但他忍了。

今日在場熟人眾多，他如果還表現出很在意這件事，宋黎他們指不定會嘲笑他。

可要他此刻和顏悅色，跟以前一樣，他根本做不到。而且這麼做，這小鬼說不定覺得這事就這麼過了。

短暫的沉默間，他沒有洩露半分情緒。

「哦，妳也在這。」關元白垂眸看了她一眼，冷淡非常。

周梵梵小聲應了下：「關兮邀請了我，所以我才來玩一玩。」

「是嗎，跟關兮都這麼熟悉了。」

關元白說這句話的時候分明沒什麼語氣，但周梵梵就是聽出了一點嘲諷的味道，他的意思彷彿是，她換了個人熟悉，又要藉此去接近自己的愛豆。

周梵梵立刻正色：「不熟悉，只是關兮很熱情，我來之前沒想那麼多。」

關元白冷笑了聲，轉開了目光：「行，那妳好好玩，我先去那邊了。」

周梵梵朝他示意的方向看了眼，那邊站了幾個人，看樣子應該是他的朋友。

周梵梵抿了抿唇，悶悶道：「哦……」

關元白走了，周梵梵心裡的沮喪感又湧了上來。

很明顯，關元白現在討厭她，而且不是一般的討厭，他覺得她做什麼都有目的性了。

可是，今天她確實沒有想那麼多，更沒有藉著關兮去接近關知意的意思。

她知道作為粉絲要和女鵝保持一定距離，就算是之前，她也只是想送禮物給她，見她一面，僅此而已。

周梵梵垂著臉，默不作聲地又拿起一杯果飲，悶頭喝光了。

「妳就是周梵梵吧。」突然，身側有人開口問了句，周梵梵抬眸，才發現方才和關元白同行的那個男人還沒走。

「你是？」

男人目秀眉清，帶著一副銀絲框眼鏡，跟關元白差不多大的樣子，嘴角隱約帶著笑意。

「我是他朋友，我叫嚴成淮，我聽說過妳。」

周梵梵有些愣：「聽說過我什麼？」

「我知道妳是元白的相親對象。」

「不是了。」周梵梵連忙道：「我們現在沒有在接觸，相親終止了。」

嚴成淮輕笑了聲：「對，我知道，是我說錯了。」

周梵梵：「沒事……」

說完這周梵梵就不知道說什麼了，見男子還沒走，她便又拿起一杯飲料喝，躲避社交的尷尬。

「妳能喝酒嗎？」突然，嚴成淮又問了一句。

周梵梵不明所以，說：「喝酒？我很少喝。」

「那妳還是喝橙汁吧，這個雞尾酒就不要再喝了。」

周梵梵看了看自己拿著的粉色果飲：「這個酒精味很輕，沒事。」

嚴成淮好像料到她會這麼說了，道：「這個喝著是草莓味，酒精味也很少，不過其實它酒精濃度挺高的，只是調得很像果汁。」

周梵梵有些驚訝：「真的嗎？」

「嗯。」

「啊……謝謝。」周梵梵放下了，沒敢繼續喝，她很少喝，也自知酒量很垃圾。

嚴成淮點點頭：「沒事，那我先過去了。」

「好。」

嚴成淮走到關元白他們這邊時，宋黎立刻拉住了他：「那個女孩子是周梵梵對吧？」

「是。」

宋黎摸了摸下巴：「果然是很漂亮的小女生啊，欸，你們剛才說什麼了？」

關元白今天不打算喝酒，所以只叫了一杯水，抿了一口，目光擦過手背，落在了嚴成淮身上。

嚴成淮：「我就問她是不是和元白相親的周梵梵，你猜她怎麼說？」

宋黎：「怎麼說怎麼說！」

嚴成淮好笑地道：「她挺慌張，趕緊說不是，相親終止了。」

語閉，兩人很默契地都看向了關元白。

宋黎嘖嘖搖頭，反手拍了一掌在關元白肩上：「看把人家嚇的，在沒人知道的地方你一定對人家說了很多狠話吧？哎呀，小女生有點玩心很正常，追星也正常，這麼狠心幹嘛！」

關元白橫了他一眼：「我在什麼沒人知道的地方說狠話了？我有那麼閒？」

「真的沒有嗎……那我要把那小女生叫過來跟你對峙。」

關元白忍住踹宋黎一腳的心思：「滾。」

「嘿！周梵梵，周梵梵！」

誰想到宋黎說叫就叫，一邊大聲喊一邊朝她揮手，關元白這下是攔都來不及了，嘴角抽了抽，更想踹人了。

不遠處的小女生微微睜大眼睛，指了指自己。

宋黎：「對，就是妳，妳好呀。」

周梵梵沒動。

宋黎便道：「關元白有事找妳，來一下嘛～」

關元白咬牙：「宋、黎。」

宋黎看熱鬧不嫌事大，咧著大白牙笑得燦爛。

關元白無可奈何，只好回頭看了周梵梵一眼，壓著眼尾，分外冷峻。

他的眼神是在制止她，可周梵梵離得遠了些，看不清，見關元白看過來，便以為他真的有事才叫她。

她對關元白是有愧疚感的，更不敢再招惹他，只好乖乖地走了過去。

「關先生，有事嗎……」周梵梵停在了他前面，大概離了兩三步的距離。

關元白沒說話，睨向宋黎。

宋黎這人就喜歡逗小女生，看她安安靜靜很是乖巧的樣子，說：「其實是我叫妳，我聽很多人說過妳呢，看妳一個人在那邊站著，怕妳無聊。不然，我們認識認識，聊聊天？」

周梵梵看向關元白，一時不知道怎麼接話。

關元白眉頭輕鎖：「不用理他，妳去玩吧。」

「你這人……沒意思了啊。」宋黎不管他了，走到周梵梵旁邊，搭訕道：「欸，妳怎麼拿著蘋果呀？還有字呢。」

周梵梵說：「剛才關兮給大家的，說在上面簽個名字，送給想送的人，平安夜嘛……」

宋黎好像才想起這一件事：「哦對，關兮剛才好像是說了，我沒注意哈哈，那我等等也去拿一個。」

語畢又道：「那妳這個要送給誰的？送元白？」

關元白看了過來，掃了眼她手裡的蘋果，心領神會。

還知道道歉，算妳識相。

關元白放下了手裡的玻璃杯。

可下一秒，周梵梵就已快速擺手：「不是不是不是！我、我不是送他！」

關元白一頓，神色微窒：「……」

宋黎悶悶一笑，故意道：「那一定是送小五的！」

周梵梵現在哪敢在關元白面前提這事，說：「更不是了，她今天也沒來啊……我就是隨便一拿，想著，晚點送給新認識的朋友就好了。」

「是嘛，那妳站了這麼久，怎麼一直沒送出去呢？」宋黎一副「妳不要再狡辯了」的表情。

「要送的呀，我準備送的！」周梵梵怕大家再誤會，又惹到關元白，眼神轉了轉，鎖定了一個人。

她上前幾步，把蘋果快速塞到了他手裡，「嚴成淮？呃……這個送給你，祝你聖誕快樂！」

音樂轉換，勁爆熱舞消停，轉換為悠揚柔美的音樂，主唱有特色的聲音縈繞在花園之中，磁性的音調，像是從上個世紀的留聲機裡傳出來。

周梵梵喜歡這種音樂，可是現在卻無心欣賞，送完蘋果後，趕緊轉身離開了。

原地站著的幾人都愣了幾秒，看完嚴成淮手中的蘋果後，唰地一下都看向了關元白。

關元白也是錯愕了番，但他表情控制得好，冷冷回視了過去：「看什麼？」

眾人輕咳了聲，欲笑又止。

宋黎：「哎呀，平安夜沒人送我蘋果呀，那我自己去拿一個好了，成淮，一起去？」

嚴成淮看了眼自己手裡的蘋果，輕笑了聲：「行，走吧。」

和關元白他們分開後，周梵梵在派對的小角落裡待著，因為害怕等等又撞上關元白，待了一下後，便跟關兮打了個招呼，準備提前離開。

「梵梵，不好意思啊，我剛才看到我哥來了，但是他之前確實拒絕我了。」關兮解釋了句。

周梵梵道：「沒關係……可能他突然又想來了。」

關兮喃喃：「奇怪，以前他可不愛參加我這種派對。」

周梵梵也不在乎關元白怎麼突然又來了，這對她而言已不重要，反正都已經見到了，現在就是逃要緊……

和關兮告別後，周梵梵走出了別墅。

因為在派對上喝了雞尾酒的原因，她這時也不能開車了，站在門口等著，一邊刷動態，一邊等人過來開車。

今天來這還跟關兮加了好友，周梵梵往下刷的時候看到關兮發的動態，九張圖，是和眾位朋友的合照，其中一張還是和她的合照。

周梵梵給她點了一個讚。

關元白走出來時正好看到周梵梵站在門口的柱子旁邊，裹著衣服低著腦袋，拿著手機也不知道在看什麼。

方才在裡面看一圈沒看到人，原來是躲這來了。

關元白第一個念頭就是往她那走了過去，現下沒人，他倒是想好好質問她一番。

可走近後，卻發現她臉頰很紅，似乎喝了很多酒的樣子。

關元白眉頭一擰，沒好氣道：「妳站這幹什麼？」

周梵梵沒注意到有人來，嚇了一跳，回頭時看到是關元白時，眼睛睜得更大了。

黑色的眼珠像熟透了的葡萄，又像玻璃球，透亮又有光澤。

關元白瞇了瞇眼，這人到底喝了多少？

一個女孩子來派對玩，沒有一點戒心？？

關元白沉聲道：「問妳話，站這幹什麼？」

周梵梵往後退了一步，抿著唇：「沒幹什麼，就是我剛喝了點酒，現在等人來開我的車。」

「喝了點酒，妳這樣子像只是喝了一點酒？說酒鬼也不為過吧。」

周梵梵搖頭，臉紅撲撲的：「不是，我真的只喝了兩杯雞尾酒而已，而且一開始以為酒精味很低，我覺得好喝才喝的。後來嚴成淮說，那個就是喝著味道淺，其實度數挺高的，我就沒喝了。」

嚴成淮？叫得挺熟的樣子。

剛認識就這麼熟，還送蘋果……

真行。

關元白冷哼了聲，「這麼冷的天妳就站外面等？」

「沒事，我現在有點熱，透透氣……」

關元白哦了一聲，說：「妳要人開車，關兮可以幫妳安排，妳沒跟她說嗎？」

「啊……這小事就不用了，我自己可以的。」

看起來還真不像可以的樣子。

也不知道喊誰來開車。

關元白自覺這事他沒必要管，且他來找她也不是要管她這種閒事的。但眼前的人實在是像呆頭鵝……還是那種被賣了也要幫著鼓掌的蠢鵝。

看了她片刻後，關元白吐了口氣。

算了，是關兮的客人，再怎麼樣也要保證客人的安全。

「妳過來。」他勉為其難地說。

周梵梵：「去……哪？」

「我車裡。」

周梵梵愣愣地看著他。

大概是她眼裡的疑惑過甚，關元白也有點不自在了，生硬道：「這裡偏僻，別人過來也要一段時間。既然妳是關家的客人，我也有義務保證妳的安全。」

平安夜的雪遲遲來臨，細小的雪花零零散散，落在引擎蓋上，很快就消失不見。

周梵梵最終還是坐到了關元白車裡，即便上車的那一刻，她立刻就後悔了。

然而想婉轉地說「她還是自己回去吧」，在轉頭看到關元白那張比外面冰雪還冷的側臉時，默默又嚥了下去。

關元白啟動了車子，轟鳴聲中，磨砂黑色的轎跑駛出別墅區，轉入了寬大的馬路中。

周梵梵本來因為喝了點酒，臉色發燙，現在坐在開著暖氣的車子裡，更是悶得一陣陣難受。

「關、關先生。」

關元白目不斜視：「什麼事？」

周梵梵小聲嘟囔：「我能不能開窗？」

「什麼？」

周梵梵拔高了音量：「我說，我能不能開窗，我有點熱。」

關元白說：「妳知道外面幾度嗎，開窗想被風吹傻？」

其實之前跟關元白相處下來，周梵梵一直覺得關元白的性子很好，且跟她說話的時候，大部分都是紳士又禮貌的。

可現在……他對她講話挺凶的。

也不知道是不是喝了點酒的緣故，情緒被酒精無限放大，周梵梵突然就有點小委屈了。

雖然她知道自己罪有應得，但一直被冷臉被討厭也會覺得難過。

畢竟曾經有那麼一度，她覺得自己和關元白不僅僅是「戰友」，還是朋友的關係。

「我知道外面很冷，可是我悶得很，特別難受。」周梵梵說。

察覺她的聲音不太對勁，悶聲中帶著一點很微弱的小哭腔，關元白趁著紅燈的空檔轉頭看她。

車內不算亮的光線中，她水汪汪的眼睛正盯著他，臉頰比方才還要紅，一副委屈的樣子，好像是誰狠狠欺負了她似的。

關元白微怔，很快伸手按下了她那邊的車窗，「開窗就開窗，妳哭什麼？」

冰涼的風吹了進來，帶著雪白的冰晶，落在臉上，絲絲涼意，特別舒服。

周梵梵瞇了瞇眼，低聲說：「我沒哭，我只是不舒服。」

關元白多看了她兩眼，確認她沒有啜泣的痕跡才不滿道：「還知道不舒服，妳臉紅得跟猴屁股一樣，既然不能喝酒，以後一滴都別喝了。」

周梵梵不敢回嘴，只好順從地哦了聲。

一路再無言。

風隨著進入高架後變得更大，關元白坐這邊都被吹得有點冷，偏偏副駕駛上的人還趴在車窗上，腦門對著風來的方向，一動不動。

關元白忍無可忍：「周梵梵，坐好。」

周梵梵：「啊？」
「我說，坐好！」
周梵梵臉上的溫度被風吹得降低了很多，只是反應還是有點遲鈍。
她聽清楚後，不再趴在車窗上，坐了回來。
關元白把車窗按了上去。
「欸，別關！」
關元白：「關一半，妳坐著，別把腦門往外頂。」
周梵梵解釋說：「沒往外頂，我就是趴著，不危險的。」
關元白微微一頓，薄唇輕啟：「什麼危不危險……我沒關心這個，我是說我冷。」
「喔……」
半個小時後，關元白把周梵梵送到了她家。
車開到門口，周梵梵酒精也散得差不多了。人清醒過後，更鄭重了幾分。
「關先生，謝謝你送我回家。」
關元白嗯了聲。
周梵梵伸手去開車門，但又縮了回來，回頭看他。
關元白視線淡淡地落在她臉上：「還有事？」
周梵梵思索了番，一口氣道：「其實，我知道你還是很生氣，但我上次話也沒說完整，我不是把你當快遞，也不是順便送你禮物……我是真心送你，因為你也幫了我很多事。幫你畫的畫、做的小點心，我都很認真。」

關元白沒作聲，靜靜地看著她。

周梵梵被看得越發緊張，磕巴道：「總之，我還是想跟你說聲對不起，畢竟還是瞞了你很多，利用了你很多……關先生，希望你不要生氣，我以後不會了。嗯……那，我就先走了。」

「等等。」

周梵梵：「怎麼了？」

關元白微微傾身，不甚滿意的樣子，說：「妳道歉光會嘴上說說？」

周梵梵愣住：「那，我要怎麼樣？」

關元白沉默片刻，坐了回去，道：「沒想好。」末了又補充一句：「想好了我跟妳說。」

周梵梵打開車門的動作猶豫了，關元白掃了一眼過來：「怎麼，妳果然是隨便道歉？」

周梵梵連忙搖頭：「不是的，我是真心道歉！那這樣……以後你有什麼需要我做的，只要我能做到，我一定答應你！」

關元白眉梢微微一挑：「確定？」

「確定！」

關元白重新看向車前方，嘴角輕揚：「好，希望妳能說話算話。回去吧。」

周梵梵用力地點點頭，下車了。

車門關上後，黑色轎跑揚長而去，周梵梵吐了口氣，轉身回到家中。

雖然她不知道關元白會要她做什麼，但她方才答應的時候，滿是真心。

一方面是她確實有愧於他，一方面是她真的不想在關知意那裡留下什麼不好的印象。

「梵梵，回來了？」

趙德珍敲門進了周梵梵的房間，還端著一盤切好的水果。

周梵梵坐在電腦前面，「奶奶，妳還沒睡啊？」

「沒呢，這不是等妳回來嗎。」趙德珍道：「今天那派對好不好玩？」

周梵梵點點頭：「還挺好玩的，很熱鬧。」

趙德珍：「是吧，我早就跟妳說過，多交朋友，多和大家一起玩。」

「我朋友挺多的呀……」

「一起在外面跑來跑去的朋友是吧，奶奶倒也不是不讓妳跟她們交朋友，我的意思是，像世家少爺小姐們也得認識認識。」

周梵梵：「奶奶，我知道的。」

「好好，妳知道就好。來，先吃個蘋果。這是你們年輕人過的那個叫……平安夜是吧。」

周梵梵好笑道：「平安夜的蘋果妳怎麼可以切掉啊。」

「反正都是要吃，切掉吃怎麼了。」

「行吧，那奶奶妳也一起吃。」

「好。」

祖孫倆坐在一起，一口一口把切掉的蘋果都吃完了。

趙德珍出去後，周梵梵去洗了個澡，躺在床上瀏覽有關關知意的貼文，又刷了下首頁，才關燈睡覺。

關元白不久前徹底從家裡搬出來了，獨自住在星禾灣的別墅裡。

他住的這棟位置趨於中心，離花園亭湖很近，隔壁棟是他的好友戚程衍，如今和他妹妹關知意一起住在那。

關元白之前經常去他們家蹭飯，因為他家裡沒有請煮飯的阿姨。

這天，從公司回來已經將近九點鐘，關元白等不及外送，便打電話給戚程衍，問他他們家晚上吃什麼。

關知意把電話拿了過去：『哥，這個時間我們晚飯早吃好了，你還沒吃啊？』

關元白：「忙，開會開到現在。」

關知意：『可是阿姨今天不在，我們晚飯是自己做的，都吃完了。』

關元白玩笑道：「嫁出去的妹妹潑出去的水，也不知道幫我留點。」

『我哪知道你沒吃飯啊。』

關元白說：「行，我自己解決。」

掛了電話後，關元白走進廚房打開冰箱，打量著有什麼方便又快速的食材，但看了半天也下不去手，因為冰箱的食材實在是太少，沒一個想吃的。

過了下，門鈴響了。

關元白走去開門，看到戚程衍端著一碗麵站在門口：「讓開點，很燙。」

關元白見此滿意道：「你小子有點良心，還知道孝順長輩。」

戚程衍瞥了他一眼：「你信不信我把這麵砸你臉上。」

關元白無所謂，甚至有點欠揍：「哦，你砸。」

兩人幾乎是穿同一條褲子長大、很要好的兄弟。

不過當初得知戚程衍默默勾搭走他妹妹的時候，關元白氣得差點揍人，因為他覺得他實在是禽獸，竟然能對從小看到大的妹妹出手，後來沒辦法接受了這個現實後，他又覺得戚程衍當他妹夫也不是不行，因為這樣他就可以用「我是長輩」、「叫我大哥」這種話來壓制戚程衍。

畢竟兄弟間，我實在不能當你爹的話，當你大哥也不錯。

「砸什麼？這是我做的麵，你還砸呢？」關知意從門外進來了。

戚程衍回頭對她笑了下：「沒有，我哪捨得。」

關元白露出一個被肉麻到的嫌棄表情，坐到了餐桌邊，吃起了這對夫妻送來的愛心晚餐。

關知意隨意地在客廳裡坐下來，打開電視看了下，等關元白吃完出來後說：「哥，我覺得你還是叫一個阿姨在家裡比較好，我和程衍哥哥也不是總在家的。」

「不熟悉的不想叫。」

「那叫陳姨來？」

陳姨是從小到大在家裡照顧他們的阿姨。

關元白搖搖頭：「算了吧，陳姨喜歡待那邊，而且爸也需要人照顧。」

「好吧，可是你每次回家都沒飯吃也很不方便，還是盡早僱個人來家裡幫你準備飲食比較好。」

戚程衍跟著點頭：「是，不然你孤家寡人的，還沒人做東西給你吃，怪可憐的。」

關元白：「……」

誰可憐了？誰說沒人做東西給他吃了？之前一直有人做東西給他吃好嗎，後來不過是因為……

關元白表情突然一凝，突然想到了什麼。

另兩人並沒注意到他的神色，關知意一邊看電視一邊說：「不然我去問問姐姐，姐姐很挑的，之前應聘過很多家庭廚師，做飯都很好吃，而且……」

「不用了。」

「嗯？」

關元白眼眸微瞇，突然說：「我覺得，我應該找到人了。」

第二天，週四。

周梵梵從導師辦公室出來後，約徐曉芊一起去學生餐廳吃飯。

徐曉芊最近跟她男朋友正在冷戰，吃飯時一直在吐槽他。

周梵梵聽得直皺眉頭，怒罵其男友過分，有時間幫別的女孩子做作業，沒時間跟女朋友約會！

太可惡了！

正和徐曉芊一起罵著呢，突然手機響了，周梵梵看到來電，氣憤的表情瞬間僵住。

徐曉芊：「怎麼了？」

周梵梵表情緩了緩，說：「我接個電話。」

「行。」

周梵梵清了清嗓子，把電話接了起來，「喂？」

『上次妳跟我承諾的事，還作不作數？』對面的人是關元白，開口便直接問了句話。

周梵梵有些疑惑：「什麼？」

『妳說妳真心道歉，以後我有什麼需要妳做的，只要妳能做到，妳一定答應。』

周梵梵反應過來了，連忙說：「當然了！我說話算話。」

『那好。』關元白幽幽地道，『我現在正好有事需要妳。』

周梵梵正色：「需要我做什麼，你說。」

關元白很淡地勾了下唇，說：『請我吃飯。』

第七章　不能讓愛豆看到窘樣

一月份，傍晚溫度零下負二。

周梵梵從學校開車出發，五點鐘到了星禾灣。

車子由著關元白手機上的指引停在了他家的停車位上，她裹上羽絨外套從車裡出來的時候，看到旁邊停著輛黑色轎跑，是關元白之前開過的。

昨天接到關元白的電話，他說電話裡說不清楚，讓她今天方便的話，可以直接來這裡找他。

周梵梵走到別墅門口，朝隔壁棟看了眼，隔壁棟的二樓，燈是亮著的。

她是第一次來星禾灣，但是這個地方，她在網上看到過。

那是早前一則關於關知意的新聞，當時關知意和戚程衍還沒在一起，記者偷拍到她開車進了戚程衍在星禾灣的家中。

後來關知意出來澄清，當夜她進的是她親哥的家，戚程衍是隔壁那棟。

隔壁那棟……

所以說，如果現在她站的位置是關元白的家，那麼，隔壁這間，就是戚程衍家，也就是她寶貝意意現在生活的地方。

周梵梵有些心潮澎湃，跟愛豆在同一片區域裡呼吸，感覺空氣都甜美了呢！

「妳在看什麼？進來吧。」突然，門側的對講機上傳出了關元白的聲音。

周梵梵立刻把眼睛從隔壁棟挪了回來，湊近對講機道：「門沒開著，密碼是什麼？」

「410000。」

「喔。」

周梵梵按了密碼，門開了，她走了進去，站在玄關處。

關元白此時才從客廳裡走出來，穿著一身灰白色的居家服，整個人看起來柔和許多，手裡拿著手機，螢幕上還是剛才跟她對話時用的門禁系統。

周梵梵有些拘謹地站著，乖乖問聲好：「關先生晚上好。」

關元白嗯了聲：「櫃子裡有拖鞋，都可以穿。」

「好的。」

周梵梵打開旁邊的櫃子，一溜黑、灰色系的拖鞋中，有一雙淺黃色的女士拖鞋，拖鞋鞋面上還有一隻可愛的小鴨子。

「穿黃色的吧，我妹妹平時來的時候穿的，會小一點。」

關元白也就是隨口一說，他的意思是其他拖鞋全是男士的，她穿會太大，沒想到話音剛落，就見眼前的人臉色頓時紅了，眼睛雖直勾勾地盯著那雙拖鞋，手卻瘋狂搖擺。

「不了不了不了！我不穿那個！多、多不好意思啊，這樣不好的！我隨便穿一雙就行了！」

說著，她彎下腰隨手拿了一雙淺灰色的拖鞋出來換上了。

關元白這才意識到她又抓住了他口中「妹妹」兩個字，嘴角微微一抽：「……隨便妳，過來吧。」

周梵梵拖著大拖鞋吧噠吧噠跟在他後面。

關元白在沙發上坐下，喝了一口涼水，抬眼看她。

那男士拖鞋給她穿果然大了很多，她走路的樣子挺勉強的。

打量完後，關元白的目光又落在她衣服和那張素淨的臉上。

他記得之前每一次他們見面的時候她都精心打扮過，穿的衣服也是溫婉講究。可現在不同，這人被戳穿後，根本就不在他面前講究什麼了。

此刻她沒有化妝，穿著一件淺色羽絨外套和簡單的牛仔褲，紮著丸子頭，看樣子像隨便一抓，臉頰邊有很多毛茸茸的碎髮。

年紀看起來比之前精心打扮時更小了。

說實話，軟乎乎像顆球，有點可愛。

但是前後這麼一對比，讓人莫名有些來氣……

關元白深吸了口氣：「坐。」

周梵梵點點頭，規矩地坐好。

「課表有嗎，方便給我看看嗎？」

周梵梵不明所以，「有，怎麼了。」

「我想，吃飯需要跟妳的課程對上時間。」

周梵梵有些不解道：「為什麼呀？我課挺少的，有很多時間可以請你吃飯，關先生你別擔心，只要你有空，我隨時奉陪，請多少頓都無所謂。」

關元白：「……那如果我說，不是在外面，是要在家做的那種呢？」

周梵梵有些驚訝：「你是說我之前送去你公司的那種晚餐？」

關元白：「嗯，畢竟自己做的，健康。」

「……」

周梵梵平時是個喜歡研究美食的人，也會因別人誇自己做的東西好吃而高興。偶爾做東西給家人或者朋友吃，她其實是享受的。

但是這話讓已經討厭她的關元白說出來，突然覺得有些奇怪，他不是不喜歡嗎？還自己做的健康！平時他去吃的餐廳都是地溝油嗎！

不對不對，重點應該是……他現在會不會是要開始整她？！

「做幾頓給你當作道歉，是沒什麼問題……但是我可能不方便，我在家做飯我奶奶到時候又要誤會了。不然，我還是請你出去吃吧，吃什麼都行！」周梵梵謹慎道。

關元白想了想：「怕妳奶奶的話，在我家做就行。」

周梵梵：「……」

關元白氣定神閒：「密碼剛才也告訴妳了，妳沒課的時候隨時可以過來。」

「關先生，你家裡……沒有廚師嗎？」

關元白撇過頭，鎮定自若：「沒找到合適的。」

「真的？」周梵梵嘟囔，「你竟然找不到合適的廚師。」

關元白：「……暫時沒找到。」

廚師當然是容易找到的，只是昨天被戚程衍一激，腦子靈光一閃，突然就想到了周梵梵。

說實話，那天送她回家後，他一時片刻還真想不到有什麼能讓她幫忙的。

除了她曾經給過他的各種美食。

最重要的是，他覺得自己並不想輕易「放過她」，讓她就這樣把之前的事忘得一乾二淨，也不想她像之前一樣，消失得無影無蹤。

「怎麼了，如果我家裡有廚師，妳就不打算履行妳的承諾嗎？」關元白問。

周梵梵說：「沒有沒有，我答應的事我當然會做到，請你吃飯，我沒問題，就是在你這做……」

「妳放心，平時家裡也不會有人。」

「這樣，那就好。」

關元白見此接得很快，立刻做了個總結：「好，那就這麼決定了。」

「等等等等。」周梵梵問道：「那我要做幾頓才行……」

關元白挑了挑眉，說：「剛才好像有個人說，請我吃幾頓飯都無所謂。」

周梵梵乾乾一笑：「哈哈，是、是嗎。」

「不然湊個整數，一百頓吧。」關元白突然說。

「啊？」

關元白微笑說道：「我覺得還是有個上限比較好，妳說呢？」

一百頓。

上限。

他之後一定會在某個時候制裁她對不對……

偏偏剛才自己已經口出狂言，話都收不回來了。

「怎麼了？還有什麼異議嗎，說吧，我聽著。」關元白幽幽道：「如果妳想反悔妳說過的所有話，我沒問題。」

他明知道自己不會反悔的。

周梵梵咬了咬牙，算了，不過只是一百頓飯而已，做飯有什麼可被制裁的。

還能在他家裡直接暗殺她不成？！

「我沒有要反悔，一百頓飯就一百頓。」周梵梵道：「那，這一百頓後，我們的事可要一筆勾銷！你不許再生氣，也不可以在知意面前說我壞話。」

關元白愣了下，氣笑了：「我什麼時候在她面前說妳壞話？」

「反正，妳得保持我在她面前的良好形象。」

「……」

「那，就這麼愉快決定了。」周梵梵起身，「關先生，那我先走了？」

關元白捏了捏眉心，擺擺手。

周梵梵趕緊吧噠吧噠穿著大拖鞋離開。

兩分鐘後，她走出了關元白的家門。

隔壁棟二樓的燈還亮著，周梵梵轉頭看了眼，突然想起了什麼。

等下……一百頓飯的話，以後很長一段時間都會經常來這吧，那四捨五入，算不算跟她家寶貝生活在同一片區域裡了！

沒準哪個晚間還能遇上呢？

周梵梵眼睛微微一亮，在納悶和緊張中感覺到一點豁然開朗的苗頭。

能經常偶遇意意，就算真的被制裁……那就被制裁吧！

意粉無所畏懼！

第二天，周梵梵下午有課。

上完課看了眼手機，沒有看到關元白說要加班不回家的訊息，便開車往他家方向了。

把車子停在昨晚來時停的地方後，按了關元白家的密碼鎖進門。

「來得挺早。」

剛走到客廳，就聽到熟悉的聲音從右上方傳來，周梵梵倏地轉頭看他，「你、你怎麼在家？」

關元白悠閒地走了下來，聲音帶了點懶倦的味道：「下午沒事，就沒去了。」

「喔……」周梵梵還想著自己一個人悠哉悠哉在他家做個飯呢，沒想到人竟然在，搞得她有點緊張。

「那個，你餓嗎？我現在開始做飯？」

關元白看樣子還挺滿意她真的信守諾言的，淡笑了下，說：「妳隨意。」

周梵梵點點頭，走進了他家廚房。

廚房很大，但也很陌生，周梵梵走了一圈打量廚具和調味料，又走到了冰箱前。

打開冰箱的瞬間，她有些石化了。

靜默了片刻，周梵梵從廚房出來，朝客廳裡坐著的關元白道：「關先生，冰箱裡什麼都沒有，我做什麼啊……」

關元白把一本書放在膝蓋上，都還沒打開，聞聲轉頭看她：「一點菜都沒有？」

周梵梵：「……沒有。」

關元白很坦然：「哦，我忘記買菜了。」

周梵梵一瞬間有幾分無語，但想想這人自己都不做飯，冰箱裡沒菜也很正常。

「附近有超市嗎？」

關元白：「社區裡面就有超市。」

「那我現在去買點菜。」周梵梵拿起自己包裡的鑰匙往外走，走了幾步回頭道：「你要跟我一起去嗎？」

關元白愣了下：「妳想要我一起去？」

「嗯。」

關元白眉梢微微一挑，有些意外，他盯著她看了下，把膝蓋上的書往旁邊放。

「既然妳想一起，那我……」

「你覺得麻煩的話不來也沒關係，我無所謂的。」周梵梵打斷了他，說：「主要是我不知道你想吃什麼，才讓你跟來一起看看。不來的話，你也可以傳訊息到我手機。」

關元白動作滯住，捏住了書角，手背青筋微拱。

周梵梵歪了歪腦袋，想得到他確切的答案，但見他面無表情，想著他應該是不想去，於是道：「那你還是傳我手機吧，我很快回來。」

「嗯？」

「我說不去了嗎。」

關元白把書丟在了沙發上，大步朝她走來，經過她的時候冷冷丟下「跟上」兩個字，就先出門了。

周梵梵：「……」

星禾灣內部很大，包含了所有戶主生活所需的場所，超市距離關元白家有點距離，開車需要六、七分鐘。

周梵梵開了自己的車，關元白坐在副駕駛，打量了下車輛內部。

這輛車外部梅粉色，裡面各種小玩意也都是粉色，粉色的豬抱枕、粉色的掛件，搞得像兒童搖搖車。

關元白單手支在車窗框，眉頭輕皺，不免後悔自己為什麼腦子一抽，也要過來……算了，就當帶她認認路，省的以後小屁孩連菜都買不來。

幾分鐘後，周梵梵把車停在了超市外的停車位上。

兩人從車裡出來，直接進了超市。方才在廚房時，周梵梵發現他家裡還少很多種調味料，所以進去後先去了調味料區。

關元白單手插著口袋，推著購物車，落後了她幾步。

「不是買菜嗎，妳來這買什麼？」

周梵梵沒回頭，在貨架上挑挑揀揀：「你很少進廚房吧，你家裡沒有蠔油，也沒有花椒……很多東西都沒有，之後要做飯的話今天都得備上。」

關元白聽罷沒再作聲，只在旁邊等著。

但周梵梵選得有點慢，看好半天才從幾種裡選一種。

關元白把她慢吞吞的動作看在眼裡，提醒道：「調味料不用這麼仔細挑，家裡做的可以隨便點。」

「不能隨便，自家人吃的東西怎麼能隨便呢。」

自家人。

誰是自家人？

關元白看了她一眼，疑惑、奇怪，又莫名其妙的有些舒坦。

周梵梵千挑萬選好各種調味料後，又走進了醬料區，這裡有沙拉醬、黑胡椒醬、番茄醬……五花八門。

關元白在旁邊等著，本來以為她又要花很長時間挑這些東西了，卻沒想到這次她很迅速，甚至連看都沒有多看幾眼，直接拿了一個牌子的沙拉醬和番茄醬就放進購物車裡。

關元白隨口問道：「這怎麼不仔細挑選了？」

「不用挑，就買這個。」

「為什麼，這個很好吃？」

周梵梵回頭看他，亮著眼睛道：「當然，知意代言的，肯定好吃。」

「……」

周梵梵笑咪咪地繼續往前走了，關元白垂眸，拿起了番茄醬，才發現瓶身還真有他妹妹的照片。

關元白漠然著臉，把番茄醬又丟進了購物車。

什麼自家人吃的東西不能隨便？？

要是這些調味料都是關知意代言的，我看妳就隨便得很！

兩人在超市裡逛了將近一個小時，才把東西都買齊。

到收銀臺時，關元白突然停住了。

周梵梵：「怎麼了，你還有什麼想吃的嗎？」

關元白往她腳上看了眼，說：「等我一下。」

周梵梵不明所以，只能在原地等他。

過了兩分鐘，關元白回來了，手裡還多了雙拖鞋，粉色的，毛茸茸的鞋面上還有兩隻耳朵。

周梵梵最喜歡粉紅色了，眼睛微微一亮：「好可愛，給我的？」

關元白淡淡嗯了聲，道：「家裡沒有其他適合妳的拖鞋，妳用這個吧。」

周梵梵沒想到他還記得這事，說：「好啊，謝了。」

她接過去，笑著摸了摸兩隻小耳朵。

關元白眼裡含了點笑意，果然小孩才會喜歡這種幼稚的拖鞋。

「不用謝，我就是怕妳穿那麼大的拖鞋，在我家摔了。」

周梵梵：「喔！」

回到家後，周梵梵換上新的拖鞋，進了廚房。

她把今晚要做的食材都拿了出來，又把備用的放進冷藏櫃裡。

以前她在廚房的時候更多的是享受烹飪的樂趣，所以做菜都很精細，導致時間也會長很多。習慣一時改不過來，這次也依然如此。

另外一邊，關元白在客廳裡看了下書後，手機有視訊電話進來，他又去書房開了個會議。

會議結束後他原本還想著周梵梵可能會等他一下，沒想到走到餐廳，桌上還是空的。

「妳現在在做什麼？」

周梵梵聽到後面傳來聲音，把鍋蓋蓋上，回頭。

關元白就站在廚房門口光影處，因為沒去公司，頭髮也沒經過特別打理，隨意地落下來，少了幾分經營者俐落掌權的味道，多了點男生陽光溫潤的氣息。

周梵梵的視線不由自主地在他臉上停了一下，說：「燉紅燒肉呢，要點時間。」

「還有多久？」

「你很餓了嗎？」她問這句話的時候看起來有點擔憂的樣子，眼睛微微睜大，嬌憨又靈動，有點逗。

關元白忍不住嘴角輕揚了下：「還好，我倒不急。」

「我平時做菜是有點慢，在家也是。不過也快好了，關先生，你可以再等十分鐘。」

關元白笑意收斂得很快，嗯了聲。

沒過多久，周梵梵就把做的三菜一湯都端出來了。

蒜蓉粉絲蝦，醋溜高麗菜，紅燒肉，藕片湯，都是很家常的菜，不過做得都很用心。

關元白坐下後，拿起筷子夾了一口紅燒肉，剛要入口，就看到眼前站著的人目光炯炯地盯著他。

關元白說：「妳不吃？」

周梵梵愣了愣：「我在這吃？」

關元白把那口紅燒肉吃進去了，道：「妳請我吃飯……自己不吃嗎？」

今天耗到現在，周梵梵肚子其實也很餓了。

聽到他這麼說覺得也有道理，而且這麼多菜他一個人哪吃得完。於是她很快進裡間盛了碗飯出來。現在在關元白面前不用裝著，她也就不矜持了，坐下便開始吃飯。

但吃了幾口後還是不忘問道：「你覺得怎麼樣，好吃嗎？」

關元白一直都知道她做東西是好吃的，所以這時也並不裝模作樣，直接道：「不錯。」

周梵梵眉梢染了喜色，不因為別的，單純就是自己做的菜被別人說好吃，高興而已。

「那你多吃點，你們這種大忙人吃飯時間最不固定了吧。不好好吃飯可要犯胃病了，不要以為自己還算年輕就為所欲為。」

關元白微微一頓，又抬眸看她一眼。

小女生頂著一張娃娃臉，說著老氣橫秋的話。

看起來一臉真誠，但有前車之鑒，他不知道她說這話是不是真的很真誠。

可實際上，周梵梵說這些話就是發自真心。

雖然說她現在是有點怕關元白，但不論怎麼樣，他都是她家寶貝意意的親哥哥，而且她還是覺得兩人的五官有一點點像。

所以面對關元白時，她難免會有一顆柔軟的心，且總比對別人多幾分耐心。

吃完飯後，周梵梵回家去了。

家裡這時也正好在吃飯，奶奶問她吃不吃飯，她說吃過了，又被追問在哪裡吃的。

周梵梵才不敢說自己在關元白家吃飯，而且還是她做的，因為奶奶一定會誤會，會以為她和關元白的關係已經到了「如膠似漆」的地步。

所以草草說自己跟徐曉芊一起吃了飯後，便趕緊回了房間。

到了現在，網路上關於她和關元白的討論度已經下去了，除了打開社群軟體還有一些網友追著問她和關元白到底什麼關係外，也沒別的了。

周梵梵沒有再理這些問題，把這幾天剪的一版關知意的影片傳了上去，躺下睡覺了。

後來幾天，周梵梵學校裡沒事的時候都會去關元白家。

關元白大部分能準時回來，有一次開會沒回來時她就直接把飯菜做好放著，最後關元白吃沒吃她就無所謂了。

就當是她的任務，也當自己研究研究新菜譜。

反正，做一頓算一頓，做一頓少一頓！

這天，週三。

周梵梵下午沒課，在家裡待到四點鐘，藉口找朋友玩，來了關元白家。

來了幾天後，她已經輕車熟路了，自顧自地開門進去，先看了眼冰箱，發現食材不多了，便坐在沙發上點上次去的那個超市的外送。

她也是這兩天才知道，那個超市有專屬的外送APP，不過只送住在這裡的人家。

點完菜後，周梵梵傳了訊息給關元白，問他幾點回來。

關元白沒有回，倒是他的助理何至打了電話給她，說他在開會，六點鐘會到家。

周梵梵想著時間還早，便打開電視看了下綜藝，看到了五點鐘，才起身準備去做晚飯，就在這時，門鈴響了。

「怎麼提早回來了啊。」周梵梵呢喃了句，轉去開門。

「你怎麼——」門打開，周梵梵的話也瞬間卡在了喉嚨裡，她看著眼前的人，腦子頓時一片空白。

「欸？」門口站著的關知意也愣住了，她和旁邊的戚程衍對視了眼，又看向周梵梵，眼神中不乏驚訝和震撼。

「梵梵，妳今天在哥哥家？」

梵……梵梵？！

周梵梵發誓，她從來沒有一刻覺得自己的名字有這麼好聽過！

周梵梵張了張嘴，卻不知道說什麼，最後只能紅著臉點了點頭。

關知意驚訝過後，已經是驚喜了，她說：「我只是來送點東西給哥哥，奶奶給的。現在……方便進去嗎？」

「方便方便方便！他不在家！」

關知意和戚程衍又對視了一眼，按照關元白的性子，自己不在家都能讓別人進來，看來……兩人關係突飛猛進了啊！

周梵梵完全不知道這兩人在想什麼，她此時的腦子完全處於當機狀態，雖然她有幻想過可能會遇到關知意，但沒想到這麼快，而且是這麼突然的時候！

「喝、喝果汁嗎？」

戚程衍去廚房放從家裡帶來的那些食物了，客廳裡只剩下她們兩人，周梵梵拘謹地問她。

「沒事，我喝水就好了。」

關知意自己倒了杯水喝，周梵梵才反應過來，這裡是人家親哥家，她比她熟多了！嚴格來說她才是外人！

周梵梵有點窘，不過看關知意喝水又想起更要緊的事。

「我買的是柳牌的柳橙汁。」她提醒了一句。

因為柳牌是關知意最喜歡喝的柳橙汁，之前看某個真人秀綜藝的時候，她們這群粉絲發現了。

關知意也很快意識到這點，看向周梵梵時的眼神時有了真誠的感謝：「我最近得減減肥，飲料就不喝了，謝謝啊。」

「減肥？」周梵梵皺眉，「妳現在這麼瘦還要減肥嗎，身體健康比較重要。」

關知意笑說：「下個月要進組，角色比較清瘦，所以還是要控制體重。」

周梵梵知道她下個月要進哪個組，一部古裝劇，班底很好。

但是她還是很心疼她家女鵝這麼瘦弱了還要控制飲食啊！！！

「不過，這橙汁是妳買來放這的？」關知意問。

「嗯嗯，上次叫了外送，不過關先生好像不愛喝……嗯，也不重要，之後妳來的時候可以喝。」周梵梵認真說。

上次。

關知意抓到了關鍵字，看來兩人的關係早就變親密了，她笑了笑：「好啊。」

周梵梵強行按捺著興奮，剛想開口再說點什麼，戚程衍放好東西從廚房出來了，她就沒有再開口。

「我哥他有說什麼時候回來嗎？」

周梵梵看了眼時間，答道：「剛才說六點鐘。」

關知意點點頭，說：「沒想到你們進展這麼快，我還以為——」

「什麼進展？沒有沒有！」周梵梵意識到被誤會了，連忙搖頭，「我們沒有在一起，我今天來就是幫他做晚餐的！」

關知意頓了下，笑容更加意味不明了。

周梵梵嚥了嚥喉嚨，說：「就只是做晚餐，我之前因為……因為某些事想跟他道歉，所以答應請他吃飯。」

雖然說得隱晦，但關知意和戚程衍一下子就明白了。

之前他們之間發生的烏龍，兩人都清楚，可是奇怪得很，以兩人對關元白的了解，他不是這種斤斤計較的人，也不會用這種奇怪的方法讓人家來道歉。

關知意狐疑道：「他讓妳做一頓飯請他吃，以此來給他道歉嗎？」

周梵梵搖搖頭：「不是一頓。」

「？」

「是一百頓。」周梵梵認真道：「不過只剩九十五頓了，因為今天是第五頓。」

「……」

關元白開完會的時候五點出頭，比預想的提早了些，於是從會議室出來後，他直接開車回了家。

中途嚴成淮和宋黎打電話過來問他要不要出去吃飯，他拒絕了，忙了一天，他只想回去休息。再者，家裡有飯吃，他為什麼要跑去外面。

到了家開門時，他腦子裡已經料想到周梵梵聽到動靜會從廚房裡出來了，畢竟這幾天都是如此。

但沒想到今天一推開門，玄關處發現了另外兩雙鞋子。

「回來了。」戚程衍喝著茶，坐在那裡，似笑非笑。

他旁邊是關知意，看著他的眼神也奇奇怪怪。

再旁邊，是周梵梵，她坐在單獨的小沙發上，方才他進門時她正跟他妹妹說著話，眼睛亮晶晶的，看起來分外緊張。

她都沒發現他進門，一直到戚程衍出聲，她才好似抽了個空回頭。

一看是他，頓時像想起了什麼，站起身：「糟糕，我忘記做了。」

關元白看到關知意就已經料想到這結局，也並不在意，看向那兩人道：「你們怎麼在這裡？」

不滿之意溢於言表。

戚程衍眉頭輕挑，笑說：「你好像很不希望看到我們在這裡。」

關元白解領帶的動作微頓，又繼續解，拿下來後隨意放到了一旁：「我只是問你，怎麼，有事找我？」

戚程衍說：「沒什麼要緊事，只是今天從奶奶家過來，帶了些吃的給你，已經放冰箱了。」

「哦，謝了。」

關知意說：「我們剛才來的時候也不知道梵梵在這，就跟她坐著聊了下天。既然你回來了，那我們就走了。」

關知意起身。

周梵梵也跟著起來：「那知意，拜拜啊。」

「嗯，下次見。」關知意走了兩步突然又回頭，「梵梵，不然我們加個好友吧。」

「啊？」

「以後妳在這裡有什麼問題解決不了，可以問問我，我就在隔壁……嗯，沒工作的時候會在的。」

周梵梵愣了，因為這事過於刺激，以至於當下都不知道做什麼反應。

直到關知意又問了一遍能不能加好友，她才僵硬著，木訥地把手機拿了出來：「可以啊……」

關知意掃了她的 QR code，又跟她說了聲再見後，才和戚程衍走了。

關知意緩緩低頭看了眼自己的手機，還停留在 QR code 畫面，她按了返回鍵，看到新的朋友裡有個加一。

關元白把關知意和戚程衍送出屋子，在兩人欲言又止的眼神中無情地把門關上了。

他轉身回了客廳，發現周梵梵還站在那裡，眼睛直勾勾地盯著手機，一動不動。

「發什麼呆？」

周梵梵緩緩轉頭看他：「她、她、她要加我好友。」

關元白呼出一口氣，不想理她這句話，問道：「妳晚上想吃什麼？」

可周梵梵直接把他的話忽略了，一臉難以置信又興奮非常地說道：「意意加我好友！合適嗎？可以嗎？我能加嗎？！」

說完又一臉糾結：「可是粉絲和偶像是不是該保持距離啊……但是我加一下我也不打擾，應該沒關係吧？！而且是她讓我加的，我不加很沒禮貌啊！」

她一下皺眉頭一下笑呵呵，自言自語：「還是加一下吧，我又不告訴別人。」

關元白面無表情地看著她演完這場獨角戲，又看著她謹慎地點了下添加。

接著她的好友頁面上，很快多了一個小貓的頭貼，是關知意的。

「加上了！關先生，我加上了！真的是意意的好友，這個頭貼好可愛啊！」

她高興極了，竟然還激動地拉住他的手臂衣服，像是跟人急於分享什麼絕好的事情。

關元白本來無動於衷，甚至覺得匪夷所思，可這時看到她仰起的頭滿是笑意，竟也不自覺地跟著笑了下。

「有那麼開心嗎？」他好笑地看著她。

周梵梵點頭：「嗯！好開心！」

「不過是加個好友而已。」

「可是好友是比較私密的，加了才能算是朋友呀！」

關元白因為工作需要，加了太多人的好友，他從沒認為加好友就能算是朋友。

他低眸看了眼周梵梵拽著他衣服的手，突然想起什麼：「周梵梵，妳是不是從來沒有加過我好友？」

這天晚上，兩人沒有在家裡吃飯，直接去了社區附近的一家餐廳。

周梵梵全程很興奮，吃飯時也時不時看手機刷關知意的個人頁面，其實關知意的個人頁面顯示是一個月可見，只有兩三則動態，但她還是樂此不疲地觀賞著。

吃完飯後回到家已經晚上七點半，周梵梵洗了個澡躺上床的時候，通訊軟體輕響了一聲，顯示添加好友成功。

她看了眼，發現是關元白通過了她的好友申請。

這人動作真是慢啊，在他家的時候他說他們還沒有好友，有時候聯絡不方便，她就掃他了，竟然到現在才通過。

周梵梵窩在被窩裡，有些好奇地點進他的個人頁面。

關元白的ＩＤ很敷衍也很簡單，就用首字母ＧＹＢ，頭貼是波光粼粼的一片海，只發了幾則動態，時間間隔還很長。

有轉發投資官方帳號，有點讚了某部電影……最近一則是關於關知意和戚程衍結婚，他放了張圖，表示祝賀。

關知意的婚禮圖有放給她們粉絲看，這張卻是她沒見過的，周梵梵忍不住放大圖片欣賞了一下。

時至今日，她還是會對女鵝已經出嫁這事表示痛心。

『到家了？』

手機叮一聲，關元白用通訊軟體傳訊息給她。

在這裡回覆他，周梵梵還覺得有點不習慣：『到家了。』

『好。對了，我這幾天要出差。』

周梵梵：『好耶！』

一分鐘後，關元白回覆：『妳很開心？』

周梵梵：『沒有啊！』

關元白：『那妳的好耶是什麼意思？』

周梵梵：『好耶就是好。』

關元白：『是嗎？』

周梵梵：『零零後最近流行這麼說，可愛而已……沒有很開心的意思0.0。』

關元白：「……」

零零後，行，不是他能涉及的領域。

關元白沒有再回覆了，周梵梵鬆了口氣，心裡暗暗想著，其實蠻開心的。

她放下了手機，剛準備休息，粉絲群裡突然有了響動。

有人在問這週末有沒有人聚餐，一起看關知意的電影。

關知意演的電影在上次的電影見面會後，影院已經開始上映了，上映首播當天周梵梵就跟徐曉芊去看過了，不過作為死忠粉，一遍哪夠，況且她很享受跟粉絲朋友們一起看電影一起追尋快樂的感覺。

所以立刻私訊了徐曉芊，問她要不要一起去，不巧的是徐曉芊這兩天竟然跟她男友和好了，正如膠似漆地要去約會，周梵梵一邊鬱悶一邊自己加入大家的聚餐中。

在群裡跟大家聊了一下天後，大家敲定了時間。

幾日後，週六。

周梵梵很期待地去了和大家的集合地點，就在某商場的電影院，總共來了十多人，大部分是女生，零星參雜了三個男粉。

周梵梵之前參加活動或者應援的時候都遇到過這裡的人，大家都比較熟了，人來齊後，一起進了電影院。

他們買的位子並不好，基本上都在邊邊角角，因為今天是週六，且他們都是已經看過一遍的人了，中間的位子他們這群團購的粉絲會默認留給其他非粉的觀眾們。

電影一共兩個小時，看完出來後，大家都很興奮，這部電影反響不錯，笑點和淚點都有，網路上評分很高。

看完電影後，大家前往預訂好的餐廳包廂落座。

「梵梵，話說回來，妳現在跟關元白還有聯絡嗎？還說過話嗎？」坐在她旁邊的是阿愁，她是上次見面會周梵梵和關元白事件的近距離接觸者，她還記得當時那驚心場面，並且念念不忘。

她這話一出，旁邊幾個人都湊了過來。

周梵梵哪能在這裡說這事，再者，說她現在跟關元白聯絡密切，而且還天天進出他家，簡直過於離譜。

「那個，我們真的只是認識，其實……也不算很熟。」

阿愁嘆了口氣：「啊，好可惜啊。」

「不可惜不可惜……哎呀我們今天也不說這個，我們不是來幫知意慶祝的嘛，那個，舉杯吧？」周梵梵岔開話題。

「行行，今天碰一個啊，不醉不歸！」

「來來來。」

和有共同話題和愛好的人在一起，即便沒有那麼熟，也有說不完的話。

周梵梵平時很少喝酒，但今天開心，也和大家一起喝了點，她喝酒容易上臉，沒多久臉頰就紅彤彤的，一時興奮，完全沒注意到手機響了。

吃完飯後，大家都還在興頭上，有人提議去KTV唱歌。

周梵梵暈暈乎乎的，第一個舉手：「要去要去！我要唱〈昭陽〉！」

〈昭陽〉是關知意以前一部電視劇的角色歌，看劇那時，每次這首歌出來，她都會淚灑現場。

「我也要唱啊，走吧走吧！」

「行！我先預訂位置。」

一眾人浩浩蕩蕩地往最近的KTV去了，十多個人，大包廂，剛進場就點了關知意的歌，前奏出來時，一群人直接high爆。

其實有時候，追星並不僅僅只是喜歡一個人的快樂，還有大家在一起時心心相惜的快樂。

好像這個世界上突然有了很多懂你的人，一個眼神，一個動作，彼此就知道是什麼意思，那種感覺無與倫比。

而在周梵梵狂歡時，關元白正站在家裡的小花園裡，擰眉看著周梵梵的個人頁面。

方才打電話給她沒接，卻見她不久後發了個動態。

動態是一群人擠在一起拍照的樣子，照片中，還有好幾個男生，更重要的是，即便環境燈光不太亮，也能看出她的臉很紅，大概是喝酒了。

周梵梵和阿愁一起狂吼著唱了一首歌後，累癱在沙發上。

包廂裡鼓點在跳動，大家嘻嘻哈哈或喝酒或玩遊戲，眼前都有點糊了，周梵梵揉了揉眼睛，不敢再喝了。

接下來要挺久才輪到她唱歌，她沒精力再去玩遊戲，便拿起手機看了看，才發現自己有未接來電，是關元白的。

關元白出差後還沒打過電話給她，周梵梵想著他應該有什麼事，便跌跌撞撞地起身，去包廂外回了一通電話給他。

「喂？」

『周梵梵？』

「嗯……是我，你、你剛才打電話給我了啊。」

『妳在做什麼？』

周梵梵道：「我在、我在唱歌呢……你怎麼打電話給我了，啊，你不會是回來了吧？！」

關元白聽出她聲音的不對勁：『對，我回來了，妳這是喝酒了？』

「嗝……有耶。」

關元白擰眉：『妳不是不太能喝酒，妳現在是喝了多少，還打酒嗝？』

周梵梵有些不好意思：「喝多了一點點，本來不想喝的，但是難得嘛，平時跟大家都是在網路上聊，難得現在見面，很開心，所以就……」

『妳跟那些人都是網友？』關元白頓時覺得匪夷所思，他想起了她喝完酒的樣子，沉了聲，『妳跟一群不認識的男人，還是網友，怎麼可以見面就喝酒，沒有點防備心嗎？』

周梵梵愣了愣，一群不認識的男人？

嗯？他們這麼大幫人，總共也就……三個男孩子吧？

周梵梵覺得關元白算數實在不太好，不過她也沒好意思說他，支吾道：「也不是見面就喝酒，我們先看了電影，又吃了飯的，然後——」

『回來。』

周梵梵愣住：「嗯？」

『地址在哪，我讓人去接妳。』

周梵梵道：「我們還沒結束呢，我現在不能走。」

關元白深吸了口氣：『妳現在得走。』

「為什麼？」

關元白頓了頓，說：『因為，我現在要吃飯。』

「……」

「…………」

周梵梵愣了片刻，瞪大了眼睛：「你不會是要我現在去你家做飯吧？」

關元白也不管她怎麼想了，跟這醉鬼更沒什麼好說的，他緩緩道：『妳不是說我什麼時候想讓妳請吃飯都可以嗎，我現在想。』

「我今天請假行不行……」

『駁回，地址給我。』

片刻後，周梵梵回到包廂，裡頭鬼哭狼嚎，各自沉浸在自己的世界裡。

「妳跑哪去了啊？剛才沒看到妳。」阿愁問她。

周梵梵靠在沙發上：「出去打了通電話。」

「嗯……妳是不是喝太多了啊？」

周梵梵覺得頭暈，點了點頭：「有點。」

阿愁大聲地在她耳邊道：「那妳可以先走，我送妳下去，幫妳叫個代駕。」

周梵梵嘆了口氣，拒絕了，說等等會有人來接她，阿愁才放了心，玩自己的去了。

周梵梵看了眼手機，不滿地撇了撇嘴。

哪有這樣的人啊！她都喝酒了他還非得要她去做飯，不去還上升到誠信問題！

周梵梵氣呼呼地坐了一下，大概半個多小時後，通訊軟體來了訊息。

關元白傳來的，讓她現在從包廂裡出來。

周梵梵只好起身拿上自己的包，跟在場的眾人示意了下，說自己要先走了。

「梵梵，接妳的人來了嗎？」阿愁問道。

周梵梵點點頭：「來了，應該在大廳裡，我先走了啊。」

「嗯！好的，下次見。」

「下次見。」

周梵梵轉身出了包廂，因為她走出包廂的時候有些晃，阿愁坐了下還是不放心，怕她還沒走到大廳就先摔在走廊上，便追了出去。

周梵梵也確實是高估自己了，搖搖晃在走廊上繞了一圈後，走錯了路。

「為什麼是廁所……出口呢？」周梵梵有些煩躁起來，只好皺著眉頭又往另一個方向去。

誰想到剛走過一個轉角，就撞上了人。

「啊！」

「梵梵——」

身後有人叫了她一聲，是阿愁的聲音。

但周梵梵並沒有摔倒，而是被撞著的人拽住了手臂，周梵梵心有餘悸地看向拉住自己的人，「怎麼是你……」

關元白在大廳等了一陣子了，見一直沒人出來，而且手機還打不通後，他就走進來找了找，沒想到很快就看到了她。

「閉著眼睛走路的？」關元白皺眉道。

周梵梵：「沒有……」

「那妳怎麼半天還沒出來？」

周梵梵有點尷尬：「剛才迷路了。」

關元白有些一言難盡：「真行。」又垂眸看了看她微紅的額頭：「撞痛了？」

周梵梵摸了摸額頭，暈暈乎乎地說：「痛。」

關元白說：「我之前提醒過妳，妳不能喝這麼多酒。」

「可是我……」

「梵、梵梵，你們——」

兩人的對話被打斷。

周梵梵回了頭，這才意識到阿愁還在這裡，她艱難地揉了揉眼睛，看看她，又看看關元白，頓時不知道說什麼了。

關元白也順著她看向一頭藍髮的阿愁：「妳朋友？」

「對……」周梵梵對阿愁道：「那個，我可以解釋一下……」

「不用不用！不用解釋！我會當沒看到的，妳放心。」阿愁瞬間覺得自己撞破了什麼。

周梵梵看著阿愁一臉「我懂的」的表情，有點心梗：「不是妳想的那樣。」

「沒關係，我什麼都沒想。」阿愁對關元白示意了下，「那，你們快走吧，注意安全啊。」

「……」

關元白對阿愁微微點頭，拉上周梵梵走了。

「你不是說讓別人來了嗎，怎麼是你自己來？」周梵梵被他揪著手臂上的衣服，亦步亦趨。

「有區別嗎？」

「有啊，被他們看見了，會誤會的！他們都是知意的粉絲！上次我解釋就費了好多力氣，現在又被阿愁看到……」

關元白回頭看了她一眼，眼神淩厲。

他方才好心來接她，還不是因為她在這見網友還喝得爛醉。小小年紀不學好，弄這些亂七八糟的。她倒好，還氣呼呼地怪他出現。

關元白心裡更來氣了，後悔之前在家時的那點惻隱之心。

把人帶上車後，冷著臉往她家方向開。

周梵梵看了一下導航覺得不對勁，呢喃道：「不是去你家嗎？」

「送妳回去。」

「啊？」周梵梵連忙拒絕，「我現在還是不回去了，酒氣太重……奶奶會罵我的。」

關元白：「妳還知道妳這樣會被人罵啊。」

「……反正先去你家，你不是還要吃飯嗎，我去做飯啊。」

關元白側眸看了她一眼。

「……」

周梵梵往後縮了縮，一雙眼睛圓滾滾的，可憐兮兮地看著他：「你自己說的。」

關元白被她看得脾氣都沒了。

「行了，坐好。」

「去你家做飯嗎？」

關元白嘆了口氣：「做做做。」

周梵梵放了心，好好靠了回去。接下來一路，她就沒有再開口說話了，主要是太暈了，加上坐車，整個人都有點不舒服。

等關元白開回了家，幫她打開車門的時候，她整個人都蔫了。

「下來。」

「喔……」

今天關元白開的是那輛很高的大G，周梵梵跳下來踉蹌了下，被關元白及時拽住了後領子。

「唔……勒到了。」

關元白沒鬆手，就這樣拽著她往裡走去。

醉鬼。

「這是幹什麼……沒想到啊。」突然，一個帶著笑意的男聲從後方高處傳來。

關元白抬頭看去，發現隔壁棟的陽臺上，戚程衍正靠在那裡往下看著他們。

「喝醉了？元白，把小女生灌醉帶回家，不該是你的作風吧。」戚程衍意味深長地道：「你這是不是有點太禽獸？」

關元白板著臉：「你想多了。」

「眼見為實。」

周梵梵被扯得難受，踮了踮腳，也想轉頭解釋兩句。

可誰知道就在這時，一個刻在她DNA裡的聲音從上面傳了下來。

「誰喝醉了？什麼禽獸？」

周梵梵聽到關知意的聲音幾乎是條件反射，立即想藏起自己的窘態，她不要她家寶貝看到這樣的她！

於是，她也這麼做了。

關元白：「我說你們——」

唰！

突然，身邊的醉鬼把他一扯，在他猝不及防之下，猛地就撲了上來。

有點熟悉的甜香味撲面而來，不屬於他的髮絲貼在了他脖頸上，隱約還有鑽進他領口的，有點癢，還有點麻。

關元白瞬間愣在了原地，僵硬著垂眸，只見周梵梵整個人縮在他身前。她沒有看他，一張臉完全埋在了他的胸口。

滾燙的臉頰似乎透過衣料，熨貼在他的肌膚上，既詭異又心悸。

大概是感覺到他沒動，周梵梵偷偷抬眸看了他一眼。

四目相對，他聽見她低聲說：「關元白，我們快回屋。」

第八章　互幫互助，有來有回

關元白也不知道自己此刻在想些什麼，或者，什麼也沒想。

只是看著她緋紅的臉頰，怔愣之中點了頭。

然後一路上，她就跟個連體嬰一樣，他走一步她就跟一步，他往哪挪她往哪動。

他就這麼半擁半抱地把人帶進屋，直到大門關上，他的腦子才緩緩地開始轉動——為什麼要這樣走路？

周梵梵在進屋後也立刻鬆懈下來了，她軟弱無骨地坐在地毯上，頭埋在沙發裡，嘴裡低喃著有沒有被女鵝看見。

關元白安靜地站在一旁，才知道她傻傻的原來是要躲人。

可他為什麼剛才也要陪她犯傻？

叮叮。

口袋裡的手機響了，關元白拿出來看到了來電，走到一旁接了起來。

「喂。」

『小五擔心她的小粉絲，非要讓我打電話問要不要幫忙？』手機裡，戚程衍含著笑意的聲音傳來。

關元白看了眼在地毯上蠕動的周梵梵：「……不用了。」

『行，你說不用就不用了。』

「嗯，掛了。」

『等等。』戚程衍突然道，『關元白，你不覺得你這樣不對勁嗎？』

關元白愣了愣，只聽戚程衍繼續道，『什麼時候這麼有耐心了，還把醉醺醺的人帶回家照顧？』

關元白擰眉說：「那不然？一個女孩子喝醉了在外面，我直接當沒看見嗎，她怎麼說也是奶奶之前介紹給我的女孩子，她……」

『那我以前怎麼從沒見你這麼操心別的喝醉的女生呢？』戚程衍輕笑了下，說：『好，就算你只是純好心，那把人家扣家裡，說做飯請你吃之類的是什麼，也太離譜了吧？』

「……」

『我說，你藉口這麼多，不會就是為了把人留在你身邊吧？』

關元白的喉嚨像被拿捏住了。

而戚程衍見他答不上來，更篤定了：『真是這樣？行啊，原來你喜歡上那小女生了。之前還說什麼她年紀太小，你不養小孩，我看你樂意養得很。』

關元白瞳孔微微一縮，彷彿什麼隱藏的心思被猜中，有種跳腳的茫然，他壓著聲道：「滾蛋，不會猜別猜。」

『我沒猜，是確認。我們之間就不這麼見外了吧，你好好跟我說說……』

「說什麼，沒空。掛了！」

關元白電話掛得很快，似乎生怕再從戚程衍口中聽到什麼亂七八糟的言論。

他原地站了片刻，又走到了沙發旁邊。

此時，周梵梵已經從地毯挪到了沙發上，一隻腳翹在茶几邊緣，頭歪在靠枕上，見有人靠近，呢喃道：「意意以前採訪說過不喜歡爛醉的人，她剛才不會看見我了吧？我這樣是不是形象很不好，會讓她討厭嗎？」

關元白垂眸看她，她的髮絲凌亂，散了一沙發，讓他想起她方才蹭上來時的感覺，毛茸茸的，到處亂鑽。

方才電話裡戚程衍的聲音在他腦子裡迴盪，他喜歡嗎？

喜歡……

關元白眉頭輕擰，一開始知道她接近他是因為要追星，根本不是喜歡他的時候是實實在在的惱火，所以才想折騰她……

可如戚程衍所說，這種方式格外離譜，他什麼時候這麼斤斤計較過了？

關元白安靜了好一陣子，想起了方才她在他懷裡時，他的心驚肉跳。

其實，內心深處是有答案的，只是連自己都覺得離奇。

什麼時候開始的，又為什麼開始，他自己也不知道。

所以沒人提、沒人戳穿，他就這麼過去了，只覺得欺負她也挺好玩的。

「關元白……你說呀，我這樣是不是不好，意意會討厭嗎？」周梵梵見說了話沒人回答，便伸手拉住了他的衣擺。

關元白視線往下挪，輕呼了一口氣：「嗯，妳這樣不好，會討厭。」

「你瞎說什麼呢，剛才她一定沒看清我！！」

「……哦。」

周梵梵呢喃了好一陣子，後面累了，說著說著睡了過去。

關元白就坐在她旁邊，在她睡過去後沉默著幫她蓋了一條毯子。

等周梵梵再醒來時已經是三個小時後了。有人拍她的額頭，溫熱的掌心觸碰她的腦門，不疼，但是很煩人。

她皺著眉頭睜開眼：「奶奶，妳幹嘛呀……」

「妳已經睡了很久了，別睡了。」

隨著聽到聲音，視線也漸漸清晰了，周梵梵才發現是關元白。

他就在她旁邊，手裡還端著一杯水。

她遲鈍著爬了起來，想起自己不久前被他從KTV帶回家，沒想到竟然睡著了。

「我沒做飯……」她醒來第一件事，想到的是這個。

關元白愣了下，好笑道：「對，妳沒做飯，倒頭就睡。」

周梵梵不好意思地摸了摸臉頰，確定沒流口水後道：「喝多了。」

「現在清醒了嗎？」

「嗯。」

「那就快點起來，送妳回去。」

周梵梵看了眼時間，現在已經晚上十一點了，手機裡還顯示著幾個未接來電。

「妳奶奶打的，因為她一直打，所以最後一個我接了。」

周梵梵詫異道：「你接了！那她什麼反應？」

「沒什麼反應，我說妳喝多了，暫時在我這，她只說麻煩我照顧妳一下。」

周梵梵覺得奶奶一定會多想，連忙起身，「那走吧，回去。」

「把水喝了。」

周梵梵正口乾舌燥，接過他手裡的水咕咚幾下就喝光了，「謝謝。」

關元白沒說什麼，拿上車鑰匙示意她跟上。

周梵梵放下了空玻璃杯，跟著他出了門。

趙德珍打給周梵梵的電話被關元白接了之後，心裡很高興，不過因為周梵梵喝醉了，她沒能放心，一直沒睡，在家裡等著。

聽到院子外頭有車的響動，她連忙走了出來。

「奶奶。」

趙德珍迎了過去，輕拍了周梵梵一下，對關元白：「元白啊，麻煩你了啊。」

關元白淡笑：「不麻煩，因為她方才睡著了，所以才這麼晚送回來，讓您擔心了。」

「不擔心不擔心，有你在呢，我怎麼會擔心。」趙德珍說：「不然進來坐坐吧元白。」

「太晚了，我就不打擾妳們休息，下次再來拜訪您。」
「哎哎，那也行……你回去注意安全啊。」
「好，我會的。」
關元白走後，周梵梵被趙德珍拉進了門。
「在一起了是不是？嗯？在一起了吧？！」
周梵梵無奈：「什麼呀……我們沒有在一起。」
趙德珍不信：「都這樣了沒有在一起了？妳喝醉了跟元白在一起，還在他那睡了，妳跟我說你們——」
「如果在一起了我應該睡到明天早上再回來，而不是現在好不好。」
趙德珍又在周梵梵背上拍了一下：「哎喲妳說什麼呢！」
「本來就是嘛。」周梵梵哄著說：「奶奶，妳別多想了，我就是在外面喝酒正好遇到他了了……我們真沒在一起。」
「沒在一起也快在一起了吧？你們都接觸這麼久了，沒什麼感覺？」
周梵梵想，長輩沒小輩那麼八卦，一定都不知道她跟關元白的事，更不知道她因為追星接近關元白還被他發現了。
他現在可是她的債主……還說什麼在一起啊。
「就……可能沒那個緣分？」
趙德珍頓時喪了臉：「我瞧著你們挺好的，怎麼就沒那個緣分呢，梵梵，妳是不是又故意氣奶奶呢，是不是不喜歡相親，所以才搗蛋？」

「奶奶！我沒有搗蛋。」

「真沒有？？」

「沒有！」

趙德珍瞇了瞇眼，忿忿道：「行，妳說沒緣分是吧！既然如此奶奶也不逼妳了，正好，前兩天奶奶這邊又知道了兩個很優秀的男生，妳這兩天抽時間去見見。」

周梵梵的眼睛頓時瞪得圓滾滾的：「又見面！奶奶，妳饒了我吧……」

「哎呀梵梵，妳怎麼這麼不懂事啊。妳可是我們周家一脈單傳啊，奶奶也活不了多久了，保護不了妳，妳沒有一個歸宿，奶奶就是死也不瞑目啊。妳這樣子讓我怎麼放心啊梵梵。」

周梵梵：「……」

又開始了。

周梵梵一個頭兩個大，麻木聽奶奶哭訴完後，接收了她傳來的兩張男士照片。

「妳要是跟元白實在沒戲，那妳就去見見別人……沒了元白我已經很難過了，妳不要讓我更難過。」

「……」

周梵梵耳邊縈繞著趙德珍的碎碎念，進了房間後，砰的一聲關上門，崩潰地趴在了床上！

啊啊啊啊啊！！！為什麼！又要開始！！！相親啊啊啊啊啊！！！

叮。

就在這時，手機響了一聲，是關元白傳來的訊息。

『妳奶奶沒有說什麼吧？』

畢竟是深夜送她回去，關元白擔心長輩會有想法。

周梵梵抓了把頭髮，凌亂著回覆：『沒，只是傳了兩張帥哥照給我而已。』

關元白：『？』

周梵梵解釋：『她以為我們關係有進一步進展……當然了，我說沒有了你放心。然後她就新推了兩個給我，讓我去相親。』

關元白沒有再回覆，因為他直接打了電話過來。

周梵梵看到來電還有些意外，接了起來：「喂，關先生，怎麼了？」

關元白：『妳奶奶讓妳去相親，什麼時候？』

周梵梵嘆了口氣：「就這兩天，唉……其實也預想到了，你這邊不行，她肯定會幫我安排下一場的。」

關元白停頓了兩秒，突然道：『我一直沒來得及跟我家裡人說，也……忘了說。』

「說什麼？」

『說我們兩個相親已經終止這件事。』

周梵梵：「這樣，難怪我奶奶到現在還會問我們是不是那個什麼了。」

關元白正開著車回程，聽到周梵梵的話從耳機裡傳來，握緊方向盤的手緊了緊。

『妳不想去相親，對吧？』

「當然了，誰想去相親啊！」

關元白眸光微深，看著前方一望無際的馬路，開了口：『妳要是實在不想去那個相親，妳……可以拿我當藉口，跟以前一樣，就說還在接觸中。』

周梵梵愣了愣，立刻從床上爬了起來：「可是你上次說不希望這樣，你覺得家裡人會越管越寬。」

關元白抿了抿唇：『之前我會那麼說其實是因為……』

「什麼？」

關元白張了張口，卻還是說不出「我以為妳喜歡我，當時想著不能再讓妳追著我跑，讓妳越陷越深」這種話。

畢竟現在想來，瘋狂打臉。

『因為那時候被我奶奶氣到了，一時惱火才這麼說。』關元白緩了緩口吻，語氣盡量輕鬆，『反正，如果妳需要的話，妳說我們還在繼續接觸也行。我樂得輕鬆，也不會被安排去相親。』

「確定嗎？可以嗎？真的可以嗎？你別反悔啊！」

關元白：『……不反悔。』

「那好！我明天就拿你當藉口，跟奶奶說我不去相親！」

周梵梵是真不喜歡相親，甚至已經到了應激的程度，現在說不用再去相親，她的聲音聽起來極其愉悅。

關元白跟著她笑了下，好像也為了自己而高興。

但實際上他自己清楚，他只是不想她去相親而已。

方才聽到她說要去相親的那一刻，他打電話阻攔已經是下意識的反應……

周梵梵這晚睡了一個好覺。

隔天清醒時，雖然還是很高興，但隱約也覺得有點奇怪，關元白為什麼這麼好心，之前都說不裝了，現在竟然又要幫她。

難道是他家裡最近也開始催他，他又感受到相親的磨人，還是覺得跟她「搭檔」一下比較好？

周梵梵不太能想得通，但又覺得，想不通也不要緊，反正她因此不用去相親了，這對她而言就是最大的幸福！

午間吃飯時，周梵梵就用關元白拒絕了趙德珍的相親邀請。

趙德珍倒沒有生氣，畢竟，關元白在所有的相親對象當中，是最好、也是她最喜歡的一個。

現在聽孫女說還想再接觸接觸試試，她當然很支持。

這天，週一，周梵梵下午有課，早上在圖書館待了半天，下午則去上課。

上完課後，她被徐曉芊拉著去了籃球場。

徐曉芊的男朋友楊城平時喜歡打籃球，之前打的時候，徐曉芊都會捧場，坐在一旁遞水給他。

周梵梵現在不喜歡楊城，因為前段時間徐曉芊為了他傷了心，而且兩人吵架時，她也跟著徐曉芊罵楊城罵了好久。

但兩人現在竟然和好了……幹！

要不是徐曉芊跟她解釋了一堆之前是誤會楊城了，又哄了她好一陣子，周梵梵是絕對不會陪著她來的。

現在看到楊城都覺得怪怪的，畢竟私下裡她把他什麼都罵了。

「梵梵今天也來了啊。」中途休息，楊城走了過來，徐曉芊連忙遞了水和毛巾給他。

楊城接過，一大男人嗲兮兮地說「謝謝寶貝」。

徐曉芊受用得很，笑得跟花一樣。

周梵梵一臉被膩到了的表情，對他點點頭算是打招呼，然後繼續低頭看綜藝。

以前她也偶爾會被徐曉芊拉過來看打籃球，但她不是很感興趣，基本都是坐在旁邊跟徐曉芊聊天，或者自己看 iPad。

楊城喝完水後摸了摸徐曉芊的頭，又往球場裡走了。

「欸，之前不是說了嗎，讓你幫我要個通訊軟體的好友，你怎麼沒要啊？」球場上穿著黑色籃球服的男生勾住了楊城的肩，往周梵梵那個方向看了眼。

楊城說：「不合適。」

「怎麼不合適了，曉芊不是她的好閨密嗎，給個好友很簡單吧？」

楊城搖了搖頭，嘆息了聲：「兄弟，不是我說，你應該追不到的。」

「嘖，這女生長得是漂亮，可是漂亮的也不一定難追。我都還沒追，你這反調唱的。」

「漂亮還是次要，主要是太有錢。」楊城勸道：「她平時來來去去開的車就上百萬了，你拿什麼追啊？」

黑球服男生愣了下：「這樣嗎……但因為這樣，就不可以喜歡了嗎？」

楊城頓了頓，無話可說，攤攤手，去打球了。

今天籃球場的看臺上有挺多女孩子，據徐曉芊說，是因為今天場上有個電腦系挺有名氣的男生在。

徐曉芊給周梵梵指了指人，穿著黑色籃球服，叫陳珂，還是她的高中同學。

每次這人進球時，都有一小片驚叫聲。

周梵梵看了幾眼，覺得還可以，但也就是限於還可以。

像她們這種追星人，一般的顏值實在不太能撬動她們的心。

她低了頭，繼續看平板。

「曉芊，這給妳們的。」沒多久，眼前突然遞過來一個袋子，裡面是飲料。

徐曉芊有些意外地看著陳珂：「啊……謝謝，多不好意思啊。」

陳珂看了眼周梵梵：「沒事，大家都是朋友，怕妳們坐這無聊。」

「沒有，還好。」徐曉芊道：「你們快結束了嗎？」

「是啊，馬上結束。等等一起去吃飯吧，楊城這傢伙不是剛拿了個獎，我之前說他拿到了名次我就請他吃飯，正好大家一起。」

徐曉芊笑道：「他拿了獎應該他來請客，怎麼你來請了？」

「誰讓我承諾他了。」陳珂道：「等等一起啊，妳朋友也一起來，我們去沖個澡，馬上好。」

陳珂說著轉頭離開了，周梵梵看他走之前看著自己，才從綜藝中抽離出來，問道：「一起什麼？」

「等等一起吃飯，楊城最近跟著導師拿了個小獎，慶祝一下。」徐曉芊呢喃道：「不過可不能讓陳珂付錢了，等等讓楊城偷偷去把錢付了。對了，妳來嗎？」

周梵梵看了眼時間，現在是三點鐘，距離去關元白家還有一段時間。

徐曉芊勾著她的手臂，說：「來吧來吧，一起吃個飯。其他幾個女生我不熟，妳不在我無聊的。」

徐曉芊都這麼說了，周梵梵就沒有拒絕她，想著等等差不多到時間了，她可以提前走。

「好吧，在哪吃？」

「離學校不遠。」

十多分鐘後，他們一群人從學校出來，搭計程車去了訂過位的一家餐廳。

周梵梵落座後，陳珂在她左邊的位子坐了下來。

拿上菜單，陳珂先問她想吃什麼。這麼多人，周梵梵自然不會自顧自地點一大堆，便推給了今天的主角楊城，讓他來點菜。

後續上了菜，陳珂對周梵梵依舊很照顧，幫她倒飲料，主動把離她遠的菜轉到她面前，還時不時找話題跟她聊天。

久而久之，一桌子人差不多都看出點什麼了。

徐曉芊拉了拉楊城，眼神詢問這是什麼意思，楊城湊到她耳邊小聲說，陳珂想追周梵梵。

其實這種情況，徐曉芊跟周梵梵在一起這麼久沒少遇見。她看著陳珂獻殷勤的樣子，小幅度地搖了搖頭。

雖然說陳珂在學校裡算是長得帥的，但她太了解她姐妹了，人家相親對象個個翹楚她都視而不見，一心只知追星事，這陳珂哪有什麼勝算啊。

「我勸你勸勸陳珂，沒戲的。」徐曉芊小聲說。

楊城無奈道：「我勸過了啊，可他不聽。」

另外一邊，周梵梵雖不想自戀，但陳珂的舉動過於明顯，她難免感覺到了一點苗頭。而且中途出去上廁所時，正好還聽到同包廂的兩個女孩子在洗手臺邊的對話。

其中一個女孩大概喜歡陳珂，另一女孩便好心安慰她，讓她不要這麼輕易退縮，不要把陳珂就這樣讓給周梵梵。

周梵梵聽得有點尷尬……

主要是，她今天才比較認識陳珂這個人，才沒想插入這個三角戀中。

等那兩女生離開後，周梵梵才從廁所裡出來。

正好這時，關元白打電話給她，周梵梵便站在廁所門口接了起來。

「喂。」

『妳今天會過來，是嗎？』關元白問她。

周梵梵：「對呀。」

關元白：『我大概四點多到家。』

周梵梵看了眼時間，現在已經四點了，「這麼早啊，可我現在還在學校，可能來不及準備今天這頓。」

『在上課？那算了，好好上課。』

在遇到上課的問題上，關元白總有種莫名的「長輩感」，好像生怕她不認真讀書似的。

周梵梵有些好笑，說道：「也不是，剛才本來在看同學打籃球，打完後大家說一起吃飯，我就被朋友拉來了，不過就在學校附近的一家餐廳。」

關元白正在車上，司機正往家的方向開，聽到這話，他停頓了下：『看同學打籃球？』

「嗯，我不知道你今天這麼早，你沒提前跟我說嘛。」周梵梵道：「那我現在搭計程車回學校拿車好了。」

『學校附近是吧？』

「對。」

關元白看了眼導航：『正好等等會路過妳學校，妳把準確的地址傳來吧。』

周梵梵有些意外道：「你來接我嗎？」

關元白淡淡道：『嗯，順路。』

打完電話後，周梵梵回到了座位，坐下時，陳珂貼心地問她需不需要加點果汁。周梵梵瞥過對面女孩似怨似哀的眼神，深吸了口氣，說不用了，她等等就走。

「才剛上菜呢，妳這就要走了？」

周梵梵：「我朋友等等來接我，你們吃就好了。」

「別呀，難得大家一起聚餐，還有幾道很好吃的菜沒上呢，是他們這的特色。」

周梵梵笑了笑，沒再搭話。

與此同時，低頭偷偷傳訊息給關元白：『關先生！你還要多久啊，快快快！』

關元白傳了一個問號過來。

周梵梵道：『再不走，要被拽入三角戀了。』

關元白：『什麼意思？』

周梵梵不想跟陳珂說太多的話，藉著玩手機抵擋他的熱情。反正閒著也是閒著，便跟關元白解釋了一通。最後總結道：『快來接我，我好離開。』

關元白回了個哦。

大約又等了十分鐘，周梵梵不太餓，就沒動筷，頻頻看手機。

陳珂注意到了：「梵梵，妳朋友來接妳是要去做什麼急事嗎？」

「呃……算是吧。」

陳珂說：「其實如果不太急的話，妳朋友也可以坐下一起吃呀，我們這的菜都還有很多呢。」

周梵梵說：「謝謝，但是我們可能有點趕時間……」

陳珂見她堅持要先走，有些失望。但不想今天一無所獲，很快又問道：「對了梵梵，見過妳幾次，還沒有加好友呢，不然我們加個好友？以後妳要是想看籃球賽可以跟我說，我幫妳留個好位置。」

在同一個學校，還是徐曉芊的同學，周梵梵其實有些不好意思拒絕，但她也確實不想加。而且對面女孩的視線一直落在這，如芒刺背。

正愁著要怎麼辦時，突然聽到身後有人叫了她一聲。

「周梵梵。」

他們坐的是大桌，位置在餐廳最裡面，也比較安靜，所以這個聲音很清晰。

眾人下意識都尋著聲音望了過去，只見幾步開外，不知什麼時候站了一個黑衣男子。長身而立，挺拔俊秀，餐廳燈光從上至下，在他的眉骨下藏了一點陰影，顯得一雙眸子清冷而幽深。

一時間，大家都愣住了。

唯有徐曉芊瞪大了眼睛，看向周梵梵。

周梵梵看到他鬆了口氣，朝他揮揮手：「這呢這呢！」

關元白朝他們走近了，停在周梵梵的座位後面。他看了眼陳珂，也看到了他拿在手裡的手機，畫面上是通訊軟體好友的 QR code。

方才他要加好友的樣子他也看到了，所以知道他就是周梵梵剛才在手機裡說的，可能對她有點意思的男同學。

「可以走了嗎？」關元白從陳珂身上收回視線。

周梵梵點點頭：「可以可以，我拿下包。」

「梵梵，這位是……」楊城率先反應過來，問道。

周梵梵剛琢磨了下怎麼介紹關元白，就聽關元白道：「相親對象。」

「………」

一陣無言，整桌鴉雀無聲。

關元白卻是淡淡一笑，說：「我得帶她去約會，希望沒有打擾到各位。」

關元白今天並沒有穿正裝，看起來比在公司或者一些重要場合時隨意一些。

但在座的，明眼人都知道這人跟他們這群學生是有隔閡的。

「沒有打擾！」徐曉芊忽地站起身，「關先生，我們梵梵就麻煩你了啊。」

關元白記得徐曉芊，之前一起吃過飯：「不會，那我們就先走了。」

「好的好的。」

關元白接過了周梵梵的包。

周梵梵手上一空，不太自然地看了他一眼，他卻是神色如常，好像很多在外的男女朋友一樣，男方紳士地幫忙提點東西。

周梵梵有點不好意思了，但還是跟著關元白離開了餐廳。

兩人走後，餐桌上才漸漸有了聲音。

「寶貝，這人是誰啊，妳也認識？」楊城問道。

徐曉芊心裡也是很震驚的，最近跟楊城和好，忙著談戀愛，沒怎麼問周梵梵關元白的事，沒想到兩人暗地裡已經這麼熟了。

好傢伙，都能來接人了！

心裡震驚，但表面上徐曉芊還是為周梵梵兜著的，她看了陳珂一眼，說道：「這人就是梵梵家裡介紹給她的相親對象，他家裡很了不起的，長得又這麼帥，我們梵梵應該挺喜歡的。」

方才在廁所裡還議論過周梵梵的女生顯然是鬆了口氣，再開口時眼裡已經只剩豔羨了：「是長得很帥啊，梵梵好幸福啊。」

徐曉芊笑了笑，說：「關先生也很幸福啊，我們梵梵多可愛。」

女生道：「是呀是呀。」

楊城也道：「家裡介紹的，那是門當戶對了吧。」

徐曉芊：「那必須的。」

大家紛紛討論了起來，連男生都忍不住問徐曉芊關元白到底什麼來歷，徐曉芊簡單說了下後，大家紛紛拿起手裡的手機搜索。

一整桌，只有陳珂沒有開口說話了。

楊城看得清楚，默默坐到了他旁邊，勸慰道：「我之前說了吧，這女生絕不好追。」

陳珂現在沒得反駁了，蔫蔫地看了他一眼。

周梵梵跟著關元白從餐廳出來後，一起上了車。

今天是司機開車，他們都坐在後座。

上車後，關元白把她的包包遞了過來，周梵梵接過，說了聲謝謝。

「我以為你剛才會在外面等我。」周梵梵說。

關元白道：「妳跟我說了你們那三角關係，難道不是希望我進去幫妳拆一拆？」

周梵梵愣了下，說：「我沒有要這樣麻煩你的意思，我就是想有個藉口早點走。走了就行了，反正我跟他不太熟，以後也不會有交集。」

「不太熟還去看人家打籃球？」關元白淡淡說了句。

「陪曉芊去的呀，她男朋友在那打，不然我才不去。」周梵梵說完又嘟囔了句，「又沒什麼好看的。」

車裡安靜，這話關元白也聽得清楚。

他眉梢微微一挑，心情突然愉悅了些。

「剛才在裡面吃飯了嗎？」

「沒吃，本來也就是陪曉芊來坐坐，而且今天不太想吃那些重辣的菜。」周梵梵指了指自己的嘴巴，嘆了口氣，「上火了，還長了個潰瘍。」

「……」

現在是這也能說了。

周梵梵也是認真的，今天這家餐廳雖然好吃，但都偏辣，她最近就是辣吃多了才長口腔潰瘍的，疼死了。

關元白看了她一眼：「那妳能吃什麼？」

「能吃什麼？那能吃的也多了。我今天就有點想吃鵝肝和焗烤蝸牛，還有紅酒燉……」說到一半，突然發現關元白還在看她，周梵梵連忙收住了，正色道：「不過你放心，九號今天還是要做的。」

關元白不解：「什麼九號？」

周梵梵：「今天是幫你做第九頓飯的時間呀，我幫一百頓都編了號，一頓一頓數著呢，還剩九十一！」

「……」

「怎麼了關先生？」

關元白對上她「強烈期盼這一百頓消失」的目光，沉默片刻，突然道：「今天不回去吃了吧。」

「啊？」

「去吃鵝肝和焗烤蝸牛。」關元白說：「被妳說的，我突然也不想吃一般的菜，想吃這些了。」

周梵梵眼睛一亮，但又有點糾結，小聲嘟囔：「不回去吃那今天就不能滅九號了……」

關元白輕吸了口氣，說：「之前我正好聽關兮說城南開了家很好吃的法餐，很多頂級的美食家都去品嘗過而且一致好評，今天我想去嘗嘗，如果妳不想去的話也沒事，我現在可以送妳回學校——」

「去去去，要去的要去的！」周梵梵很快被口腹之欲打敗了，而且像這種餐廳應該預約也要排隊吧，但關元白肯定能拿到什麼走後門的號碼牌，她不蹭白不蹭啊。

周梵梵傾身上前，側著頭看他：「九號放到下次好了，哪天不行啊是不是，我們去吃法餐吧！」

關元白嘴角輕輕一牽，斜睨了她一眼：「哦，確定啊。」

「嗯！」

「那坐好。」

周梵梵喜滋滋地靠了回去。

關元白很快對前面的人說：「老高，去城南吧。」

司機：「好的關總。」

這天，周梵梵美美地吃了一頓想吃的菜，而且最後還是關元白結的帳。

周梵梵想著免費吃了這麼一頓好吃的，九號沒滅也很值得了。

不過後來她一直惦記著，不僅惦記著一百頓飯這事，還惦記著讓關元白去她家的事。

因為從上次他送她回家後，奶奶趙德珍一直念叨著讓關元白來家裡吃飯。

周梵梵也是被念得不行，後來就跟關元白提了句。

關元白倒爽快，沒過幾日，就真的來了周家拜訪趙德珍。

當天，兩人相談甚歡，晚上還在她家裡一起用了餐。

趙德珍對他是越看越滿意，這頓都還沒吃完，就已經跟他聊下頓來的時間了。

飯後，周梵梵送關元白出門。

這次關元白來家裡安奶奶的心，周梵梵還是非常感謝的，所以關元白說明晚有個酒會想讓她當他的女伴一同出席時，她也欣然同意了。

互幫互助，有來有回，她懂的！

第二天，周梵梵十分認真地打扮了下。

晚上六點多關元白上門來接人，看到周梵梵穿著小禮裙出來的那刻，他愣了愣，恍惚間覺得自己又看到了第一天見面時的周梵梵。

「怎麼了，不好看？還是跟你穿搭不符？需要我去換嗎？」周梵梵十分「敬業」，注意到他的眼神，連忙詢問道。

關元白緩緩道：「不用換，我只是在想，妳認真打扮一下還是很能糊弄人的。」

「？」

關元白輕笑了聲，帶了點揶揄：「我的意思是，像我們第一天見面的時候，妳的打扮就讓我錯以為妳溫婉內向。」

周梵梵呆住了。

關元白卻沒多說，回身往車子的方向走去。

周梵梵看看他的背影，又看看自己的衣服，耳朵溫度提高了幾度：「我、我不打扮也是溫婉內向的！」

關元白回頭看了她一眼，眼裡還帶著笑意：「別睜眼說瞎話，快過來。」

「……」

半小時後，他們的車開到了今天酒會的場地。

周梵梵依舊不喜歡這些富麗堂皇的奢華場合。

今晚是某個集團老總舉辦的酒會，周梵梵聽過這個人的名字，但不認識，關元白卻跟他很熟，到場時，那個老總親自迎出來，跟關元白說了一下話。

周梵梵就站在旁邊，她在這種場合容易走神，就像現在，她一個字也沒聽進去，眼睛都放在旁邊來來往往的帥哥美女身上了。

「很無聊？」

老總走後，關元白問了她一句。

周梵梵嗯了聲：「你不覺得嗎？」

周梵梵隨口一問而已，沒料到關元白竟然也會覺得無聊，她有些意外地看向他：「我以為你很喜歡這種場合。」

「覺得。」

關元白：「為什麼？」

周梵梵解釋說：「因為你看起來遊刃有餘呀。」

「習慣了而已。」關元白說：「妳覺得無聊的話，先帶妳去旁邊吧。」

周梵梵連連點頭：「好呀。」

今天嚴成淮和宋黎也代表家裡過來了，原本正和幾個相熟的人待在一起聊天，沒想到關元白和周梵梵一起過來了。

一群人當下都被這個組合驚愣了。

這兩人的事在他們這群年輕人的圈裡也算是十分奇特了，先是說周梵梵狂追關元白被拒絕，後來又傳出周梵梵接近關元白只是為了愛豆關知意……

離奇得像電視劇一樣曲折，還帶了點喜劇色彩。

原本以為這一通折騰下來，這個周家小姐在關元白這是要完全消失了，但沒想到轉眼間，兩人又成雙成對出現。

「梵梵，好久不見啊。」宋黎先反應過來，曖昧地看了眼關元白後，笑著跟周梵梵打招呼。

周梵梵跟他們只有一面之緣，不過她都記得他們的臉：「你好，好久不見。」

說著又看了眼宋黎旁邊的人：「嚴先生也好久不見。」

嚴成淮也笑著跟她打了個招呼。

「元白哥，你今天竟然不是一個人來的。」就在這時，旁邊有一個女人問了句。

周梵梵看了過去，只見是一個穿著紅裙的美女。

關元白道：「怎麼了？」

美女看了眼周梵梵，神色裡分辨不出什麼：「沒怎麼，只是沒想到你和這位周小姐一起出席。可之前我聽說你不是拒絕這次相親了嗎，而且她接近你也是……」

美女恰到好處的停了停，又問了一遍：「你們怎麼會一起來？」

其實這問題大家都好奇，而且她說了之後，大家頓時有些看好戲的意思。

因為這個紅裙美女叫姚若，在場人都知道她喜歡關元白，之前有一次，家裡還安排過兩人，想讓他們在一起，但關元白那邊拒絕了。

所以現在看到關元白跟周梵梵一起出席這種酒會，姚若心裡肯定是不爽的。

「我什麼時候拒絕過她了？」誰知，關元白冷不丁說了這麼一句。

姚若愣了愣：「有人不是聽到了嗎……」

關元白淡淡道：「誰聽到了？造謠就是一張嘴的事。」

說實在的，一開始說的那個人雖然真的是在劇場外聽到關元白和周梵梵的對話，但又沒錄音，全憑一張嘴。現在正主出來說沒這回事，還真沒得反駁。

「聽說的事就別當真了。」關元白有些冷硬地補了一句。

姚若臉色頓時有些不好看，其他人是意外，跟關元白走得近一些的宋黎和嚴成淮則是對視了眼，有些意味深長。

「對對對，聽說的事就別當真，我們梵梵這麼可愛，幹嘛要拒絕啊是不是。」宋黎率先跳出來，伸手就想去攬周梵梵的肩，被關元白中途攔截住了。

宋黎睨了他一眼，說：「哎呀，看來你們這親相得是有點進展啊，最近互相了解的怎麼樣呀？」

關元白：「不用你操心。」

「……見外了。」

關元白也懶得理他，示意了下周梵梵：「去那邊吃點東西吧。」

周梵梵在這麼多人注視下也有點不自在了，「好。」

關元白帶著周梵梵去甜點區旁邊，其他人沒敢跟上來，宋黎和嚴成淮作為他朋友，當然想弄清楚了。

見沒外人了，宋黎便跟在他旁邊道：「什麼情況啊你？」

關元白：「剛才不是說了嗎？」

「你以為我信……你之前拒絕人家就是真的好不好。」

關元白看了周梵梵一眼，臉色有點不自在了。

宋黎並沒看出什麼，見他不說話，便湊到周梵梵旁邊：「算了，還是讓我們梵梵來說吧，妳不是因為喜歡小五才送東西給他的嘛，不是不喜歡他嗎，怎麼又好上了？」

之前「追星的事」竟然人盡皆知，周梵梵有些窘，連忙搖頭：「沒有沒有，不是好上。我們就是保持相親關係……」

語畢看了關元白一眼，見他也並不阻攔，便知道這兩人是他朋友，可以不用瞞那麼多，接著說：「因為這樣的話，家裡人那邊不會催得那麼狠……」

「原來如此。」宋黎拍了下關元白：「所以追星的事就和解啦？不生氣啦？可你之前不是很生氣嘛——」

關元白面色一凜，瞪了他一眼。

宋黎被他這麼一瞪有些蔫了，輕咳了聲說：「行吧，不生氣就好，就……我也覺得沒什麼好生氣的。」

周梵梵在一旁默默嘆了口氣，誰說他不生氣了，他當時可生氣呢，為此她還要賠他一百頓飯。

「好了好了，之前的事過去就算了，你別一直問啊。」嚴成淮把宋黎拽了過來，「周小姐妳別管他，不然吃點什麼，或者喝點什麼吧？」

周梵梵點點頭：「嗯……」

就在這時，有人看到關元白，遠遠打了個招呼：「元白，找你好半天，你在這啊。」招呼的人是業內的長輩，關元白朝他點頭示意，然後回頭看周梵梵：「我過去一下。」

周梵梵：「嗯，你去吧。」

但關元白眼裡顯然有幾分不放心，甚至還看了宋黎一眼，宋黎看得清清楚楚，皺眉道：「幹嘛啊，我只會跟她開開玩笑，又不吃了她。」

關元白道：「你少說廢話。」說完又對嚴成淮道：「照看一下。」

嚴成淮氣定神閒：「知道了。」

宋黎怒了：「喂——怎麼到我這是少說廢話，到他那就是讓人照看。你這人就是區別對待。」

關元白懶得理他，看了眼一旁站著的人：「周梵梵，無聊就多吃東西，但是不要喝酒，我等等過來接妳。」

周梵梵：「喔。」

大家好像都有各自的目的，只有她來這種場合是真的什麼都不做，以前是奶奶非帶她來，人來人往，皆光鮮亮麗。

周梵梵吃了兩口小點心，想著宋黎和嚴成淮應該也有自己的事要做，便說不用陪她，她自己待著就好了。

嚴成淮道：「沒事，既然元白都交代了，我們還是在這裡陪妳一下吧。」

「我也不無聊，沒關係的。」

「可不是無聊的問題。」宋黎接過這話題，「我猜元白讓我們在這，是擔心有人找妳麻煩。」

周梵梵奇怪道：「找我麻煩？為什麼。」

宋黎眼裡又帶了點八卦的意思：「剛才那個紅裙子女生有注意到吧。」

周梵梵點點頭。

「那位是關元白前相親對象，不對，也不算相親，本來就是認識的。就是兩家人起初希望兩人能湊上，奈何元白沒那意思，最後也就不了了之了。不過姚若是喜歡元白的，哦，姚若就是那女的。」

周梵梵恍然大悟，難怪方才覺得那個紅裙美女眼神有點不對勁。

宋黎說：「姚若大小姐脾氣，妳落單了她難免會來跟妳嗆幾句。而且元白這香餑餑，這裡還有好多待婚女性都盯著他呢，妳嘛，作為今天元白的女伴，容易成靶子。」

周梵梵瞬間明白了，心想不愧是兒子，人氣就是高！

宋黎見她頗有興趣的樣子，又跟她說起了在場那些喜歡關元白的女生和關元白的「愛恨情仇」，給她指了指哪幾個是家裡想安排但最後破滅的，哪幾個表白過但直接被本人拒絕的。

周梵梵聽得津津有味。

嚴成淮中途無奈地搖搖頭，忍不住眼神制止了宋黎一眼。

宋黎被那麼一瞪才笑嘻嘻地收斂了些，沒過多久，有一個漂亮女生過來跟他打了招呼，他才沒繼續跟周梵梵說，笑著和人家走了。

「他人就那樣，平時話多，妳別介意。」嚴成淮道。

周梵梵搖頭：「沒事沒事，還……挺有意思。」

嚴成淮跟宋黎不同，他不是那麼話多的人，見周梵梵話不多，他也沒硬聊，只是應著關元白方才囑咐的照看她一下。

雖然這讓他感覺有點像被囑託了照看孩子。

兩人站了一下後，嚴成淮接了個電話。

嚴成淮跟電話裡的人聊了下投資的事，周梵梵離他近，不可避免聽到一些內容，他們在講兩個她很熟悉的小說，約莫是要拍攝成劇了。

等嚴成淮掛了電話後，周梵梵忍不住問道：「你也涉及影視圈投資啊？」

嚴成淮答：「沒有，也是最近才有點念頭。」

周梵梵好奇道：「這樣，那剛才那兩部小說都要改編了嗎？」

「嗯，我一製片朋友來問我有沒有興趣。」

「這兩個類型差得有點大啊，一個是女性向，一個是男性向，一個宅鬥一個玄幻，嗯……後面那個後期投入絕對不少，難怪要拉大投資人。」

嚴成淮有些意外：「妳都看過？」

說起小說，周梵梵可來精神了：「當然啦，我看的小說涉及廣著呢，有點名氣的我基本上都看過。」

嚴成淮笑了笑：「是嗎，那妳覺得，這兩本哪本更有投資價值？」

「我嗎……」周梵梵想了想，「如果讓我選的話，我會選宅鬥這本，之前看的時候覺得可好看了，熬夜看完的呢，要是改編的話也一定好看。哦，我也不是說另外一本故事不好啊，只是那本改編難度太大了，特效要求也非常高。你知道這兩年來也改編了不少這類型的劇吧，真的，一不小心就會糊穿地心[10]。」

說完看到嚴成淮好像在思索的模樣，周梵梵連忙道：「那個，我就是隨便說說哈，只是站在一個觀眾的角度而已。」

10　糊穿地心，飯圈用語。指一個人或一種現象的討論度已經不像原來那麼高，熱度早就過了。

「觀眾的角度也很重要。」嚴成淮說：「不如妳跟我說說兩本大概內容，我正好也想投一個IP。」

「可以呀，我還可以跟你說說最近兩年什麼最紅呢。」

關元白在外面應酬了一圈回來之後，看到的正好就是嚴成淮和周梵梵靠在一旁相談甚歡的樣子。

也不知道他們在說些什麼，周梵梵眼中亮閃閃的，嘴角都要咧到太陽穴了。

關元白走了過去。

「元白，回來了。」

嚴成淮最先發現他，出聲後，周梵梵也看了過來，看到他，臉上的笑容冷卻了不少。

關元白眉頭擰了下，這是什麼意思，打擾到她了？？

「嗯，差不多了，打算走了。」他回答嚴成淮。

嚴成淮：「這麼快？」

關元白道：「打過一圈招呼了，沒別的事就先走了，你呢？」

嚴成淮往旁邊看了看，站直了：「行吧，那你們先走，我去找找宋黎。」

「嗯。」

嚴成淮又看向周梵梵：「周小姐，今天收穫不少，謝謝了，下次有機會再聊。」

周梵梵頓時有些受寵若驚，什麼時候還有這種生意場上的人跟她說收穫不少了。

「啊……不謝，下次聊下次聊。」

嚴成淮走了，關元白又打量了周梵梵一眼：「你們剛才聊什麼，聊這麼開心。」

周梵梵有點小雀躍：「聊小說呢！」

「小說？」

「對呀，嚴先生最近要投IP，我就跟他說了說那小說內容，還說了下近年來的市場和各種班底，我正好因為知意，對這些很了解的。」

關元白了然，難怪這麼開心，還以為是因為嚴成淮，原來是說到她感興趣的事上了而已。

關元白默默鬆了口氣。

「關先生，我們可以回家了是吧。」

「是。」

周梵梵肉眼可見的高興：「那快走吧！」

「嗯。」

兩人一起往外走去，半路上，又遇到了之前的那個紅裙子美女，姚若。

關元白側眸看了她一眼，突然說：「挽我的手臂。」

周梵梵看他微微支起手肘，又看了眼幾步外眼睛直勾勾看著他們的美女，明白過來了，抬手輕輕搭在了他手臂上。

紅裙子美女臉色肉眼可見地又不好了。

周梵梵有點尷尬，但又不得不這麼做，走出酒會後，周梵梵問道：「宋黎說，剛才那個紅裙子美女喜歡你，對吧？」

關元白腳步一頓：「他跟妳說這些？」

「嗯……不只呢，還說了今天酒會上就有好幾個你的前相親對象。」

關元白嘴角微微一抽，頓時又想踹宋黎了：「不用理他。」

「他說的很有意思，關先生你的相親歷史跟我不相上下啊，很精彩！」

「……」

周梵梵完全沒管關元白的臉色，自顧自地說道：「不過我看了一圈，還是覺得那個紅裙子美女最漂亮，身材最好！哎……你為什麼不喜歡她？」

關元白冷聲道：「長得好看身材好，我就得喜歡了？」

「那不然你們男人還看什麼？」

關元白語塞了，轉頭盯著周梵梵好一陣子才道：「看感覺不行嗎？！」

「什麼感覺？」

「喜歡的感覺。」

周梵梵迷茫臉：「有感覺就會喜歡，那為什麼會有感覺呢？不是看對方入不入你的眼，這麼說來，還是看長得好不好看，身材好不好呀。」

關元白差點被她繞進去了，擰眉道：「妳這什麼理論？」

「本來就是這樣……」

關元白：「妳喜歡過人，談過戀愛嗎，小女生理論這麼膚淺。」

說到這周梵梵就不服了：「哪膚淺了，那我覺得就是這樣，而且我談過戀愛呀，國中，高中，大學，我都談過。」

關元白懵了：「國中？？」

「對啊，初戀是在國中。」周梵梵認真道：「然後經過這幾次，我發現了一件事。」

關元白：「……什麼？」

周梵梵搖了下頭，微微湊近了他耳朵，像是在分享什麼大祕密似的，小聲道：「談戀愛真的很沒有意思。」

關於談戀愛沒意思這件事，其實周梵梵只用了一次來驗證。

國中高中就是年少無知，無聊地追著潮流玩，大家那時都情竇初開，所以她也懵懵懂懂地跟小男生談起了戀愛。

後來覺得上課的作業都寫不完了，還要抽時間偷偷摸摸跟男孩子牽小手，實在太過要命，於是就這麼無厘頭地跟人家分手了。

大學那時，大家都光明正大地談起了戀愛，她原本也沒什麼心思，甚至室友甜蜜蜜的時候，她還覺得挺奇怪的，有這麼開心嗎。

當時的室友反駁，說是她沒有遇到對的人。

她問什麼是對的人，室友說，長得帥又對妳好的，這種就是對的人。跟這種人談戀愛，絕對很有意思。

周梵梵有點迷茫了，想著是不是以前的男朋友不夠帥。

大二那年，她跟一個長得好看又追了她一段時間的系草在一起了，平心而論，一開始她也是因為有些動心才跟人家在一起的，因為人家確實挺好看，跟小偶像似的。

可好景不長，那段時間她正著迷追尋一個實力歌手。因為她總是飛去別的地方應援，「小偶像」跟她鬧了矛盾，非要她選擇。

不讓她去追星，比直接殺了她還讓她難受啊。周梵梵無法調節，於是很快地跟人家分手了。

總之，這段成年後的感情她依舊沒有得到多少快樂。

於是她實實在在地確定了，談戀愛真的沒有追星有意思！

不過，不是所有追星的人都是這種想法的。

就比如徐曉芊吧，兩人早年認識時就一起追星，但她戀愛還是談得風生水起，跟楊城從大一就在一起了，一直談到現在研一。

不過，自從研一以來，兩人之間的問題也莫名多了很多。

甜的時候很甜，吵架的時候也能吵得很凶。周梵梵上次就見識過一次，自問這種又甜又虐的戀愛，她無福消受。

第九章　指尖的溫熱

酒會過後，周梵梵因為學校的事比較忙，便沒有去關元白那裡做飯。

本來還以為關元白要直接打電話給她或者為難她了，但沒想到這幾天下來他都沒有聯絡她，一則訊息也沒有。

周梵梵覺得有點奇怪，但更樂得輕鬆。

忙過幾天後，週末放假，周梵梵原本打算這兩天就在家裡窩著了，沒想到週六下午，接到了徐曉芊的電話。

電話裡，徐曉芊哭得慘烈，斷斷續續說不清話。

周梵梵都沒掛斷，就趕緊下樓開車，直接趕回學校。

前前後後大概也就距離半個小時，但她到的時候，徐曉芊已經不哭了，面無表情地坐在桌子前化妝，好像不久前大聲哭泣的人根本不是她。

周梵梵有點心慌：「曉芊……妳、妳沒事吧？」

「沒事。」徐曉芊還轉頭對她笑了下，「梵梵，今晚我請妳去喝酒吧，去夜店。」

「啊？妳、妳剛才在電話裡不是說……」

「對，我昨天跟楊城分手了。」

周梵梵雖然談過戀愛，但從來沒為分手哭過，她也無法感同身受那種撕心裂肺的感覺。她不知道徐曉芊現在的狀態是否算正常，只能拍了拍她的肩安慰道：「妳別太難過。」

「不難過，我其實想明白了，我為什麼要難過呢？他覺得我管他太多，他覺得我疑心太重，他覺得自己跟別的女生出去喝酒唱歌沒有問題……行，隨便他，反正分手就好啦，我也不管他了，他呢，也管不著我了，我想幹嘛就幹嘛。」

徐曉芊帶著的面具還是有了裂縫，她微微抬頭，憋住了眼淚。

「上次不是說幫那女生寫作業是誤會嗎，怎麼現在又出了類似的事啊，他這個人怎麼這樣？」

徐曉芊苦澀地笑了下：「誤會……不過是他為了騙我又說的一個謊而已，是我傻乎乎地去相信他。其實他就是幫人家寫了，就是有私心……梵梵，我跟他說了很多次要有邊界感，可是他總是讓我失望。」

周梵梵看得心疼，更是惱了：「楊城真是渣男！妳對他那麼好，你們還有這麼多年的感情，他還搞這些花裡胡哨。」

「可能就是因為太多年了吧，他也許也膩了，或許……他知道自己該選擇什麼樣的。」徐曉芊深吸了一口氣，「呵，真沒意思，談什麼戀愛啊，談戀愛只會讓人難過……」

周梵梵知道此時徐曉芊是壓抑著的，拉住了她的手：「對！曉芊，我們不談戀愛也可以好好的！很多事可以做呢！楊城算什麼，他選擇別人就選擇別人，他一定會後悔的！」

「嗯。」徐曉芊勉強露出一個笑，「我也不想想著他了，梵梵，妳今天陪我好嗎？我們去痛快地玩一場，不想其他的了。」

說到這，周梵梵又有點謹慎了，她怕的是徐曉芊的狀態沒有現在看上去那麼好：「可以是可以……但是妳剛才說去夜店，妳現在真的沒問題嗎？」

「可以啊，我好得很。我現在就想出門，就想去喝酒，我不想在學校裡待著，更不想想起他……」

周梵梵看閨密這副樣子，心立刻又支稜起來了：「好，我陪妳，不管妳去哪，我都陪妳！」

一個小時後，她們來到了帝都鼎鼎有名的一家夜店。

徐曉芊點名要來的，她說，之前有一次楊城就是跟他一群朋友來這裡玩，跟他很要好的那個女生也在，女生家境很好，聽說還請他們喝了很好的酒。

因為今天她們是臨時來的，包廂早就被訂完了，周梵梵便陪著徐曉芊坐在吧檯前。

徐曉芊點了很貴的酒，喝得也很猛。

周梵梵知道她想發洩，所以沒有攔著她，只是自己陪著她喝了幾口後，偷偷把自己的換成了果汁。

她今天必須得清醒地看著徐曉芊。

「我說怎麼這麼眼熟呢，還真是妳啊。」酒吧裡音樂聲很大，半個小時後，嘈雜中有人拍了拍她的肩。

周梵梵意外轉頭，竟然看到了一個熟悉的面孔，宋黎。

「你怎麼在這？」

宋黎笑道：「我還想問妳呢，妳怎麼在這？」

徐曉芊瞇了瞇眼：「梵梵，妳認識啊？」

周梵梵在她耳邊解釋：「關元白的朋友，我見過兩次。」

「喔……」

周梵梵對宋黎說：「我跟我朋友來玩玩。」

宋黎：「所以，就妳們兩個啊？」

周梵梵點點頭：「對。」

宋黎看了眼徐曉芊，說：「那要不要跟我去那邊，有包廂，我請妳們喝酒啊。」

周梵梵擺擺手，但拒絕的話都還沒說出口，就見徐曉芊歪著腦袋，大聲問他：「有帥哥嗎？！」

宋黎愣了愣，隨即挑眉道：「那當然了。」

徐曉芊大手一揮：「行！走吧！」

周梵梵連忙去拉她：「欸——曉芊！」

宋黎拍拍周梵梵的肩：「沒事，去吧，人多才好玩啊。不過，元白知道妳來夜店玩嗎？」

周梵梵去追徐曉芊，匆匆道：「不知道啊。」

「啊？那我可得告訴他一聲，不然等等怪我帶壞小朋友啊。」

環境太吵，周梵梵一心只在徐曉芊身上，也沒聽到這句話。

不過她沒拉住人，沒過多久，她和徐曉芊就已經坐在了宋黎的場子上。

今夜的徐曉芊喝了一點酒，已經開始瘋了。

她完全拉不住，只能選擇陪伴。

而如宋黎所說，他的場子裡，在座的還真都是帥哥美女。

在這種場合向來比較靦腆的徐曉芊，今晚被分手的事刺激得異常亢奮，一坐下就大大方方地跟大家喝了杯酒。

「我帶的兩個妹妹，大家多照顧點，別欺負人家。」宋黎出聲提醒了句。

一群人嘻嘻哈哈地應下了。

「什麼別欺負人？你覺得我們很好欺負嗎？」徐曉芊聽罷，皺眉看著旁邊的宋黎。

宋黎攤攤手，好笑道：「我可不是這個意思。」

徐曉芊酒勁已經上頭了，無厘頭也毫無顧忌：「那你是什麼意思？」

宋黎搖搖頭，一雙桃花眼有些勾人：「我的意思是，妳們可以盡情喝，不許有人攔，這樣可以了吧？」

徐曉芊冷哼了聲：「這還差不多。」

性子夠利的啊。

宋黎覺得有些好玩，拿起酒杯跟她碰了下，「美女，賞個臉？」

徐曉芊側眸看他，嘴上帶著笑，眼睛卻水汪汪的：「好呀。」

宋黎微微一頓，盯著她的眼睛道：「我看妳好像不高興，誰惹妳了？」

徐曉芊跟他碰了下酒杯，眼尾輕勾，喃喃道：「沒有啊，我高興著呢。」

宋黎卻了然一笑。

周梵梵陪著徐曉芊在旁邊坐著，怕她喝斷片，在宋黎的眼皮底下，往她的酒裡灌水。

徐曉芊根本沒注意，笑呵呵地跟旁邊的帥哥玩遊戲。

宋黎看她灌水灌得艱難，勾了勾手，示意交給他來。

宋黎雖然一副花花公子樣，但周梵梵對他還是有些信任的，原因也只有一個，那就是他是關元白的朋友。

宋黎接過她的任務，幫她把徐曉芊的酒灌水，周梵梵一整晚下來也總算能稍微鬆口氣了。

但還沒輕鬆地坐一下，旁邊的沙發就往下陷了陷，一個陌生的氣味靠近，一個穿黑T恤的帥哥坐到了她旁邊。

方才，他一直是坐在對面的。

「宋黎剛才叫妳梵梵對吧？梵梵，看妳一直自己坐著，要不要跟我們一起玩遊戲，我們缺人呢。」

周梵梵看了對方一眼，搖搖頭：「謝謝啊，我就不玩了。」

「噢……那不玩也沒事，那我們喝一杯唄。」黑T恤帥哥拿起一杯深水炸彈，「給，妳的。」

就她這酒量，這玩意喝下去她還能行嗎。

周梵梵有自知之明，伸手擋了擋：「不好意思啊，我不會喝酒。」

「騙人的吧，來這還不會喝酒，就一杯，當我們交個朋友啊。」

黑T恤帥哥非得讓她喝，一下子看起來就不帥了。

周梵梵擋得有點煩，脾氣有點上來了，剛準備起身換座時，帥哥的酒突然被人從中抽走。

兩人都是一愣，再同時順著酒被拿走的方向看了眼，只見他們面前站了一個人，西褲襯衫，逆著光，拿著酒杯的那隻手小臂線條明顯，隱隱暗藏著力量感。

周梵梵睜大眼睛看了眼，才驚訝地起身：「關、關……」

「玩得挺花啊。」關元白打斷道。

周梵梵沒聽明白，「啊？」

關元白沉了眼：「妳奶奶知道妳大半夜跑來夜場玩嗎？」

周梵梵這下聽清了，第一秒還有點被抓包的尷尬感，但下一秒就想，她二十三了啊，來夜場怕什麼奶奶。

「那怎麼了！我是成年人。」

「成年人？」關元白眼裡有些淩厲，「妳不說，我還以為妳高中生。」

嘶……這突然的，瞧不起誰呢？

周梵梵偷偷摸摸地瞪了他一眼，不情不情願地道：「所以，你怎麼也在這？」

「不能在這？打擾妳跟別人喝酒了嗎？」

「那倒沒有，我……」

「梵梵，妳朋友啊？」黑T恤帥哥這時也跟著起身了，打量了關元白一眼說：「要一起嗎？」

帥哥只是宋黎的酒肉朋友，並不認識關元白。

關元白冷冷道：「不了。」

帥哥噢了聲，也不勉強，只對周梵梵說：「那我們繼續唄。」

關元白面無表情，長眉淡漠，把周梵梵往旁邊一拉：「你讓誰跟你繼續？」

音樂聲還在轟炸，包廂這邊，兩個男人對視著，火光微濺。

周梵梵眼看黑T恤帥哥有發火的前兆，生怕他此時喝多了會不管不顧地惹事，便趕緊在這之前說道：「他不讓我喝我就不喝了。」

說著，她故意露出一點小嬌羞的神態，說：「不好意思啊，我男朋友不喜歡我亂喝酒。」

關元白離得近，她這話也聽得清楚。

明明知道她就是隨便拿他找個藉口，但「男朋友」三個字還是撞人心臟，讓他有一刻的怔愣。

而那黑T恤帥哥一聽這話，知道自己在自找沒趣了。

搞了半天，原來不是朋友，是男朋友。

他攤攤手，表示那就算了。

黑T恤帥哥有點不爽地坐回原先的位子，周梵梵鬆了一口氣，原本還想重複問一遍關元白為什麼在這，餘光中突然發現了點不對勁。

那就是，徐曉芊不見了。

她立刻環視了一周，可是沒看到她的身影。

周梵梵有些著急了，俯身去問方才離徐曉芊最近的那個女孩子：「請問剛才坐在這的那個女生呢？穿白裙子的那個。」

女孩子想了一下，說：「喔！她剛走啊！」

周梵梵：「去哪了？」

女孩在音樂聲中大聲道：「去舞池了呀！」

這家酒吧舞池不算大，但此刻現場過於火辣熱鬧，黑壓壓的，根本看不清人在哪。方才徐曉芊就已經喝多了，周梵梵擔心她在裡面摔倒或者被人欺負，也顧不得關元白了，連忙往那邊跑去。

關元白：「周梵梵——」

「我找人！」

周梵梵跑過去後，先在周邊看了一圈，沒有看到徐曉芊後便往裡面擠。可擠進來才發覺，她好像有點高估自己的身高了，今天出門穿平底鞋，在一眾男人和高跟鞋辣妹中，視線被壓得死死的。

周梵梵墊起了腳，可墊了半天也沒看到徐曉芊的身影。剛鬆勁想歇歇，就被旁邊 high 著的人撞了下。

她一個晃蕩往後倒，還好這裡人擠人，她的腰立刻被身後的人扶住了。

周梵梵以為是陌生人，回身想說句「謝謝」，卻發現關元白不知什麼時候也跟了進來，扶住她的就是他。

他看到她回頭，張口說了句什麼。

太吵了，音樂震耳欲聾，周梵梵大聲道：「你說什麼？！」

關元白嘴唇輕抿了下，俯下身。

他靠在了她耳側，離得很近。

那一刻，周梵梵輕易地感覺到了他的呼吸劃過她的臉龐，耳朵被熱氣一灼，也不知道哪根神經被輕扯了下，耳後那頓時有些麻。

周梵梵下意識縮了縮，下一秒，聽到他低沉的聲音混著音符繚繞：「找什麼人？出來，妳要被踩死嗎？」

周梵梵偏頭看他，他視線也落了過來，眸光幽深濃郁，反射著頭頂忽藍忽紅的光線，不動聲色，又格外專注。

周梵梵下意識退了一步，但險些被人擠走。

還好關元白眼疾手快，摟著她後腰又把人按了回來。

周梵梵因為慣性沒停穩，往前一撞，鼻尖險險貼到他的衣領。而他的指腹就在她後腰上，隔著衣服都有熱度，熱度透過那層布料滲透，讓她不自覺嚥緊了喉嚨。

「我、我要找曉芊。」周梵梵拉開了點距離才開口說道。

關元白問：「宋黎電話裡說的，跟妳一起來的那個朋友就是她？」

「嗯，她喝多了跑來跳舞，我得找她。」

「這麼多人妳怎麼找？」關元白另一隻手往她旁邊虛攔了下，防止旁人又瘋瘋癲癲地撞過來，說：「妳先出去，我打電話給宋黎。」

這裡面打電話怎麼聽得到啊。

周梵梵心裡又著急起來了，也顧不得太多：「我再找找，你先出去吧！」

「周梵梵！」

「我不能放她在這，她真的喝醉了！」周梵梵有些自責，「都怪我，剛才沒看好她。」

周梵梵推了他一下：「你去打電話給宋黎試試，看看他有沒有跟曉芊一起，我在這裡繼續找曉芊。」

「那我幫妳找，妳出去。」

「你認不出來的，今天曉芊化了特別誇張的妝，跟你之前見的時候不一樣。」

「……」

徐曉芊今天在宿舍化妝的時候特別狠，說自己今天晚上一定要瘋玩，要當妖豔賤貨，臉化得那叫一個濃。

周梵梵說：「還是我來找，你去打電話吧。」

關元白沒動。

周梵梵大聲道：「你幹嘛呀？快去啊。」

關元白眼神慍怒，但又明顯有些無奈，他注視著她，半晌後嘆了口氣，「小矮子。」

「什麼？」

關元白沒說話，俯下身，把人直接往上一抱。

周梵梵嚇了一跳，突然拔高的身體微晃了下，她趕緊按住了關元白的肩膀，防止自己摔下。

「你、你……」

她居高臨下，震驚地看著直接把她抱起來的關元白，後者眉目卻很冷靜，命令道：「還不找。」

周梵梵反應了一下才回過神，她往旁邊一看，發覺自己已經比旁邊所有人都高出了一大截。

於是心中一喜，也忘了和關元白的姿勢了，立刻開始尋找徐曉芊的身影。

這個高度真是有巨大的優勢，周梵梵看了一圈之後，很快看到了徐曉芊，她今天頭上紮了一個蝴蝶結，從高處看還是很明顯的。

「找到了找到了，右邊！」周梵梵拍了拍關元白的肩。

關元白：「你是要我走過去？」

周梵梵聽不見，低下頭說：「關先生！曉芊在右邊！我看到她了！」

關元白仰起頭：「我聽見了，我是說，需要我現在這樣過去嗎？」

一個低頭一個仰頭，日常的視線突然對調了。

周梵梵從沒有以這個角度看過關元白，不得不說，有點震撼，以至於她卡頓了兩秒才道：

「可、可以嗎？」

「扶好。」

「噢！」

關元白抱著她大腿的位置，這個高度，他只站著的話倒沒什麼，畢竟周梵梵自己撐著他的肩，離他有點距離。

但他開始走後她顯然有點不穩，身體往他頭部靠了靠。

女生的玲瓏貼近他臉的那一刻，關元白腳步一頓，手瞬間收緊了，也立刻撇過了頭。

周梵梵一直盯著徐曉芊所在的位置，眼看馬上就要到了，急急地拍了拍關元白。

「放我下來！」

關元白鬆了手，周梵梵從他身上跳下來，轉頭就往某個方向擠了過去。

靠！靠靠靠！那誰啊！幹嘛抱著她家曉芊的腰跳舞啊！！誰！！！

周梵梵終於走近後，一把抓住了背對著她的那個男人的手：「你讓開！」

男人被抓得鬆了手後，徐曉芊沒了著力點，往前跌了跌。

周梵梵及時把人抱住了。

徐曉芊瞇了瞇眼，看清來人後笑道：「梵梵！梵梵我剛找到一個帥哥！比楊城好看多了！」

「什麼帥哥啊！」周梵梵不滿地回頭，要看看這個趁人之危的是哪位，結果看到了宋黎。

周梵梵失語兩秒鐘：「怎麼是你？」

宋黎攤攤手：「啊，不一直是我嗎，她剛才說想跳舞，我就帶她過來了。」

周梵梵有些惱火，剛才就應該拉住曉芊不去宋黎的包廂的！

她不想理宋黎了，半抱半拖把徐曉芊往外帶。

「欸——等等我啊。」

宋黎抬腳剛走，肩膀就被人按住了，回頭：「元白？」宋黎笑了笑，「就知道你會來！」

十多分鐘後，四人皆站在了酒吧外面。

徐曉芊已經完全喝醉了，嘻嘻哈哈地說要回去繼續跳舞，周梵梵把人拽住，面無表情地看著宋黎。

宋黎被看得無奈：「梵梵，妳這麼看我幹嘛？」

「你剛才幹什麼呢，吃曉芊豆腐嗎？」

「我哪有啊！」

周梵梵瞪圓了眼睛：「可我看見了！你摟她腰，還貼那麼近，都快親上了！」

「親……不是，我沒去親她，我從不趁人之危好不好，是她……哎算了。」宋黎說：「還有妳說摟腰啊，那是她剛才站不穩，我就扶了她一下，真的，騙妳是小狗！」

周梵梵：「……」

宋黎說完又笑嘻嘻的，吊兒郎當地道：「再說了，摟個腰就是吃豆腐啦？」

周梵梵下意識硬氣地想說「對啊」，可下一秒，腦子裡突然冒出了方才她和關元白在酒吧舞池時的模樣。

方才著急找徐曉芊，也管不了太多，可現在回味起來，才覺得有點不好意思。摟腰什麼的……關元白剛才也這麼做了，可他才不是吃豆腐。

關元白和她對視了眼，顯然他也想起了方才在裡面的樣子，輕咳了聲，轉移了宋黎的話題：「行了你別說話了，以後別亂來。」

宋黎無奈道：「我真沒亂來，我要是想亂來，剛才不會打電話給你讓你過來。」

周梵梵這下也知道為什麼今天關元白會出現在這裡，原來是宋黎喊他的。

「我來背她吧，你們去哪？」宋黎問。

周梵梵：「我自己來。」

宋黎好笑道：「你這小丫頭怎麼突然對我警惕心這麼高啊，行了啊，還是我來，妳這小身板哪背得動她。」

徐曉芊醉得站不穩了，周梵梵確實是拉不動也背不動她。

宋黎徑直把人接了過去後，她也沒辦法再說什麼。

「學校宿舍關了吧？」宋黎問道。

周梵梵悶悶道：「嗯……關了。」

宋黎：「那怎麼辦？送去妳家？」

「去南爵吧。」關元白說。

周梵梵和宋黎都看向他，他說：「妳把醉醺醺的人帶回家，妳奶奶那不好交代。」

周梵梵想想也有道理，到時候得跟奶奶解釋一堆，很麻煩。

關元白：「去住飯店可以嗎？妳決定。」

周梵梵點點頭：「可以。」

關元白沒有喝酒，所以另三人直接坐了他的車前往南爵。

關元白去的路上打了電話給飯店的人，準備了一間房間，到那後，宋黎依舊負責背人，把人帶到了房間裡。

接下來，兩男士就不方便留著了，先行離開。

關元白和宋黎走後，周梵梵回頭去照顧徐曉芊。

一開始她還算安靜，幫她卸妝擦臉都沒什麼反應，但沒想到快收尾的時候，她突然坐起來對她吐了一嘴。

周梵梵當場崩潰：「徐曉芊！！！」

徐曉芊嗚咽了聲，往後一倒，沒動靜了。

「……」

還好沒吐到床，周梵梵屏住呼吸，僵硬著身體，拉起衣擺往浴室裡走。

毛衣不能穿了，周梵梵欲哭無淚地把衣服脫了，又在浴室裡洗了個澡，換上了房間裡的浴袍。

等她再回來的時候，徐曉芊已經完全睡死了。

周梵梵鬆了口氣，拿起手機看了眼，發現關元白十多分鐘前傳了訊息給她。

『有問題打電話給我。』

周梵梵窩在沙發裡回覆他：『好的，你還在飯店嗎？』

關元白：『有點事，等等回。』

周梵梵：『噢。』

關元白：『妳朋友沒事？』

周梵梵：『沒事，就是剛才吐了我一身，衣服都臭了。』

關元白沒有再回覆了，周梵梵想著他應該去忙了，也沒在意，想在沙發上瞇一下。

今天已經挺晚了，但是她卻發覺自己沒什麼睏意，眼睛一閉上，就莫名想起不久前在酒吧……關元白靠近時的氣息，還有他攬住自己時，指尖的溫度。

周梵梵皺著眉睜開眼，臉頰有點熱。

所以這就是……男色逼人吧？

叮。

手機突然又響了聲，周梵梵從回憶裡抽離，解了鎖。

關元白：『到門口來。』

周梵梵蹭地從沙發上爬起來，拖著拖鞋去開門。

關元白就在門外站著，手裡提著個袋子。

可能是剛才還在想著他的男色，此刻突然看到本人出現，有點心驚肉跳，臉感覺更熱了。

「關、關先生，怎麼了？」

開門的人穿了件浴袍，鬆鬆垮垮，顯然是大了。她的頭髮看樣子也剛洗過，潮濕凌亂地搭在肩上，髮尾隱隱還有一些水珠。

有些隨意的樣子，但搭上她那張素淨又染著緋色的臉，捲著一股特殊的吸引力。

關元白目光微凝，又很快轉開了視線，把袋子往前一遞：「飯店給客人的備用衣，妳明天先換著吧。」

周梵梵愣了愣，頓時感激不盡：「謝謝謝謝，麻煩你送過來了！」

「順便而已。我正好要下樓。」

「你要回去了嗎？」

「嗯。接下來要是有什麼事，直接打電話給前臺。」

「好，我知道的。」

關元白道：「那進去吧。」

「嗯！」

周梵梵接過袋子往裡縮，欲關門了。

「周梵梵。」

「什麼？」她關門的手停住了，望向門外突然又叫她的人。

關元白垂眸看了她一眼，淡淡說：「記得頭髮吹乾了再睡。」

周梵梵第二天是直接被拍了一掌拍醒的。

她炸著毛，從床上爬起來，看了眼也才幽幽轉醒的徐曉芊。

「梵梵？」

周梵梵抓了把頭髮，啞著聲說：「妳這手勁……我的背被拍凹了吧。」

徐曉芊迷迷糊糊地坐了起來，按了按痛炸了的頭：「這是在哪啊？」

「飯店。」

「飯店？我怎麼跟妳在這？」

周梵梵好笑道：「妳應該慶幸是跟我在這，要是斷片醒來發現是跟男孩子在這，那不是過於精彩了。」

經她這麼說，徐曉芊才想起自己昨晚的情況，也想起……和楊城分手這事。

周梵梵看到徐曉芊的表情，就知道她一定是想起了楊城。

「曉芊，都過去了，別想他。想想昨天，昨天妳玩得挺開心。」

昨天……是玩得挺開心的。

徐曉芊知道自己喝醉了，但昨晚思緒並不完全混亂，她記得自己和一群帥哥美女喝酒了，也模糊記得後來拉著旁邊一個男人，跑到舞池裡去。

舞池……男人……

徐曉芊突然愣了愣，腦子裡出現了某個放大的臉和那雙微微詫異的眼睛。

她愣愣地摸了下嘴唇：「昨天跳舞的事……妳沒拉著我嗎？」

周梵梵直接翻了個白眼：「那也要我拉得住，妳是不知道，就我轉頭說個話的時間，妳和宋黎就跑到舞池裡去了，我還是找了一陣子才找到妳的。」

「宋黎？那男的叫宋黎？」

周梵梵道：「對啊，我昨天不是跟妳說過嗎，他是關元白的朋友，昨晚他說他有包廂，我們就坐過去了。」

徐曉芊根本不記得這回事了，「完了完了完了！」

「怎麼了？」

「我昨晚迷迷糊糊的，還以為是陌生人，怎麼還是妳認識的人啊……」

周梵梵奇怪道：「那怎麼了？」

徐曉芊一副後悔莫及並且受到了驚嚇的眼神：「我、我昨晚好像，親到他了……」

周梵梵心口一梗：「妳親他？！」

從飯店回學校的路上，兩個人都異常安靜。

一個是被自己的酒後行為弄愣了，一個是因為昨天她罵了宋黎一通，結果真相是相反的。

兩人尷尬著走到了宿舍樓下，結果看到楊城站在門口。

看到她們從外面回來，他愣了愣，連忙上前：「曉芊。」

徐曉芊瞬間面無表情：「幹什麼？」

「曉芊，我早上打了電話給妳，妳一直沒接，妳去哪了？」

徐曉芊皺眉：「都分手了，你管我去哪做什麼？」

楊城皺眉：「前天那只是氣話，我們也冷靜了一整天了，還是好好說清楚吧。」

「氣話？你那麼信誓旦旦地跟我說這次不想忍我，要跟我分手，現在跟我說是氣話？」徐曉芊眼睛很快地紅了，「怎麼，你是覺得你這麼說，我就會像以前每一次一樣，乖乖地回來嗎？楊城，我在你眼裡，到底算什麼？」

楊城去拉她的手，可是很快地被甩開了。

「可是前天我真的只是太生氣了，我不想的——」

「對，你太生氣，都怪我。怪我打擾你和別的女人在一起，怪我太計較！」

楊城有些煩躁了：「曉芊，妳怎麼就不明白，我跟她沒什麼，我喜歡的是妳啊。跟她只是因為……」

「因為她是你導師的女兒，你得捧著哄著，是嗎？」

楊城頓了頓：「……妳也知道我不能得罪她。」

「你是不是當我是傻子？！」徐曉芊深吸了一口氣，「你以為我不知道你們在曖昧嗎？楊城，說實話，如果她現在說要跟你在一起的話，你會毫不猶豫甩了我！對，她有錢有勢，我有什麼呢？我什麼都沒有，在你的前途上，我做不到錦上添花。」

楊城面色微白：「不是的，不是這樣……我不會的曉芊。」

「算了，我也不管你會不會了。我受夠每天都在懷疑和猜忌中度過，受夠每次都要因為這件事跟你吵。我真的受夠了！」

徐曉芊不想再去看他，「你想跟她在一起就在一起吧，你現在不用顧慮我了，我們結束了楊城。」

徐曉芊說完，拉著周梵梵就往寢室裡走去。

周梵梵安靜地跟在徐曉芊後面，她還沒看過對楊城這麼冷的徐曉芊，以前即便對他發火對他生氣，她眼裡總是還有愛的。

不對，也許現在還是有的，只是她不想要了，也掩蓋了。

回到寢室後，徐曉芊又大哭了一場。

周梵梵一直在學校裡陪著她，因此，還跟關元白那「請了假」。好在關元白知道是她朋友的事後，也沒有多說什麼。

幾天過後，放了寒假。

徐曉芊家在隔壁城市，反覆跟周梵梵強調她真的沒事後，拿著行李回家了。

周梵梵見她臉上沒有最開始那幾天的難過，總算是鬆了口氣。

放假第一天，周梵梵就去了趟關元白家，距離她上次來他這已經過了好多天。

開車到關元白家時，關元白自己都還沒回來，周梵梵把提前買好的食材放到冰箱，準備處理一下買來的活魚。

她雖然喜歡做一些好吃的，但活魚還是比較少，主要是因為她不太會處理活魚，但昨天在影片上看到一個博主教做魚湯，她便蠢蠢欲動了。

這個魚湯最精華的地方就是一定要是活魚，所以周梵梵直接提了一條回來。

她把外套脫下，袖子挽起，把那條魚從桶裡抓出來。但這魚是真的活潑，她抓了好幾次，身上被噴得都是水，才好不容易把牠丟在洗碗槽裡。

「對不起了啊，今天我是非吃你不可的。」

「呀……你別溜啊，怎麼這麼滑！」

「罪過罪過。」

砰——啪——

「給你一刀！！」

關元白從玄關處進來時，遠遠聽到了廚房那邊傳來劈里啪啦的聲響，期間還伴隨著某人誇張的碎碎念。

「給你來個一陽指！嘖……也太難弄了吧你。」

關元白眉梢微微一挑，放下了手裡的外套，往廚房方向走去。

他刻意放低了聲響，裡面的人沒有發現他，於是他走到廚房時，就看到了流理臺上亂七八糟，內臟亂丟，而正在殺魚的人也髒兮兮的，分外凌亂。

關元白：「……」

「早知道不吃你了，麻煩。」周梵梵小聲抱怨了句。

關元白走上前：「知道麻煩，怎麼自己買回來殺？」

「啊——」

關元白突然發聲著實把她嚇了一跳，畢竟此刻她正在進行的是殺生的活動。

關元白見她一臉驚恐，好笑道：「幹什麼？偷練一陽指不能讓人知道？」

周梵梵吐出一口氣，頓時有些窘，剛才她胡說八道的話都被他聽到了啊。

「你怎麼走路沒聲？」

「是妳太專心。」

「……因為魚太難殺了。」

關元白走近後，看得更清楚了，真是一團糟。

尤其是她自己，衣服上又是水又是髒東西，一股腥味。

「先放下。」

「還沒處理好呢。」

「妳先放下。」

周梵梵只好把刀撇下來，轉過身來：「怎麼了？」

關元白揪住了她肩膀上一點衣服，把人往旁邊拉了拉：「妳不看看妳現在什麼情況，不會殺魚就不要殺。」

之前太過專注，現在被關元白一提醒，她才發現自己衣服上不僅僅是水，還有很多魚身上的液體。

有點臭……

「我只是覺得現殺現下，新鮮。」

關元白有點無奈：「沒必要，差不多就可以了。」

「好吧……」周梵梵回頭看了眼案板上的魚，「可是都弄一半了。」

「剩下的我來。」

「你？」

關元白把人拉出廚房：「對，我。臭死了，去換身衣服。」

離開廚房後，周梵梵也有點受不了自己衣服上的味道了。

關元白把她帶到樓上次臥，過了一下，又拿了件長袖休閒衣給她。

「沒穿過，換上。」

周梵梵：「喔……」

關元白關上門下樓了，周梵梵把髒衣服換了下來，穿上了關元白拿來的休閒衣。

換好後，她從房間裡出來，不太放心，又去了廚房。

沒料到的是，關元白竟然真的開始處理魚了，他穿上了圍裙，襯衫袖子折疊在手肘位置，垂著眸，有些專注。

聽到腳步聲，他轉頭看了她一眼，目光微微一定。

周梵梵穿著他的衣服，但那白色休閒衣給她顯然太大了，她裹在裡面，輕飄飄的，很纖細。

「要不要幫忙？」周梵梵走到了他旁邊。

關元白的視線從她的衣服又挪到了她臉上：「不用了，快弄好了，我清理一下。」

周梵梵往那條魚上看了兩眼：「你也會殺魚啊，我以為你從來不進廚房。」

「平時忙，以前上學的時候偶爾會做。」

「上學的時候……那你會做給知意吃嗎？」周梵梵求知欲突然爆棚，「她平時最喜歡吃什麼菜呀？跟你的口味像不像？」

關元白森冷地睨了她一眼。

周梵梵默默退了一步：「我就……隨便問問。」

「出去等我，別又弄髒衣服。」

「噢……」

叮咚！

正好就在這時，門鈴響了。

周梵梵往外看了眼，眼睛冒光：「是不是知意來了——啊！」

腦門突然被拍了下，濕漉漉的。

周梵梵克制不住嫌棄，崩潰道：「你幹嘛呀！」

關元白慢悠悠地擦了下手：「把妳的口水往裡收收。」

周梵梵嘟囔：「我哪流口水了……」

關元白冷哼了聲，說：「去開門。」

周梵梵苦兮兮地走出廚房，路上順道抽了張紙巾擦額頭。他剛才在摸魚呢，怎麼用那手拍她啊，髒死了！！！

周梵梵有些怨念，但快到門的時候又雀躍了起來。

又要見到意意了！

平日裡來關元白家敲門的除了外送和物業，就只有關知意戚程衍了。

所以她保持著幾分期待，希望開門的時候，看到的會是關知意。

可開了門後，沒想到會在門口看到意想不到的人。

周梵梵的期待僵硬在了臉上，瞬間變成了不知所措。

「梵梵？妳怎麼……」門外竟然是關元白的奶奶和二哥關子裕。

「崔、崔奶奶……」

「哎，我就是正好要來看看元白，沒想到，梵梵妳也在這啊。」

關子裕正站在崔明珠旁邊，虛扶著她，他上下打量了周梵梵一眼，眼尖地道：「梵梵，妳這是……元白的衣服吧？」

「……」

一語驚醒夢中人。

崔明珠瞬間瞪大了眼睛：「什麼？妳穿元白的衣……等等，你們這是同居了？」

穿著關元白的衣服在關元白家，還是午夜將近的這種曖昧時刻，被人想歪也不是件難事。

周梵梵愣站在原地，在崔明珠和關子裕的注視下，頭搖得像撥浪鼓一樣。

「我不是，我沒有，事情不是你們想的那樣！」

辯解的話顯得異常蒼白，尤其是在她和關元白「相親」的既定背景下。

「怎麼來了也沒有提前說一聲。」突然，肩膀被人往後撥，周梵梵退了一步，有人擋在了她面前。

抬眸看去是關元白的肩膀，他從廚房出來了，似乎也沒防備，身上穿著圍裙，手濕漉漉的，食指指尖還落了一滴水。

崔明珠和關子裕瞠目結舌。

「你這是在做飯呢？」

關元白垂眸看了眼自己，坦然道：「殺魚。」

「……」

五分鐘後，四人全部落座在客廳沙發。

崔明珠和關子裕坐在一邊，關元白和周梵梵坐在另一邊，面面相覷，還是關子裕先開口打破這寂靜。

「梵梵，你們剛才是準備吃飯了是吧？」

周梵梵搖搖頭：「還沒……才剛剛殺了魚，飯都還沒開始做。」

關子裕：「這也不重要，重要的是你們一起在家，做飯吃？」

周梵梵覺得這話非常引人誤會，可是她無從辯解，因為事實也差不多是這樣。

「是在家做飯吃，但也不是一起……」

「元白，你來說，你們是一起在家嗎？」從進門開始就沒有再出聲的崔明珠突然開口。

關元白看著她，點了下頭。

然後下一秒，他就被對面飛來的紙巾盒砸中了臉。

「混帳！」

周梵梵一抖，立刻坐直了，驚恐地看向崔明珠。關元白則撿起了落在膝蓋上的紙巾盒，那臉色還算淡定。

「奶奶，幹什麼亂扔東西。」

「你你你，還裝傻呢！關元白，我贊成你和梵梵接觸，也希望你們能交往！可是你怎麼能一言不發，就把梵梵帶到自己家裡來同居？這讓我怎麼跟她家裡人交代，人家可是女孩子！」

崔明珠方才第一面看到周梵梵的時候是高興的，可意識到兩人發展可能超前，頓時就變成了驚嚇。

她為人比較傳統，心裡覺得這是不合規矩的，而且女方年紀其實還算小，瞞著長輩在一起也就算了，短短時間裡還跳到同居，女方家知道肯定會不高興！

「奶奶，誤會誤會！我、我們沒有同居！」周梵梵連忙起身辯解，「我就是過來做個飯而已，我沒有住這。」

關子裕看熱鬧看得開心，說：「梵梵，妳都穿元白的衣服了哦。」

「不是不是，我就是因為剛才弄魚的時候把衣服搞髒了，所以才——」

「元白這就是你的不對了，怎麼能讓女孩子在這裡辯解呢？」關子裕瞬間把矛頭指向了關元白，「小時候都是怎麼教你的，要尊重女孩子，凡事都是一步步來，你真是——唉！」

關元白冷颼颼地看了關子裕一眼，這人還真好意思說這些話。

「看什麼？你這麼看你哥幹什麼？哪裡說得不對了！」崔明珠怒了，四下張望，最後又拿了個抱枕砸過來。

砸完後像變臉一樣，瞬間柔和地看向周梵梵：「梵梵，妳家裡人知道妳住元白這了嗎？」

周梵梵都愣了：「我家裡人不知道……不是，我們也沒……」

「關元白！」崔明珠立刻起身，「你看看你幹的都是什麼事！」

關元白按了按眉心：「奶奶，妳不是一直希望我們好好接觸嗎，現在我們不是在好好接觸？我平時在外面忙，在家裡接觸不正好——嘶！」

話沒說完就被當頭一掌。

崔明珠跑過來揍他，怒得緩不過氣：「什麼帶家裡來接觸，胡說八道什麼呢你，你想氣死我啊，這麼大年紀了哄小女生來家裡……接、接觸？怎麼接觸啊？！你能不能走正常點的路！你這是不負責！」

周梵梵看關元白接連挨揍，後背出汗了。

怎麼感覺一件休閒衣導致事情完全解釋不清了啊！！

「梵梵年紀還小，你這樣子讓她家裡人怎麼想你，又怎麼想我們家！哎呀真是氣死我了你，我現在就打電話給你爺爺和你爸爸，讓他們來好好揍你一頓，再帶著你去周家登門道歉——」

「別別別！」周梵梵一頭黑線，出來攔住了崔明珠，「昨天！就昨天！因為剛在一起，所以還來不及說！不是故意的！」

崔明珠頓住：「昨天？真的？」

周梵梵看了眼有些怔住的關元白，乾乾一笑：「所以您別誤會，我們沒有隨隨便便就在家裡……啊，當然現在也沒真的在家裡幹什麼！！我們就是一起吃頓飯而已！關先生沒有對我做什麼，也沒有哄我住這裡，衣服就是因為髒了才換的，我們沒幹什麼，只是做飯……」

周梵梵聲音越來越小聲，說完也不知道自己到底說了些什麼！

「所以總的來說，還是在一起了嘛。」關子裕笑意盈盈地說道。

周梵梵和坐著的關元白使了個眼色，見後者沒有反駁的意思，她便咬牙道：「對！」

崔明珠聽聞原來兩人昨天確認了關係，才放下了手機，但還是擰著眉跟關元白說：「即然在一起了就要告知一下長輩，梵梵也是周家的掌上明珠，不能敷衍胡來，你明不明白？」

關元白沉默了一陣子，深深看了眼周梵梵：「知道了，下次我找個時間去趟她家，我會跟她家裡人說清楚。」

崔明珠：「這還差不多！」

「已經在一起」跟「我們還在了解中」完全是兩個層級的表演內容。

接下來一個小時裡，周梵梵在持續的愣怔中。

崔明珠拉著她跟她說關元白有哪哪不妥，未來有哪哪對她不好時，讓她一定要告訴她。

她也不知道如何回覆，只能一邊看著若有所思的關元白，一邊乖巧地跟崔明珠點頭。

說到最後，崔明珠的氣也消了。

畢竟她心裡還是真心希望周梵梵和自家孫子能在一起，起初只是怕關元白沒分寸，沒有善待周梵梵而已。

「梵梵，那奶奶先走了，妳好好的啊，下次跟元白一起來家裡吃飯，奶奶親自做一道拿手菜給妳。」

終於，崔明珠和關子裕要離開了。

周梵梵輕輕點頭：「好……謝謝奶奶。」

崔明珠又睨了關元白一眼，才和關子裕一起出了門。

門關上的那一刻，周梵梵鬆了一大口氣，回頭看到一直盯著她看的關元白，「怎、怎麼了？」

關元白似笑非笑：「我們在一起了？」

周梵梵臉有點熱：「不是……我，我看剛才那情況，我一著急我就……你也知道我們現在這樣肯定解釋不清楚，我也不想你背鍋，不這麼說的話就亂套了……對不對？」

關元白站起身，身高壓迫讓周梵梵生生往後退了一步，低眸也變成了仰頭。

「也是。」關元白笑了下，「先不說我說什麼奶奶都不信，暫且就當說什麼他們都信，妳穿我的衣服可以說自己的衣服髒了所以臨時換，那在家裡做飯……我總不能告訴他們是因為妳之前為了接近關知意故意騙我，為了贖罪所以才幫我做飯。」

「這個當然不能這麼講！那還不如默認我們已經在一起了呢，反正本來就一直騙他們了，現在不過是更進了一步說我們在談戀愛而已，也沒什麼大區別。」周梵梵說完又有些擔憂地問了句，「還是說，你最近有談戀愛的打算？如果有這個身分在你不方便那你跟我講，我們當場分手！」

關元白嘴角一抽：「談戀愛、分手，對妳來說就這麼無所謂是吧。」

周梵梵小聲道：「不是啊……那不然怎麼辦？」

關元白有點惱了，不是因為說在一起這件事，而是她對這事的態度。

就像之前一樣，她說，談戀愛就是一件很沒有意思的事情……

所以她之前到底談的什麼破戀愛？？小小年紀就這麼消極！

「關先生？你生氣了？」

關元白面無表情：「沒有。」

周梵梵斟酌了下，說：「如果你覺得不合適，那我再去跟你奶奶解釋一下，我們……」

「不用再解釋。即然妳說在一起了，那就在一起了。」關元白看向她，目光幽深，「我是沒意見。」

隔天，關元白就去了趟周家。

兩人在一起的事趙德珍尤其高興，拉著關元白說了好些話，都捨不得讓他走了。

而周梵梵最近在家也很受趙德珍優待，趙德珍說談戀愛了要多買點穿的用的，帶著周梵梵買了好多東西，轉了筆巨額零用錢給她，還差點把她的車都換了，說是現在的車有點嬌氣。周梵梵力說自己就喜歡這輛小粉，才讓趙德珍打消了重新購置一輛給她的念頭。

第十章 護著愛豆

後來，除夕將近，各大平臺的晚會也都湊到了這個時間。

關知意今年跟企鵝平臺的合作最多，今年也只擇了這一個晚會去參加。

粉絲們知道後又是新一輪的應援準備，而這次舉辦地就在帝都，周梵梵絕無可能錯過。

就連遠在他省的六六和七七也搶了票，打算飛過來當觀眾。徐曉芊雖然還在分手的陰霾中，但恰逢關知意的應援，她二話不說也從家裡趕過來了。

四人重新聚集，不過和關元白「在一起」的事，周梵梵並沒有說。

因為在她眼裡，現在這種「在一起」跟之前「接觸中」其實是同個意思，只是在長輩面前演的不一樣而已。

兩人說到底是沒有關係的，只是合作，所以也沒有必要再宣揚什麼，讓朋友跟著誤會。

企鵝晚會前一天是粉絲們自己的聚餐。後援會那幫人周梵梵大多是認識的，所以也一起去吃了頓飯，順便商量明天應援的事。

周梵梵原本在粉絲圈就已經挺有名的了，加上之前和關元白的那個小緋聞，更加有名了。

只是在場大部分是老粉，對於那些無從考究，而且無關於正主的緋聞，大家表面上都會選擇忽視。

不過，總有那麼幾個新人會有點好奇。

「那個就是周梵梵嗎？」她們訂了個包廂，飯桌上，周梵梵正在和會長說明天的位置問題。對面的人剛入會，還沒有見過周梵梵本人的女生小聲問了下旁邊的友人。

「對，是她。」

「果然長得很漂亮。」

友人道：「當然啊，不然之前跟關元白那緋聞怎麼會有人磕起來。」

女生：「所以……是真的嗎？」

「不是真的吧，要是真的的話，她現在還坐在這幹嘛？」

女生深感認同：「那之前那事不會是炒作吧？」

「誰知道，不過那事之後，她社群粉絲數翻了倍是真的。」

「啊……」

聚餐回到家後，周梵梵看到爸爸和奶奶正在一起看電視。爸爸周許嚴昨天剛回國，為了跟她們一起過新年。

「梵梵，回來了，過來坐。」周許嚴道。

周梵梵走了過去：「你們吃過了嗎？」

周許嚴道：「吃了，妳呢？」

「我剛才跟我朋友在外面也吃過了。」

父親早年跟母親離婚之後，基本上都是自己在法國那邊生活，平日裡也算寵著她，經常買些昂貴的東西寄過來給她，但因為接觸實在不多，周梵梵跟他其實沒有太親，坐在一起，經常不知道要聊什麼。

「聽妳奶奶說，妳跟關元白在一起了。」

周梵梵點點頭。

關元白前幾天剛來過家裡，只是那時父親正好還沒回國，兩個人沒遇上。

周許嚴道：「那趁著我過年這段時間在家，妳可以再讓元白來我們家吃飯。」

趙德珍道：「對對對，上次來妳爸爸不在。妳啊，問問他，看看他什麼時候有空。」

周梵梵知道這事也不可避免，所以並沒有拒絕。

上樓後，傳了訊息給關元白，問他什麼時候有空，她爸邀請他過來吃飯。

關元白回覆了說最近都行，不然就明天。

周梵梵立刻回覆：『明天不行！』

關元白：『原因？』

周梵梵：『明天我要去一個晚會，票都買好了，我們約另外的時間！』

最近可沒什麼比企鵝星光晚會更重要的了。

次日下午，周梵梵和另外三人匯合後，一起去了晚會舉辦現場。

晚會還沒開始進場，粉絲們都在附近等著。

這種明星薈萃的時候，各家應援都很賣力，會場附近這條街裡，都是各大明星們的海報和橫幅。

周梵梵四人也很快找到了他們的大本營，此時會長和幾個老會員正在自己搭著的棚裡發應援物和這次的紀念品給大家。

周梵梵和徐曉芊等人也去領了東西，而後閒著沒事，便去會場附近一家飲料店，準備買杯飲料喝。

飲料店就開在會場停車場入口，這個停車場入口只進不出，今天開進去的，都是因晚會而來的人，有些是工作人員，有些則是高層嘉賓。

至於邀請來的明星演員，有另外一個更私密的入場口，為的是防止粉絲圍堵。

周梵梵她們到這家飲料店時，店裡店外已經有許多人了，都是來買杯飲料解渴或者暖暖的。

排隊的時候，排在周梵梵前面的是阿愁還有昨晚一起聚過餐的兩個同擔，那兩個都是新加入的，雖然昨晚一起吃過飯，不過沒講過話，周梵梵跟她們不熟。

「嗨！阿愁，這麼巧啊。」周梵梵上前拍了拍熟悉的那個人的肩。

阿愁回頭看到是她，很高興：「我剛來的時候還在找妳呢，可惜妳們昨晚聚餐的時候沒趕上。」

「今天趕上就行了。」周梵梵說著轉頭跟她介紹了六六和七七，「還有她是曉芊，我就不介紹了，妳們之前也見過的。」

阿愁道：「對對對，欸，這麼巧，我請妳們喝飲料啊。」

周梵梵笑道：「這麼客氣。」

「沒有啦，新朋友嘛。」阿愁指了指旁邊兩個女生，「她們妳見過了，都是我學妹，昨晚妳們一起吃過飯。」

周梵梵跟兩人打了個招呼：「嗯，我記得，妳們好。」

那兩個女生就是昨晚在餐桌上偷偷議論過周梵梵的人，說實在的，她們心裡覺得周梵梵有藉關元白炒作的嫌疑。

不過沒想到她和阿愁也這麼熟，所以此時沒說什麼，笑著和她打了個招呼。

阿愁買了飲料給她們，過了一下拿到後，大家便在店門口一邊喝一邊聊天。

關元白就是在這個時候看見周梵梵。

今天遇到戚程衍之前，其實關元白並沒有打算出門，放假這段時間，除了和朋友聚會，基本都在家裡。

他是今天在陽臺幫花澆水時看到了戚程衍，瞧他衣冠楚楚的模樣，準備要出門了，他隨口一問，得知他是要去企鵝舉辦的一個星光大賞，因為關知意今晚會在那裡。

關元白很快就聯想到了昨天周梵梵的話，她說今晚要去晚會，所以拒絕他今天去她家。

關元白也不知道那時自己怎麼想的，可能是因為太閒了，也可能是想到了某人那興致勃勃的模樣……總之在他想明白前，他已經換了身衣服，坐在了戚程衍的車上。

「前面靠邊停一下車。」關元白說。

司機往後視鏡上看了眼，「好的先生。」

戚程衍還沒注意到人，側眸看了他一眼：「怎麼了？」

關元白眼眸微微一瞇：「看到個熟人。」

戚程衍這才順著他的視線望了出去，車子已經漸漸停下了，透過玻璃窗，戚程衍看到了一群正在喝飲料的女生。

而其中一個穿著米色大衣的，還真是個熟人。

戚程衍說：「哦，是我老婆的頭號粉絲。」

關元白瞥了他一眼，有點不滿。

戚程衍笑了下，補了句：「當然，現在也是我老婆的嫂子。」

周梵梵跟阿愁湊在一起，在討論今天幫關知意拍照的機位，說得正開心，突然看到前面停下了一輛車。

是輛豪車，旁邊的人或多或少都側目了。

周梵梵也看了一眼，不過也就是隨便瞥了一眼，又跟阿愁說話了。沒想到的是那輛車沒有開車，而是降下了車窗。

後座上，可以看到坐了兩個男人。

裡面那個看不清，但靠這邊車窗的這位眉目清晰，面容俊朗，五官卓越，望出來時，是溫潤清冷的，又似乎有幾分不耐。

眾人一下子都被吸引了視線，站近一些的關知意粉絲更直接認出人，面面相覷，半激動半迷茫。

關元白今天竟然也來了？！那應該是幫他妹妹、她們的愛豆關知意捧場的吧……不過，他的車怎麼在這停下了？

就在大家覺得奇怪時，車裡坐的人目光定在了一處，淡淡叫了個名字。

「周梵梵。」

雖然是冬天，但周梵梵還是點了一杯葡萄果茶，加冰塊。

原本還沒覺得有多涼，但聽到關元白叫她的那瞬間，她的心臟突然被刺激地緊縮了下，手裡的飲料險些滑落。

她下意識「啊」了一聲，有些怔愣地望著車裡的他。

關元白問道：「不是去晚會，妳站在這裡做什麼？」

周梵梵捏緊了飲料：「還沒開始進場啊……」

關元白眉梢微微一挑，好像有點意外，回頭問裡面位子的戚程衍：「是嗎？」

戚程衍點頭：「觀眾是還沒進場。」

關元白哦了一聲，又望了出來：「大冬天的妳站這也不嫌冷，要不要上車？」

餘光中，眾人的視線都集中了過來。

周梵梵背後隱隱冒汗，上次見面會門口那事，她可是在社群上看到了大家是怎麼編故事，怎麼磕她ＣＰ的，為此她還專門發了文章澄清了一通。

現在在眾目睽睽之下，關元白給她梅開二度！

她幾乎都料想到晚點她的社群又要被人踏破了。

「不用，不用不用！不上車了哈，我朋友都在這。」她連忙道。

關元白沒有勉強她，只是看了眼她手裡拿著的飲料，眉頭皺了下。

這人看來是確實不嫌冷。

周梵梵見他還沒要走的意思，也逐漸開始緊張起來，生怕他等會又說出什麼奇怪的話，這麼多人在，她肯定會解釋不清。

「那個，後面有車來了，你別在這……擋路。」周梵梵憋了一下，才說了這麼一句。

關元白愣了下，好笑道：「路這麼寬，我擋誰了？」

周梵梵在心中大喊：擋我，擋我行了吧！！！

不要讓我不高興了！！

「是哦……沒擋，哈哈。那個，我要走了啊，你忙。」周梵梵抬腳就想溜。

「等等。」

周梵梵只好又看向關元白：「……怎麼了？」

「結束後等我一下。」

「……」

周梵梵抿著唇沒說話。

關元白也沒有等她回答的意思，說：「算了，晚點打電話給妳吧。」

說完，他朝周梵梵旁邊幾人稍點了下頭，算是招呼，六六七七和曉芊他都是見過的。

而三人見他突然看過來，嚇了一跳，連忙也朝他擺了擺手。

車窗關上了，車子很快駛入地下停車場入口。

然而此時的地面，卻安靜的彷彿像被凍住一般。

周梵梵強行鎮定，轉頭看了眼徐曉芊她們，「應該快要進場了，不然我們去門口那邊等等？」

徐曉芊回過神，連忙道：「好好，六六、七七，我們走吧。」

「噢！」

周梵梵走了幾步，突然想起阿愁還在，回頭跟她招呼了下：「那我們先過去了。」

作為早前就看到關元白來接過周梵梵的阿愁，相較於其他人，她的驚訝程度就少了很多很多，她意味深長地點點頭：「好，我晚點去。」

「嗯。」

周梵梵等人在一眾人的目送下，離開了。

等她走後，飲料店門口的眾粉絲才反應過來，激動地聊了起來。

「剛才是關元白！」

「我靠好帥……」

「那個女生是誰？關元白認識她！」

「好像是後媽醬……不是，之前那次你們不記得了嗎，當時不就還有人說她和關元白在一起了！」

「可是她本人不是澄清了嗎？」

「沒準怕擴大影響才這麼說的，畢竟她也算是知意的大粉了！」

「我靠覺得有點玄幻怎麼回事，粉絲跟正主親哥談戀愛。」

「之前我還覺得網友瞎磕ＣＰ，現在感覺有點帶勁啊！」

「嗚嗚嗚好羨慕。」

旁邊的女孩子們聊得越來越興奮，昨晚還在說周梵梵就是故意炒作的兩人頓時啞口無言。

其中一人訕訕問道：「阿愁姐……周梵梵跟關元白真是情侶啊？」

阿愁笑笑說：「這我就不知道了，不過顯而易見，兩人挺熟的。」

「啊……還以為她就是拿關元白炒作、增加粉絲量的，竟然不是。」

阿愁笑意一頓，嚴肅道：「炒作增加粉絲量？有什麼必要，妳們以為她還需要拿社群帳號來賺錢啊？」

兩人有點尷尬，沒說話。

阿愁搖搖頭，無語道：「她那帳號就是為愛發電，再說人家有錢呢，那點錢她哪看得上。」

星光晚會的座位分布為：最前沿是明星演員、企鵝領導層以及投資爸爸們。往後是觀眾

ＶＩＰ位和媒體朋友們。最後是普通座觀眾席。

觀眾ＶＩＰ位子分布在媒體兩邊，觀看舞臺很清晰，更重要的是一欄之隔，還能看見前面坐著的偶像明星們。

周梵梵和六六她們為了能更清晰地看關知意，都是花大價錢買ＶＩＰ位的，幾人進場後找到自己的位子，紛紛坐下了。

周梵梵以往這個時候都是在檢查拍攝設備，但今天完全心神不寧。

不只她，曉芊她們也是，方才那情況不激動都不行，這可是在八卦的最中心走了一遭啊。

不過，她們都知道周梵梵跟關元白最近又重新扮演起了「相親對象」，所以雖然激動，也覺得行為是正常的，畢竟關元白路過看見周梵梵，打個招呼不奇怪。

周梵梵坐了一下後還是坐不下去了，她的小夥伴是沒瞎猜，但方才那裡可不少人，她們一定想入非非了。

她跟曉芊她們說了聲後，溜到會場一個小角落，打了通電話給關元白。

關元白很快接了：『怎麼了？』

周梵梵壓著聲道：「關先生！請問一下，你剛才為什麼突然停車跟我說話？」

關元白停頓一瞬：『正好看到妳了。』

「就這樣啊！那、那你沒發現我旁邊好多人嗎！」

關元白：『妳是說妳那幾個朋友？』

「不是！還有別人！就、就飲料店門口，零零散散好多人呢！」周梵梵說：「大家看到你跟我說話了，這樣的話，又要誤會我們了。」

『誤會什麼？』

「誤會我們關係不一般，猜測我們是情侶之類的！」

關元白哦了聲：『難道不是嗎？』

周梵梵聲音一下子被堵住了，只聽關元白氣定神閒地又說了句：『妳前幾天不是才說，我們在一起了。』

「……」

好吧是說在一起了，但是這不一樣吧……

周梵梵一下子有點迷茫了，想了想道：「可是讓知意的粉絲們知道，不太好吧。」

關元白反問：『有什麼不好？我和妳不是公眾人物，需要對我妹的粉絲交代什麼嗎？』

這麼說……好像有點道理。

她只是個產出的博主，只產愛豆相關內容，她的私生活從來沒有在那個帳號上露出過，除了上次解釋跟關元白的關係。

周梵梵突然更迷茫了，聲音也跟著弱了：「那我上次還發文章否認呢。」

『上次是上次，這次是這次，人的關係會隨著時間的發展而發展，上次妳沒有說謊。只是這次，妳不要再繼續去澄清去否認就是了。』關元白語畢好笑地道，『還有，周梵梵，跟我是情侶關係，有這麼丟人嗎？』

周梵梵愣了一下，說：「沒有……我不是這意思。」

『不是這意思就好，那就這樣，我們在不在一起，管那麼多陌生人的想法做什麼？』

周梵梵深思了下，這是她的私事，似乎確實沒必要跟別人交代。

關元白見她沒說什麼了，便道：『妳現在已經在現場了？』

周梵梵：「嗯……不過因為要打電話，跑來樓梯間了。」

『哦，那距離開始還有一段時間吧？』

周梵梵不知道他為什麼要這麼問，看了下時間，回答：「對，要一陣子。」

『那妳要不要過來？』關元白突然道。

周梵梵沒反應過來：「去哪？」

『後臺，我這邊。』

「不了不了。」

周梵梵拒絕迅速，雖然他剛才說的都有道理，但她潛意識裡還是覺得在這麼多人面前，跟關元白在一起有點奇怪。

關元白：『真不要？小五也問妳來不來，她說想見妳。』

周梵梵呆滯住，幾乎在那一秒鐘的時間裡，她反悔了。

「真的嗎，那我去！」

手機聽筒那邊靜默了好久，久到周梵梵以為斷線了，還拿下來看了眼：「還在嗎？」

『周梵梵，妳可以變得再快一點。』聽筒那邊又有了聲，傳來了關元白陰森森的聲音。

幾分鐘後，一個帶著牌子的工作人員到了周梵梵所在的地方，帶著她一路暢通無阻地進了後臺，然後在一間化妝間前停了下來，門上寫著「關知意化妝間」。

周梵梵的心突然開始急速跳動起來，雖然已經面對面見過幾次了，但她還是會為了她家寶貝女鵝心跳加速！

工作人員敲了下門，幫忙把門打開了。

這是間很大的化妝間，入目先是化妝臺和坐在化妝臺前的關知意和化妝師，再往裡些有個隔斷，隔斷後是個挺大的休息室，依稀看到有沙發茶几。

「嫂子來啦！快請進。」關知意從鏡子裡看到她，笑著跟她打招呼。

周梵梵被她這一聲「嫂子」叫得滿臉通紅，「啊？我、我……」

「挺快。」

就在這時，關元白從隔斷後的休息室走了出來。

周梵梵默默鬆了口氣，只面對關知意，還是在有這麼多工作人員的情況下，她有點緊張得不知道說什麼了，看到關元白在反而好了許多。

周梵梵：「嗯，過來這邊還挺近的。」

關元白說：「進來坐一下，晚上吃了嗎？」

「吃了一點。」

周梵梵朝關元白那走去，但忍不住轉頭去看關知意。

關知意說：「不然你們坐來外面，你們在裡面說話，我都聽不到你們說什麼了。」

「聽不到就先不聽，做妳自己的事去，好好化妝。」

關知意在關元白面前就是妹妹，是小輩，他對著她總端著長輩的架子，有時候說話不免帶了點嚴厲的口吻。

關知意自己也習慣了，反正她哥就是愛管著她。

但周梵梵不清楚也不習慣，聽到關元白這麼跟她家寶貝說話，當下就是皺眉，她幾乎是下意識說道：「你對她說話這麼凶幹什麼……」

突然的安靜。

連化妝室裡所有的工作人員都看了過來，關知意和關元白也是愣了幾秒。

最後是關知意先反應過來，她眼睛亮晶晶的，又炫耀又興奮地對關元白道：「就是啊，說話對我這麼凶幹什麼！」

突然有人撐腰，還是那種可以治得住關元白的人撐腰，關知意突然覺得自己爽到了。

關元白：「……凶？」

關知意看向周梵梵，說：「嫂子，妳得說說我哥，他平日裡就是喜歡欺負人。」

關元白：「？」

關知意都這麼說了，周梵梵當然是用力地點了下頭，對關元白說：「你不許欺負她，就算是哥哥，也不可以拿身分壓人。」

關知意搭腔：「對對對。」

關元白瞪了關知意一眼，警告意味很明顯。

然而周梵梵護人心切，還追問了句：「你知道了沒？」

關元白回頭看周梵梵，眼前的女孩子眉頭輕擰，一臉認真。

關元白看著她這表情，突然間也不納悶了，反而覺得這事挺逗：「我看，妳們是要合夥起來欺負我吧？」

關知意笑道：「對啊，誰讓這是我嫂子呢，能管得住你！」

「哦，管住我。」關元白一字一頓，把那三個字說的極意味深長，周梵梵也在他似笑非笑的眼神中反應過來她剛才都說了什麼。

她臉蹭地熱了：「我、我剛才……不是那意思。」

關元白看她這樣，難得不想為難她：「行，不是那意思……那妳進來吃點東西吧，順便說下次去妳家的事。」

「喔……」

進去後面的休息室後，周梵梵看到戚程衍也在，他帶著筆電，看樣子是在工作。

看到她進來時，點頭跟她示意了下，周梵梵也回應了過去。

有工作還陪著老婆一起來出席活動，看來對意意還是很好的。

周梵梵看戚程衍的眼神多了幾分滿意，想著之前聽到他們要結婚消息時流的那些淚也不算白流。

兩人坐下後，關元白倒了一杯果汁給她，把茶几上一些吃的推到了她面前，問她父親有沒有什麼愛好或者喜歡的東西。

畢竟是父親，下次去她家見面也需要帶一些嚴謹認真的禮物。

周梵梵想說不用準備得那麼認真，反正他們也不是真的情侶，可意識到這裡還有其他人在，她不好多說，只好認真想了想。可她想了好久，也不知道她爸到底喜歡什麼。

她跟父親接觸不多，對他的了解也不是很深。

關元白見她好半天答不出來，也不勉強：「我自己看著辦？」

「也行……」

「那妳到時候定了時間跟我說，我提前準備。」

「可以。」

關知意妝髮完成後，便趕緊從外面進來了，手上還拿著一個小袋子。

「送妳的。」關知意把小袋子遞到了周梵梵手上。

周梵梵驚訝地看著她：「送我？」

「嗯，想著妳今天在這邊，也是我們第一次以這個身分見面，所以給妳準備的一個小禮物。」

周梵梵：「可是我都沒有準備送妳的禮物。」

「妳送給我的已經很多了。」關知意道：「哥哥都拿給我了，謝謝嫂子。」

周梵梵的臉瞬間更紅了，那是她作為粉絲的時候送她的東西！！！

「不用謝的……」

關知意笑了笑，說：「那你們繼續聊，我馬上要換一下衣服。」

「啊，那妳快去妳快去。」

關知意又和工作人員匆匆出去了，周梵梵看著小禮袋，有點不知所措。

關元白道：「收下吧，妳之前也送了她不少東西，當作她的回禮。」

周梵梵小聲嘟囔：「我從來沒想要她回什麼的……」

「那就全當作她給妳這個嫂子的見面禮。」

關元白加重了嫂子兩個字，周梵梵聽著特別不好意思，但休息室還有別人在，她也不方便說別的。

後來，她悄悄地打開禮盒看了眼，竟然是塊手錶，小錶盤，帶了一點點粉色元素，特別精緻好看。

但畢竟是昂貴的東西，她有些震驚地看向關元白，後者抬了下手，說：「她送的是情侶錶。」

周梵梵也才發現關元白今天戴的這塊錶跟她手裡這塊有一點點相像的地方。

「會不會太貴重了啊，我不好收吧？」

畢竟她不是真的嫂子啊！

關元白道：「送出去的禮物沒有再收回來的道理，難不成妳想自己之前送出去的東西她都退回來給妳？」

「當然不想了……」

「那就收下吧。」

晚會差不多要正式開始了，周梵梵在驚喜之餘也要走了。

出去後，關知意正好換好了衣服，周梵梵見到她又跟她說了聲謝謝。

關知意說沒事，又問道：「嫂子，妳要不要坐來前面的嘉賓席，可以坐哥哥旁邊，是吧哥。」

關元白默認了，看向周梵梵，等她的意見。

周梵梵：「不用了不用了，我有朋友都在等我呢，我跟她們一起看比較好，我喜歡坐那裡。」

「這樣啊，那好吧。」關知意不勉強，問道：「妳有幾個朋友呀？」

「我們四個一起買票的，她們也都是妳的粉絲，特別特別喜歡妳。」

關知意笑了：「謝謝啊，那晚會結束後妳有空的話可以帶她們來這裡找我，我們可以合影。」

如果關知意沒有主動提，周梵梵是怎麼樣都不會問「能不能合影」這種話。她愣了兩秒，隨即就是狂喜：「真的可以嗎！」

「可以呀，晚點我傳訊息給妳。」

「好的！」

最後，關元白送周梵梵走，從化妝室出來要走過長廊，出去再繞一點路才能到現場。

因為星光晚會已經快開始了，走廊上來來往往都是工作人員，每個人都步履匆匆。

周梵梵穿梭在這中間，臉上掩不住的開心。

關元白側眸看到的就是滿面笑容的周梵梵，他看了一下，嘴角微揚：「很開心嗎？」

「當然！！」

周梵梵轉頭看他：「合影欸！我都不敢提！要是曉芊她們知道了，得多高興啊！她們之前一直說想要 To 簽要合影，但其實只是說說的，沒覺得真的能實現，可現在真的可以，她們肯定超級超級高興——」

周梵梵越說越興奮，手舞足蹈，掩飾不住的興奮。

關元白記得之前自己氣極了她追星他妹妹，可現在看到她這個樣子，覺得並不惱了，反而……還挺高興的。

有種被她的喜悅傳染到了的感覺。

周梵梵還在碎碎念，不遠處，一個工作人員跑了過來，眼看就要撞上她，關元白眼疾手快，瞬間攬過她的背把她往自己身上帶了帶。

「小心！」

工作人員險險擦過，說了句「抱歉」又匆匆跑走了。

周梵梵撞上了關元白的胸膛，話音止住，抬眸看他。

他亦低了眸。

胸口的溫度真實又虛幻，關元白看著她的眼睛，一瞬間滯住，心臟的聲音好像也被無限放大了，跟著耳膜被撞擊的節奏，一下又一下。

隱約間他似乎又聞到了那個味道——她圍巾上的淡淡的甜，還帶了點奶香。

來來往往的人都行色匆匆，沒有人注意他們。

周梵梵說了聲謝謝，趕緊從他懷裡出來：「不好意思啊！我太興奮了。」

關元白的手在空氣中頓了頓後放下，又隨意插進了口袋中。

「走吧，看路，別又跟人撞了。」他淡聲說，只是心跳不止。

周梵梵點點頭，繼續往前走去，依舊眉飛色舞。

關元白一直把人送到了會場入口才離開。

周梵梵回到了自己的座位。

「打電話打這麼久啊，都快開始了。」徐曉芊說。

周梵梵把小禮袋先放進自己的包裡，然後低眸整理設備，說：「女鵝說，等等我們可以去後臺找她合影。」

徐曉芊一下子沒聽明白，疑惑地看了她一眼：「什麼？」

周梵梵把相機拿了出來，對旁邊看過來的三人道：「我是說知意，她說結束後，她等我們，我們去合影。」

徐曉芊和六六七七的眼睛一瞬間瞪大了，難以置信，無法理解，驚喜萬分……各種各樣的情緒在她們的眼中快速閃過，最後只在臉上頂著幾個大字——「妳認真的嗎？」

周梵梵緩緩道：「剛才……我是去後臺了，關元白讓我過去的，然後就在化妝間看到意意了，我跟她說我們都很喜歡她，她就說晚點可以見面合影。」

「我靠？！」

「我靠我靠？！」

周梵梵連忙說：「小聲點小聲點。」

三人頓時降了音調，可依舊激動得眼睛發亮，臉頰通紅：「真的嗎？真的真的嗎？」

周梵梵也忍不住笑了：「真的。」

「周梵梵！有妳是我的福！！」

接下來全程，四人都是在激動中度過的。

星光晚會大概是三個小時，九點時，周梵梵收到了關知意傳來的訊息，說她現在在後臺化妝間，問她們要不要過來。

關知意的表演和頒獎都已經結束了，她們這群粉絲來這的目的也完成，現在當然可以走了。

於是，周梵梵帶著曉芊她們離開了位置到外面等，沒過多久，就看到有個熟悉的身影過來了。

身高腿長，穿著西裝的關元白不論在什麼時候看都十分耀眼……只是周梵梵以為會是工作人員來接她們，沒想到是關元白自己來。

「周梵梵，發什麼呆，走了。」關元白對她說了這一句後，朝另外三人微微點頭，隨意的口吻變得禮貌，「幾位這邊請吧。」

這態度，完全是親疏有別的模樣。

徐曉芊等人面面相覷，再看向周梵梵時的眼神略帶曖昧。

周梵梵被這眼神看得頭皮發麻：「……行了，快走，知意還等著呢。」

「啊對對對，快走快走。」

提起這事三人才轉開視線，高高興興地往前去了。

四人到了化妝間門口後，關元白推開門，他幫忙攔住了門，示意幾個女生先進。

周梵梵說了聲謝謝，跟曉芊她們一一進去了。

「嫂子來啦！」關知意還穿著方才下場時的禮服，只是頭飾已經卸掉了，看到四人進來，朝她們甜甜笑了笑，「嗨，妳們好。」

徐曉芊、任慧、薛敏兒見到自家寶貝女鵝，心臟都快要爆炸了，但在爆炸前夕，突然覺得有哪裡不對勁。

嫂子？誰？

三人愣了一下後，唰地一下看向周梵梵，「嫂子？」

周梵梵臉瞬間通紅：「啊，那個，晚點再說，我們……先合影？」

三人被這資訊震懾到了，幾乎是下意識的都瞄了眼關元白。

關元白淡定多了，甚至看周梵梵面紅耳赤的樣子，還有種惡趣味的享受。

關知意看出了幾人的眼神交涉，說：「我是不是說多了什麼？」

周梵梵哪會讓寶貝尷尬，連忙說：「沒有沒有，是我還沒來得及跟她們說，說我……我和關先生的事。」

她到底還是沒能說出「說我和關元白在一起的事」，太不好意思了！

關元白笑了下，意味深長：「對，是我見不得人了。」

周梵梵：「……」

關知意還要趕著換衣服離開，所以周梵梵等人也就不浪費時間了，一一跟關知意合了影，關知意還接了她們手裡的周邊，幫忙在後面簽了To簽。

離開的時候，還是關元白送她們的。

場內表演已經結束，幾人便直接去往停車場。

徐曉芊等人都是從別處趕來的，今天就直接住在飯店，關元白問了地址後，先送她們。

三人在關元白車上不敢嬉鬧，所以即便很想問問題，還是忍住了，只敢在群組裡質問周梵梵。

七七：『靠！意意叫妳嫂子！梵梵！妳真成為了嫂子了！』

六六：『什麼時候在一起的，怎麼也沒聽妳說啊？！』

七七：『我就說我們怎麼可以去後臺呢，原來是嫂子的光！嗚嗚嗚我好開心，我的姐妹太強了！』

徐曉芊：『老實交代，到底怎麼回事！』

周梵梵坐在副駕駛上，偷瞄了正在開車的關元白一眼，打字：『這事說來話長……總的來說就是，我們決定當一當情侶，防止家裡逼著相親，所以，還是假的哈，只是家裡人不知道。妳們別當真……』

徐曉芊：『你們這是會演了，演相親對象不夠，還得演情侶，那之後……是不是要領證演夫妻啊？！』

六六：『我靠！！我激動了！婚禮我要參加！』

七七：『滿月宴我要參加！』

徐曉芊：『我也要參加！不是……我是想說，你們真的是認真的嗎！』

七七：『會不會是兒子喜歡妳啊，所以故意搞這一齣？』

六六：『對啊對啊，肯定是陰謀！他一定是喜歡妳才誘引妳跟他假裝當情侶！』

周梵梵：『別……在一起這事是我提出來的，真的只是裝一下，妳們不要想入非非。』

把激動的徐曉芊等人送到飯店後，周梵梵的手機總算是安靜了些。

「妳剛才是在通訊軟體上跟她們解釋？」車裡已經只剩他們兩個人，關元白問道。

周梵梵：「你怎麼知道……」

關元白：「我看得到，妳不是一直在傳訊息嗎。」

周梵梵點點頭，承認了：「我跟她們說我們就是裝的，可是她們不太信，還非說這是個……」

周梵梵突然停住了。

關元白轉頭看她：「是什麼？」

「陰謀。」

「陰謀？」

周梵梵無奈道：「六六和七七說你喜歡我，這就是個陰謀。」

關元白愣了愣，握著方向盤的手忽地緊了下。

而周梵梵說完這事也覺得羞赧難當，又分外尷尬，連忙補救道：「不過你千萬別當真啊，我也解釋了，在一起這事是我提出來的，我們對彼此都沒那意思，哪是什麼陰謀啊，哈哈。」

關元白眸光微微一動，看了她一眼，皺著眉說：「我……」

「反正你別介意，我回頭會再跟她們好好解釋一下的！」

「……」

周梵梵傻兮兮地笑著，又是呆頭鵝的樣子，還是說談戀愛很無聊的呆頭鵝。

關元白眼眸微斂，有點心塞。

他想，如果他現在真的說了什麼。這呆頭鵝一定跳腳，指不定就跑得遠遠的了……

咕咕。

突然，一聲很不合時宜的聲音在車裡響了起來。

關元白從猶豫中抽身，目光在她肚子上定了定：「？」

周梵梵也沒想到自己的肚子此時突然叫，連忙捂住。

關元白：「肚子餓了？」

「我不餓啊。」

「叫這麼大聲，妳跟我說不餓？」

周梵梵有點窘，在他不容置疑的眼神中，只好又老實道：「好吧是有點，剛才在知意化妝間，太過激動了，也沒吃什麼東西。」

關元白輕嘆了一口氣，算了，跟這個人著急不得。

「那去吃飯吧。」

周梵梵有些不好意思，但覺得又挺感動的：「那我請你吃！今天合影的事還要謝謝你！」

關元白沒拒絕，問道：「去哪吃？」

周梵梵想了想，說：「吃宵夜的話，還是去我們學校的美食街怎麼樣，上次你去過的，很好吃。」

「嗯。」

關元白把車往京大開，最後停在美食街附近的停車場裡，兩人走路過去。

周梵梵背了個托特包，從車裡出來後，把包裡的圍巾拿出來圍了起來，又從裡面掏出了兩個圓滾滾的東西。

關元白認出來了，是她之前給過他的暖手寶。

不過這次她完全沒有給他的意思，直接放進自己的口袋了。

周梵梵做好保暖工作，繼續往前走，卻發現身邊的人沒跟上來，她奇怪地回頭：「關先生，怎麼不走？」

關元白朝她伸手。

周梵梵疑惑地歪了歪腦袋。

關元白垂眸看著她，說：「妳現在怎麼不知道要給我一個了？」

周梵梵「啊」了聲，從口袋裡把暖手寶掏出來：「這個嗎？」

關元白想起上次她把東西往自己這塞的樣子，之前殷勤得很，現在卻完全不管他了。想來也是，偶像都見完了，幹什麼還管偶像她哥的死活。

周梵梵見他默認，趕忙道：「可是上次給你，你很快又還我了，我以為你不需要這些。」

關元白呼出一口白氣，冷颼颼地道：「上次不冷，這次覺得冷。」

「啊……那你早說呀。」周梵梵看了眼他的衣服，跟她的羽絨外套比起來，他的大衣確實是單薄多了。

她趕緊把兩個暖手寶都拿出來，給他的手一邊塞了一個。

塞完後，又把自己的圍巾拆了下來，兩手一甩，直接把圍巾掛在了他脖子上。

關元白愣了下，只覺得又被那個熟悉的味道侵襲了，而且很近，沾染他的皮膚，暖意一下子裹了過來。

「圍巾不用了，妳自己用……」

「我也可以不用圍巾，你看。」周梵梵把羽絨外套的領子立了起來，鈕釦一扣，緊緊地圍住了她的脖頸。

「我其實很暖和呢，圍巾你用，唔……用過兩三次了，不介意吧？」

她這麼謹慎小心地問，關元白當下反應當然是搖頭說不介意。

周梵梵看他搖頭就放心了，比了個手勢說：「紮起來。」

關元白：「嗯？」

「就是……圍一下，這樣圍，這邊抓過來疊進去，這樣很擋風。」

她在空氣中模擬動作，一張臉粉嫩嫩的，睫毛在風中發顫。

關元白垂眸看她對著他比劃，心裡那無奈的惱意也漸漸消散了。

他默了幾秒後，微微俯身，直勾勾地盯著她的眼睛：「不會，幫我。」

周梵梵望進他的眼睛裡，他的眼神深邃，好像個深淵，能把人吸進去。

她不知不覺就走神了一瞬，目光才下垂至圍巾上，伸出了手。

關元白長得很高，好在他配合地俯身，她也是搆得著的。

她拿過圍巾兩端，心裡默默念了句非禮勿視……畢竟關元白的眼睛，是真的很好看。

「就是這樣疊……你看啊，這裡放進去，一拉就好了，小時候我媽媽跟我說的。」她輕輕踮腳，把圍巾繞過他的脖子，然後又來到他胸前。

「好啦，這樣就行了。」周梵梵圍好了，退後了一步，滿意地打量著。

關元白站直了，垂眸看著她。

周梵梵：「走吧？」

關元白沒動。

「怎麼了？」周梵梵奇怪道。

下一秒，她就見關元白抬起手，緩緩把圍巾又解了下來，然後在她的詫異中，把圍巾又搭在了她脖子上。

周梵梵愣了愣：「才剛幫你弄好呢，我說了我有領子的，不冷……」

「好，知道妳不冷，是我發現我不適應戴圍巾行了吧。」關元白學著她方才的樣子，把圍巾在她脖子上繫牢了，「戴好，保暖。」

周梵梵縮了縮腦袋，看到他把其中一個暖手寶又丟回她口袋裡，然後示意了下他手心的另一個：「這個歸我就行。」

周梵梵眨巴著眼睛，這人，怎麼一下一個樣啊……

關元白卻捏著暖手寶往前走了，依稀中，感覺脖子上還殘留著她圍巾的觸感。

第十一章　寶貝等你哦

兩人很快步行到了學校外的美食街，但因為是放假時間，學生不多，這個時間來的多是附近住的一些居民。

周梵梵走了一圈，帶著關元白走進了一家小籠包店，這家店還賣餃子、麵條，各種各樣好吃的碳水化合物。

店鋪不大，總共只有六張桌，其中四張都有人了，周梵梵招呼關元白到角落那張桌坐著。

坐下後，隔壁桌有人看了過來，偷偷打量關元白。

周梵梵察覺到了，笑了下說：「關先生，以你的姿色，在我們學校可以是校草。」

關元白看了她一眼。

周梵梵小聲道：「我說真的，剛才你進來的時候大家都在看你。而且你親妹妹都可以當大明星了，你的顏值當校草綽綽有餘。」

關元白說：「妳主要是想誇小五吧。」

周梵梵嘿嘿一笑：「哪裡啊，我是在誇你。」

關元白對她沉迷他妹妹這事已經有一點免疫了，也沒說什麼，拿起菜單開始點菜。

周梵梵怕他不會點，湊到他旁邊跟他推薦：「這個小籠包是招牌，必點，我們點兩籠哈！

這個麵也超好吃，一定要吃中辣的……」

很快，兩人點了滿滿一桌小吃。

關元白擰眉：「這麼多，吃得完嗎？」

「吃得完吃得完，我和曉芊之前就這麼吃的！當然了，主要是我吃。」

周梵梵也沒有開玩笑，她胃口好起來的時候，真的能吃下很多東西。

接下來關元白就看著她吃了許多，看著看著，覺得有些好玩。這段時間跟她一起吃飯，算是見識到她敞開吃飯是什麼樣了。

「你幹嘛看著我？你飽了嗎？」周梵梵吃到中途抬眸，奇怪地問了句。

關元白斂眸：「沒，我休息一下。」

「哦，好的！」

周梵梵繼續吃她的小籠包了，就在這時，突然有人叫了她一聲。

周梵梵轉頭看去，才發現小餐館裡又走進了兩個男人，其中一個她認識，是楊城。

周梵梵表情頓時就有些不好看了，假裝沒看到他，低頭吃東西。

但楊城已經注意到她了，有些激動，連忙走了過來：「梵梵，妳、妳知道曉芊在哪裡嗎？她封鎖我了，我一直聯絡不到她，妳能不能幫我打電話給她？」

周梵梵放下筷子，冷聲道：「她已經跟你分手了，分手了不聯絡不是很正常嗎，打什麼電話？」

「可我沒同意分手，我還喜歡她，真的！梵梵妳幫我聯絡她一下，就打個電話行不行？」

周梵梵皺眉：「分手幹嘛要你同意，既然你這麼喜歡她，之前幹嘛去了。跟別人不清不楚的……我才不要幫你打電話。」

楊城拉住周梵梵的手臂，眼睛都有些紅了：「梵梵，求求妳了，我知道我之前錯了，我一定改正。」

「你求我有什麼用。欸……你幹嘛啊。」楊城拉著不放，周梵梵去拽，但是扯不開。

「鬆手。」就在這時，關元白扣住了楊城的手腕，一個用力，楊城吃痛，立刻鬆開了。

關元白起身站在了兩人之間，冷著臉說：「分手是你們的事，她只是作為旁觀者，你在這裡拉扯什麼？」

店裡的人都看了過來，楊城也不知道怎麼自處了，且他也是有些忌憚關元白的。

「楊城，曉芊已經決定翻篇了，你別再打擾。」周梵梵說。

楊城後退了一步，臉色又青又紅：「我沒翻篇！梵梵，妳之後見到她跟她說一聲，我會等她的，我一定會等她。」

「……」

這一折騰後，周梵梵都沒有什麼吃東西的心思了。

楊城離開後，她傳了訊息給徐曉芊告知今天的事，徐曉芊回覆不用理他，她才鬆了口氣。不過從店裡出來時，還是有些忿忿然！

「他自己有異心，自己跟別的女生牽扯不清，為什麼現在還能理直氣壯地說他還喜歡曉芊，太虛假了！」周梵梵道：「難道男的都能同時喜歡好多人嗎，喜歡這個也喜歡那個，抓住了這個又放不下那個——」

「不能。」

周梵梵一頓，側眸看突然回答的關元白。

她愣了愣，火氣冷卻了些，反應過來是不是在關元白面前說多了……

但他好像並沒有煩她這些碎碎念，側眸看著她，緩緩道：「他能喜歡好幾個，說明他過於貪心，更不夠喜歡，他本身是有問題的。但是，妳不能以偏概全，說所有男的都會像他這樣。」

周梵梵呆了幾秒：「……嗯？」

「我不會也不可能同時喜歡好多人，我的選擇，是唯一。」關元白定定地看著她，說：「周梵梵，我不會像他這樣。」

他說得很認真，更是嚴肅。

周梵梵心口微微一跳，好一陣子才說：「那你是個好人……」

關元白笑了下：「這就是好人了？」

周梵梵嘆了口氣：「當然……曉芊要是遇到個像你這樣的就好了，哎……遇到楊城是她倒楣，其實早該分了。但我也不太清楚，為什麼她之前跟楊城吵架那麼多次還能在一起，談戀愛難道就那麼開心嗎？」

「遇到一個真正喜歡妳的人，談戀愛會是件開心的事。」

周梵梵皺了皺眉：「我之前談戀愛的時候，他們都說很喜歡我啊，可我也沒覺得談起來多開心。」

關元白垂眸，「感情是相互的，只能說，也許妳並不喜歡他們。」

周梵梵思索了番，突然問道：「你喜歡過女人嗎？」

關元白停頓了下，看著她：「有。」

「那你跟她談戀愛很開心嗎？」

關元白沉默了片刻，說：「不知道。」

「為什麼不知道？」周梵梵大驚，「啊，你是單向喜歡？暗戀？對方對你沒興趣？」

關元白卻不想說了，徑直往前走。

周梵梵趕緊跟了上去，心裡驚訝得不行，沒想到我兒這麼帥的男生，竟然喜歡過一個人但沒有結果！

她嘆了口氣，拍了下他的手臂，試圖安慰：「嗯……其實也沒什麼，喜歡的人不喜歡自己也是常態嘛。而且，談戀愛其實也就那樣，沒你說的那麼開心。」

關元白冷淡地瞥了她一眼：「不懂就別亂說。」

「……」

不出所料，這次的星光晚會後還是有一些小道消息飛了出來——關於她和關元白的。

不過這次周梵梵沒辦法在社群軟體上發文澄清了，畢竟……都是真的。

而且關元白說的也挺有道理，她又不是藝人，她跟誰在一起，不需要跟大眾解釋。

於是她的社群帳號還是一如既往的做關知意的產出，至於其他留言和大家的猜測好奇，一概不管了。

除夕過後，關元白來她家吃飯，這次的目的就是見見她父親。

兩人聊得還挺好，周梵梵覺得，關元白這種在商場裡行走的人，要是願意的話，不會讓場面冷場。

到了新年，寒假也很快結束了，周梵梵迎來了第二學期。

課更少了，不過事情變多了，導師安排的作業足夠周梵梵在圖書館看好幾天文獻。因此，她很久都沒有去關元白那履行她的「一百頓飯」，不過他好像也並不介意，也沒有催她。

周梵梵想，關於以前的事，關元白大概不氣了，因為也不計較了。再過一陣子，那一百頓飯應該都可以不了了之。

這天，剛從圖書館出來，周梵梵就接到了一個電話。

『姐姐！』

電話裡傳出了一個發音不太標準，但很清脆的男童音。

周梵梵有些意外：「小恆，你怎麼打電話給我，怎麼了？」

『我在國內啊，當然打電話給妳。』

「你在國內了？在哪？」

小恆道：『在妳學校門口，我和媽媽。』

周梵梵喜上眉梢：「真的假的，那你等我一下，我馬上過來！」

『好哦，姐姐快來，我帶了禮物給妳。』

周梵梵已經有一年沒有見到母親方庭了，一路小跑著到校門口後，果然看到一個熟悉的身影。

那身影就站在一輛車旁，穿著時髦，長髮飄飄，朝她揮了揮手。

周梵梵心中興奮極了，朝她跑了過去。

「媽！」

周梵梵直接撲到了女人的懷裡。

方庭抱住她，摸了摸她的頭：「梵梵，念書累不累呀。」

「不累的。」周梵梵用力地吸了口氣，她最喜歡媽媽身上的味道了，「妳怎麼回來了，也沒有跟我說一聲。」

方庭道：「前兩天才臨時決定回來看看，也想著給妳個驚喜。」

「那妳要待多久呀！」

「一週。」

周梵梵更開心，說：「那我這週都跟妳一起睡！」

「姐姐，那我呢？」突然，車後座冒出一個捲毛混血小孩，六、七歲的模樣，十分可愛。

周梵梵從方庭懷裡出來，彎腰捏了小孩的臉：「我說怎麼沒看見你呢，原來躲在這啊。」

「姐姐我也要一起睡！」

「好啊，但是你每天晚上必須洗澡。」

「洗的！我現在每天都洗澡的，妳問媽媽。」

「最好是。」

周梵梵上了方庭的車，準備跟他們一起去飯店，順便吃飯。

小恆坐在她旁邊，一直嘰嘰喳喳地說著話，姐姐姐姐叫不停。

小恆是她的弟弟，同母異父，母親方庭跟她父親離婚後跟一個美國人在一起，沒過多久生下了小恆。姐弟倆並不常見面，不過每次見面，小恆都很黏她。

「我們住在南爵。」方庭說。

周梵梵一開始還沒想太多，嗯了聲。

方庭又道：「我聽說，妳跟關元白在一起了。」

周梵梵愣了下，支吾道：「這、這誰跟妳說的？」

方庭笑道：「妳奶奶說的，我來接妳前，去看過她了。」

「喔……」

「怎麼了，談戀愛了也不告訴我一聲。」

周梵梵有點小尷尬，佯裝不太好意思地笑了笑：「忘記了……」

方庭道：「妳真行，這都能忘記。那我這次回來也讓我見見？等等就去南爵吃飯，可以喊他一起來吃。」

周梵梵：「唔……不知道他忙不忙。」

方庭說：「沒事，妳打電話問一下，忙的話我可以下次見。」

「好吧。」

方庭都這麼說了，周梵梵只好拿起手機打了通電話給關元白。

她猜測關元白這個時間應該在公司那邊，並不抱什麼期待，電話接通後，她便問道：「你在幹嘛呀……」

她直接省略了對他的稱呼，畢竟她平時關先生關先生的喊習慣了，可在長輩面前這麼喊，好像又不夠親昵。

關元白：『在辦公室，準備開會，怎麼了？』

周梵梵聽他這麼說鬆了口氣：「嗯……忙著呢，那好那好，你忙吧。」

關元白察覺出來，問道：『妳那邊有事？』

周梵梵說：「也、也沒什麼，就是我媽媽回國，我們正好要去南爵吃飯，我順便問你一下，要不要來吃。你忙的話沒關係，我們下次——」

『妳媽媽？』

「嗯，對。還有我弟弟。」

關元白那邊安靜了片刻，周梵梵一時間還以為他掛了，但看了眼發現螢幕還顯示通話中，「喂？你還在嗎？」

『嗯，剛才傳了個訊息給何至。』

「噢……那我掛了啊。」

『妳還沒跟我說在南爵哪家餐廳吃飯。』

周梵梵愣了下：「你不是要開會嗎？」

關元白道：『通知何至了，暫延。』

周梵梵覺得，關元白真的是一個很合格的合作夥伴。

在維護兩人在外的「情侶」形象上，他做的很到位。

母子三人到了南爵後，在南爵一家中式餐廳坐了下來。她們前腳剛到，關元白沒多久也到了，甚至還帶了禮物。

絲巾是給方庭的，玩具給小恆。

「不好意思阿姨，這次準備比較匆忙，還不知道您的喜好。」關元白落座後，對對面坐著的方庭說。

方庭有些驚喜：「很好看啊，我很喜歡。是我唐突了，也沒提前跟你說一聲，就讓梵梵約你出來吃飯。」

關元白說：「沒什麼，我正好也在附近。」

「你就是我姐姐的男朋友！」小恆沒動玩具，一雙眼睛直勾勾地看著關元白。

關元白朝他笑了下：「嗯。」

小恆打量了他幾眼，一副很認真的樣子：「你和姐姐什麼時候認識的？」

一本正經，裝大人裝得還挺像。

關元白也沒敷衍，說：「幾個月前認識的。」

「那這麼快就在一起了？」小恆看向周梵梵道：「姐姐，會不會太草率啦？妳是不是看上他的臉啊。」

人小鬼大，偏偏長著一張過分可愛的混血臉，讓人沒辦法生氣。

周梵梵失笑，伸手捏了捏他的臉蛋：「你會不會說話，我是那麼外貌協會的人嗎！」

「妳是呀，妳就是喜歡長得好看的人！」小恆又瞄了關元白一眼，「不過，他確實是目前為止最好看的那個。」

周梵梵：「你說什麼呢！」

「嘖，哥哥買玩具給你，你說謝謝了沒有。」方庭無奈地拍了拍他的腦袋，又對關元白說：「不好意思元白，他從小野慣了，總亂說話。」

「不會。」關元白看了周梵梵一眼，「畢竟，也是誇我了。」

周梵梵：「……」

方庭笑著搖了搖頭，又念了小恆一句，小恆才扭捏著跟關元白說了聲謝謝。

關元白笑了下，說：「不客氣。」

「雖然你買了玩具給我，但你以後還是得對姐姐好哦，不好的話我還是會揍你的。」

「噗——」周梵梵悶笑，「你看什麼電影學來的臺詞，我謝謝你哦。」

小恆嘟著嘴：「姐姐妳別說話！我在囑咐他呢！」

「你還會囑咐了……」

「知道了，記住了。」關元白卻突然認真應下了。

小恆：「真的？」

「真的。」關元白看向周梵梵，緩緩道：「我一定會對她很好。」

餐廳燈光柔和，他眉目深邃，眼底淺淺印著光點，一時間，竟讓人分不清真假。

周梵梵的手指微微蜷了下，有些看愣了。

「怎麼了？」大概是她眼裡詫異明顯，關元白開口提示了她一句。

周梵梵連忙回過神，玩笑說：「那、那你可不能食言，我弟弟在練跆拳道的，是吧小恆。」

小恆立刻比劃了兩下：「是！」

方庭和關元白都笑了，周梵梵摸了摸鼻子，也跟著笑了笑。

吃完午飯後，小恆鬧著要去玩。

南爵飯店有個園區專門給帶孩子的客人使用，裡面都是小孩玩耍的設備。

幾人吃完也正好消消食，便帶著小恆過去了。

「關先生，你要是演起戲來，一定很不錯。」

方庭牽著小恆走在前面一些，關元白和周梵梵走在後面。她看前面兩人沒注意，便小聲地跟關元白說了句。

關元白：「什麼？」

「就剛才，你說一定會對我很好，那個眼神太真實了。」

關元白目光微深，兩手鬆弛地插在口袋裡：「是嗎。」

「嗯！」

「你們走快點啊。」小恆回頭，朝兩人招招手。

周梵梵應聲：「來了，你等等我們唄。」

小恆喔了一聲，放開方庭的手，跑了回來，夾在兩人中間，一手牽住一個人：「拉著我走，走快點！」

周梵梵和關元白的手都被拉了出去，周梵梵無奈道：「你趕什麼時間呢。」

「我要去玩！」

「知道了知道了。」

小恆拉著兩人走了一下，雖然這兩人腿都比他長，但還是不如自己跑來得快。

「算了，不等你們了。」小恆分外嫌棄地搖了搖頭，覺得這些大人真是慢吞吞，於是兩隻手往裡一合，把自己牽著的周梵梵和關元白的手拉近，交疊在一起，自己抽開了。

「你們自己走吧——」

關元白和周梵梵都沒有料到小恆突然把他們兩人的手放在一起，反應過來時，關元白已經覆在了周梵梵的手臂上。

溫熱的手感，肌膚細膩，滑溜溜的卻像過電一樣。

兩人愣了愣，第一反應都是鬆開。

再看向對方時，眼裡都有一瞬間遮掩不住的慌張和詫異。

小恆本來也就是隨便一弄，在國外時，他都是這樣對爸爸媽媽的，隔壁家哥哥帶她女朋友來玩，也是這樣手牽手的。

在他眼裡，情侶間手牽手，甚至是親親嘴，都不是什麼奇怪的事。所以關元白和周梵梵快速分開，跟觸電似的倒是讓他愣了好幾秒，本來都要跑開了，生生停在了原地。

「嗯？」

周梵梵僵了僵，乾笑著看向小恆：「你幹嘛呢？」

小恆眨巴著大眼睛，看了看兩人，說：「你們不喜歡牽手嗎？」

前面幾步的方庭也轉頭過來：「怎麼了？」

小恆立刻大聲道：「媽媽，姐姐和這個哥哥不喜歡牽手！」

周梵梵：「……」

方庭微微一頓，不明所以地看著兩人。

周梵梵手背有些發麻，另一隻手覆蓋上來摸了一下抹去了那奇怪的感覺，說：「小屁孩，瞎說什麼呢……」

小恆：「那我剛才讓你們牽手妳抽開得那麼快，可是男女朋友不是要牽手嗎，Braden 跟我說一定要牽手的，他和他女朋友走路都黏在一起，你們怎麼不牽啊？」

周梵梵：「……Braden 是誰？」

「鄰居哥哥啊，他每次帶他女朋友來玩都這樣。姐姐，妳怎麼不跟妳男朋友黏一起？」

周梵梵耳朵頓時有些紅了，餘光中方庭的眼神還落在他們身上，她不想讓方庭懷疑什麼，但也更不敢去拉關元白的手。

「我……」

「哥哥，你不牽手，不會是不喜歡我姐姐吧！」

周梵梵：「……」

小鬼頭，你可以閉嘴嗎！

「誰說我們不牽手了。」突然，關元白探過手來，把她的手牽在了手心。

周梵梵微微一顫，下意識想抽出來，他卻握得更緊了。

溫暖而乾燥的手心，那股麻麻的感覺又冒上來了。

周梵梵有些慌亂地望向關元白，後者給了她一個鎮定的眼神，然後拉著她的手把她扯到了身邊。

「剛才是你太突然，我們才嚇了一跳。」他這樣跟小恆解釋。

小恆狐疑地看了兩人一眼：「喔，所以你喜歡姐姐……」

「當然。」

小恆好像總算放下了一點心：「那就好，我還以為……反正，你要牢牢地牽住姐姐啊，要疼她的。」

關元白微微一笑：「你說的對，我知道了。」

「小恆，別跟哥哥姐姐鬧，不是要去玩嗎，還不過來！」方庭道。

小恆：「嗯！來了！」

他又小跑到了方庭身邊，只不過拉著方庭往前走時，還時不時回頭看他們兩個。

安靜。

格外的安靜。

兩人並肩走著，安靜得似乎都能聽到彼此的呼吸聲了。

周梵梵覺得和關元白牽著的那隻手，手心有點冒汗。

好奇怪的感覺……她好想把手抽出來……抽出來應該就不會麻麻的了。

她現在覺得那隻手好像不是自己的！

「妳這弟弟，還挺嚴格。」

靜默中，關元白總算開了口，打破了當下詭異的寂靜。

周梵梵不太好意思地笑了笑：「他就這樣……那個，你要是覺得不舒服的話，說你有事吧，你可以先走了。」

關元白垂眸瞥了眼兩人交握著的手，嘴角輕輕一揚：「不會不舒服，妳在我家人面前會幫我忙，我自然也應該在妳家人面前幫妳。」

周梵梵：「呃……那牽手……」

「妳手心出汗了，很緊張？」他說。

周梵梵呼出一口氣，耳朵發熱，胡亂地道：「可能很久沒有跟男生牽手，是很緊張。」

關元白噎住：「……」

周梵梵遲疑了下，說：「你手心好像也有一點點出汗……」

關元白面無表情：「不是我，都是妳的。」

「是嗎……那、那我擦擦吧？」

周梵梵從自己包裡抽出了一張紙巾，在關元白面前晃了晃，示意他鬆手。

關元白站住了，把她的手放開。

手得到了解脫，那種緊張酥麻感也消失了，周梵梵鬆了口氣，用紙巾擦了擦手。

奇怪啊，以前也不是沒跟男生牽過手……果然，跟帥哥，還是跟意意長得有點像的帥哥牽手就是不一樣！

「擦好了嗎？」關元白垂著眸看她。

周梵梵：「……好了。」

關元白嗯了聲，伸出了左手，朝上放在了她面前。

周梵梵愣住，盯著他的手心看。

關元白說：「放上來。」

周梵梵：「……我們可以不用牽了吧？」

關元白示意了下走在前面的小鬼頭：「妳沒發現他一直往回看嗎，想讓人懷疑？」

「……沒有。」

周梵梵清了清嗓子，雖然覺得很彆扭，但還是伸出手，手心朝下貼在了他掌上。

關元白瞥了眼兩人貼著的手掌。

她的手真小……

如果他收緊，完全能把她的手牢牢包裹在手心。

短暫的貼合，沒有人動作。

「姐姐！你們在那玩什麼牽手遊戲呢？走快點呀！」不遠處，小恆急得跳腳。

周梵梵立刻應了聲，放下了手指。

十指交叉緊扣，最後牢牢地鑲嵌。

周梵梵心口開始狂跳，那緊張躁動感又湧了上來。

她深吸了一口氣，咬咬牙道：「走、走吧！」

關元白的拇指小幅度地蹭了下，目光落在了她發紅的耳廓上，輕輕點了頭：「嗯。」

到了兒童園區後，小恆就跟瘋了一樣地跑上跑下。

方庭怕他摔倒，一邊喊他慢點爬，一邊在下方守著。

周梵梵終於和關元白鬆了手，她的手心剛才又冒了汗，拿紙巾擦了慘，擦完後問關元白要不要。

關元白的手插回到褲子口袋了，搖了搖頭。

一段心驚肉跳的牽手，此刻才總算平復下來。

周梵梵把餐巾紙扔掉，站在海洋球圍欄邊，看著不遠處爬上爬下的小恆和跟在他屁股後面走的方庭。

「妳要進去玩嗎？」突然，關元白問了聲。

周梵梵愣了下，收回視線笑道：「玩什麼？我怎麼進去玩，我又不是小朋友。」

關元白側眸看著她，說：「我看妳看得很入迷，好像挺嚮往。」

周梵梵喔了聲，有些興致缺缺：「哪有……我是怕小恆摔著，盯著他呢。」

「妳媽媽在看著，再者，我們這裡安全有保證，不會有危險的，放心吧。」

「喔……」

周梵梵沒說話了，支著下巴看著不遠處的小朋友。

關元白又多看了她一眼，總覺得，她此時看起來有些奇怪，但具體哪裡奇怪又說不上來，只覺得她沒有太高興。

或者說，有點落寞。

過了一下後，小恆玩累了，跑過來抓著周梵梵和關元白一起去樂高區拼樂高。

周梵梵笑呵呵地牽住了小恆的手，關元白發現，她方才那點落寞又消失不見了，不過也可能是他看錯了。

晚上，周梵梵沒有回家，在南爵飯店裡跟方庭和小恆住一起。

她奶奶知道每次方庭回來她都要跟方庭一起住，所以也沒有喊她回家。

十點多洗完澡，周梵梵睡在方庭身邊，小恆想跟姐姐一起睡，但擠不進兩人之間，便躺在周梵梵旁邊。

「姐姐，講故事嗎？」

周梵梵捏了捏他的小臉，「講什麼故事啊？」

「講什麼都行呀！不然，妳跟我講講妳和今天那個哥哥的愛情故事好了！」

周梵梵笑：「小屁孩！才幾歲啊，就要聽愛情故事！」

「要聽要聽，媽媽也很想聽的！對吧媽媽？！」

方庭道：「嗯……這倒是。」

周梵梵轉頭看方庭：「我跟關先生……不就是相親認識的嘛，這個妳也知道的呀。」

「那怎麼在一起的呢？」

周梵梵眼神有些躲閃：「唔……感覺可以在一起就在一起啦。奶奶很喜歡他。」

「那妳呢，也很喜歡人家嗎？」

周梵梵一頓，立刻說：「我、我當然了！」

方庭看了她一下，伸手摸了摸她的頭髮，「梵梵，談戀愛結婚什麼的，都要自己真的愛、真的喜歡才可以，不可以因為家裡人催，或者自己覺得差不多了就去談哦。」

「可就算是因為真愛在一起的，最後也會不愛，也會選擇分開的啊。」周梵梵不假思索地說。

方庭愣了下，道：「不是所有人都會這樣。」

「那妳和爸爸就是這樣。」

周梵梵幾乎是反射性地說這句話，但話說出口又後悔了，畢竟小恆還在這裡。

「抱歉……」

方庭嘆了口氣：「不論怎麼樣，要因為愛在一起。我和妳爸爸雖然分開，但至少是愛過的，我從來沒有後悔跟他在一起過，因為那段時間我也快樂，而且，我們還有了妳。」

周梵梵悶悶地嗯了聲，沒說話了。

方庭把她摟到懷裡：「我想說的是，不要因為怕分開所以不去愛，愛上一個人，其實是很美好的事。現在妳和元白在一起了，就要好好的。」

「知道了……」

方庭道：「不過元白這個人，我還是放心的。看得出來，他很喜歡妳。」

周梵梵的心思不在這，嘟囔了聲：「妳怎麼看出來的？」

方庭輕笑了聲，說：「今天吃飯、還有去玩的時候，他的眼神一直在妳身上，我真的看得出來哦。」

周梵梵沒有發現，更沒覺得方庭說的是真的。

只是想著，方庭大概是看走眼，或者就是想安慰安慰她罷了。

他們在一起是假的，他怎麼會喜歡她呢。

方庭回國還有一點私事要處理，第二天她辦事去了，周梵梵把小恆接手過來。

因為她還有作業要做，便回了學校。

小恆這種時候還算聽話，她去圖書館查資料，他就跟著坐在她旁邊，拿了本繪本看了起來。

周梵梵寫了下小論文後，小恆湊過來，拉了拉她的衣服。

「怎麼了？」

小恆小聲道：「我口渴，有點想喝好喝的東西。」

周梵梵看了眼時間：「等等，我幫你叫個外送。」

小恆道：「那手機給我吧，我自己看看喝什麼。」

周梵梵正忙著手上的事，就把手機外送軟體點開直接給他了：「你看看想喝什麼，選好了我下單。」

「喔。」

周梵梵忙自己的了，也沒意識到小恆拿了很久手機。

等他重新把手機還給她的時候，她才問他選了什麼，小恆搖搖頭說，外送裡沒有想喝的東西。

「那你先喝口水，再等我一下好不好？我這段寫好了帶你出去買好喝的。」

小恆點點頭：「不著急，姐姐妳去寫作業吧。」

周梵梵摸了摸他的腦袋：「乖。」

小恆又看他的繪本了，周梵梵沒再注意他，專心在自己的電腦上，眼睛都不挪的。

一直到不久後，有兩杯飲料放在了桌上。

周梵梵詫異地抬眸，只見桌旁不知道什麼時候站了一個人。

他穿著深咖色的呢大衣，內裡黑衣黑褲，一雙長腿逆天，站在安靜的圖書館裡格外有存在感。

周梵梵微微瞪大了眼睛，驚訝關元白怎麼會出現在這裡。

他卻沒有要解釋的意思，拉出旁邊的一張椅子，隨意地坐下了。

小恆看到他來，興高采烈地拿走了一杯飲料，順便給了關元白一個贊許的眼神。這下，周梵梵徹底明白了，她拿出手機看了眼，果然看到小恆在她的通訊軟體上傳訊息給關元白。

而且訊息內容……讓人窒息！！！

『寶貝，我好渴，想喝飲料～』

寶貝？？？

周梵梵有種暈眩感，關元白收到這則訊息時應該也挺暈的，還傳了個問號給她。

接著，小恆就直接傳了他想喝的飲料店給他：『寶貝，買好送到我們學校圖書館來哦，我和小恆在三樓二號閱讀室等你哦～』

周梵梵被寶貝兩個字弄得抖了抖，圖書館不方便說話，她便直接傳訊息給關元白。

『是小恆傳的！』

坐在旁邊的關元白回覆她：『我知道。』

周梵梵：『那你還送飲料過來？』

關元白：『正好沒事。』

過了幾秒關元白又補了一句：『而且是妳弟弟要求，我不過來會挺奇怪。』

周梵梵有點抱歉：『我媽今天不在，他一小屁孩，其實可以不理他。』

關元白：『沒事。』

周梵梵看了眼飲料，還是道：『謝謝！』

關元白：『嗯，寫作業吧。』

周梵梵：『那你呢？』

關元白：『隨便坐一下。』

周梵梵：『好，等我一下！』

周梵梵本來慢吞吞的，預計自己還有一個小時才能把今天的任務都做完，但想著關元白在旁邊，不自覺認真起來，加快了速度。

關元白倒悠閒，起身去拿了本書回來，就在位子上看了起來。

小恆很滿意關元白的表現，他覺得男朋友就該這樣，隨叫隨到！

他晃蕩著小短腿，一邊喝飲料一邊看繪本，看著看著，餘光中突然看到有一個女生走近。

那女生也沒說話，只是輕輕點了點關元白前面的桌子，引起他注意後，在桌面上放了一張紙條，然後就趕緊走了。

小恆轉頭看了眼，發現那個女孩子坐在離他們不遠的地方，靠窗的那個位子，正好和關元白面對面。

「寫什麼啦。」小恆的警惕心很高，立刻溜到關元白旁邊。

關元白拿起紙條看了眼，也沒有隱藏的意思，任由小恆抽走了。

「小哥哥，剛才就注意到你了，感覺你看書好認真呀，可以加個好友嗎？可以的話加這個：juygo*1234。」

小恆小聲地讀出來了，這下周梵梵也看了過來。

小恆立刻告狀：「姐姐，哥哥被人搭訕了，他要加別人好友。」

周梵梵：「……」

關元白把紙條從小恆手裡搶回來：「小小年紀字認得挺多。」

周梵梵輕咳了聲：「他中文學得很好。」

關元白看向她，說：「不過我可沒說要加好友。」

周梵梵微怔，在關元白認真的眼神中，突然覺得有點怪怪的。有點解釋的意思。

「啊……好的。」

小恆輕哼了聲：「沒有就好，那我得跟遞紙條的姐姐說一聲！」

周梵梵連忙去阻攔：「欸——」

可小恆跑得很快，一下子就小跑到了那個女生桌前，他趴過去也不知道說了什麼，那女孩驚訝地往他們這邊看了眼，然後露出一個又豔羨又抱歉的眼神。

沒過多久，小恆就跑回來了，還帶回了一張紙條。

是那女孩寫的：祝99～

周梵梵看著那紙條有點窘，把小恆拎到旁邊，小聲說：「別跑來跑去的……你跟人家說什麼呢？」

小恆嘻嘻一笑：「我說，我是你們的小孩，爸爸媽媽英年早婚，實在不好意思。」

周梵梵：「………」

這下，連關元白都愣了愣。

小恆彎著眉眼說：「媽媽，快點寫作業哦，寫完讓爸爸帶我們去吃飯飯。」

周梵梵耳朵一下就紅了，要滴血似的：「你、你一混血兒，一看就不是我和他生的啊。」

小恆理所當然地道：「這有什麼，我說我爸爸是四國混血，長得更像中國人而已。」

關元白五官深邃，長得又高又帥，小恆胡說八道還真有人信。

周梵梵這下是更窘了，瞄了關元白一眼，「他胡說的，你別介意啊……」

關元白沒什麼介意的樣子，把小恆拉到椅子上坐下，說：「行了，乖乖坐著。」

小恆炫耀道：「那我剛才那樣拒絕還可以嗎？」

關元白眉梢微微一挑，在周梵梵抱歉的眼神中輕笑了下：「我覺得，還不錯。」

周梵梵抓緊時間把作業搞定了，十多分鐘後，三人從圖書館走了出來。

今天陽光正好，暖洋洋地落在人身上，有股慵懶溫柔的味道。

周梵梵心情也跟著好，小恆說想吃披薩，她便帶他去吃了，關元白也一起，不過她覺得關元白不太喜歡吃這些東西，因為全程他也沒吃幾口。

吃完飯後，方庭也差不多辦好事情了，周梵梵下午還要去找導師，所以把小恆先送回南爵。

從飯店房間出來，關元白和周梵梵一起往樓下去，等電梯的時候，周梵梵突然問道：「南爵有什麼舉辦生日宴的儀式嗎？」

關元白：「簡單的還是隆重的？」

周梵梵說：「隆重的吧，我想包餐廳，大後天是我媽媽生日，這次她臨時回來，我都來不及準備。」

關元白明白了，建議道：「頂樓的餐廳適合過生日，氣氛更好，之前有挺多客人在那過。」

「是嘛，那你們飯店有什麼浪漫一些的點子嗎？」

關元白想了想：「餐廳專屬裝飾，樂隊，蛋糕……還可以安排無人機表演。」

「無人機可以呀！那我也想弄一個給我媽媽！」

關元白笑了下：「這樣，我讓經理聯絡妳，妳有什麼想法可以直接告訴他。」

「可以啊可以啊。」周梵梵頓了頓，又說：「不過我很臨時，你們頂樓的餐廳有空檔讓我包場嗎？」

關元白停頓了下，說：「有的，放心。」

「太好了，那我明天再去挑個禮物。」

電梯到了，關元白輕攔了一下，示意她先進去。

周梵梵走進去後，關元白跟了上去，隨口道：「想送什麼？」

「我媽媽喜歡一些好看的首飾，我得想想去哪買些特別的給她。」

「首飾？我倒可以推薦妳一個地方。」

「哪裡？」

「一個設計師朋友的私人工作室，小五和關兮之前挺喜歡去那裡。妳想去看看的話，明天下午可以帶妳去。」

周梵梵平時不怎麼買這些東西，所以也沒什麼經驗，現在聽關元白這麼說，當然動心了。他的設計師朋友，而且還是關兮和關知意常去的，那作品一定夠特別，夠有品質保障。

周梵梵試探著問：「可是，你有空嗎？會不會麻煩你啊？」

關元白拿著手機在傳訊息，聞聲說：「沒事，正好我也想買個禮物給奶奶，順路吧。」

「行！」

到停車場後，兩人各自上了各自的車。

一個要去總公司趕開會，一個則要回學校。

關元白開車前，南爵餐廳經理回電給他，方才他在通訊軟體上傳了訊息給經理。

經理：『關總，頂樓餐廳大後天預訂已經滿了，其他客人倒好說，恆川的蔣總要請幾個重要客人吃飯，訂了我們的VIP包廂，您看……』

「其他客人幫他們排當天其他餐廳的位子，免費加贈送禮品，具體怎麼處理你來想辦法。至於蔣總，我會打電話給他。」

『行，那我馬上去安排。』

關元白：「還有，剛才推給你的電話號碼，你後續跟她聯絡，看她想怎麼辦這個生日宴。」

『好的關總。』

周梵梵上車後也打了通電話給方庭，說後天讓她留出時間來跟她一起吃晚飯，她幫她慶祝生日。

方庭欣然答應了。

周梵梵驅車前往學校，一路上心情都很好，想著具體要幫方庭過怎麼樣的生日宴的同時，也在想關元白這人真好。

前段時間她接近他的小心思被揭穿後，他很生氣，當時她是很慌張很怕的，說請一百頓飯，二話不說也就請了。

但感覺……最近他氣消乾淨了。不生氣的關元白，簡直就是天使啊。

——《唯一選擇》未完待續——

高寶書版 致青春

美好故事
觸手可及

蝦皮商城同步上架中!

https://shopee.tw/gobooks.tw

高寶書版集團
gobooks.com.tw

YH 173
唯一選擇（上）
作　　者　六盲星
封面繪圖　夏　青
封面設計　夏　青
責任編輯　楊宜臻
內頁排版　賴姵均
企　　劃　何嘉雯

發 行 人　朱凱蕾
出　　版　英屬維京群島商高寶國際有限公司台灣分公司
　　　　　Global Group Holdings, Ltd.
地　　址　台北市內湖區洲子街88號3樓
網　　址　gobooks.com.tw
電　　話　(02) 27992788
電　　郵　readers@gobooks.com.tw（讀者服務部）
傳　　真　出版部(02) 27990909　行銷部 (02) 27993088
郵政劃撥　19394552
戶　　名　英屬維京群島商高寶國際有限公司台灣分公司
發　　行　英屬維京群島商高寶國際有限公司台灣分公司
法律顧問　永然聯合法律事務所
初　　版　2024年09月

原著書名：《唯一選擇》由北京晉江原創網絡科技有限公司授權出版。

國家圖書館出版品預行編目(CIP)資料

唯一選擇/六盲星著. -- 初版. -- 臺北市：英屬維京群島商高寶國際有限公司臺灣分公司, 2024.09
冊；　公分. --

ISBN 978-626-402-066-4(上冊：平裝). --
ISBN 978-626-402-067-1(下冊：平裝). --
ISBN 978-626-402-068-8(全套：平裝)

857.7　　113012440

凡本著作任何圖片、文字及其他內容，
未經本公司同意授權者，
均不得擅自重製、仿製或以其他方法加以侵害，
如一經查獲，必定追究到底，絕不寬貸。
版權所有　翻印必究

GOBOOKS
& SITAK
GROUP ©